D0856770

NO HABLES CON EXTRAÑOS

SERIE NEGRA

HARLAN COBEN

NO HABLES CON EXTRAÑOS

Traducción de
Jorge Rizzo

S

RBA

Título original inglés: *The Stranger*.
© Harlan Coben, 2015.
© de la traducción: Jorge Rizzo Tortuero, 2018.
© de esta edición: RBA Libros, S.A., 2018.
Avda. Diagonal, 189 - 08018 Barcelona.
rbalibros.com

Primera edición: noviembre de 2018.

REF.: ONFI232
ISBN: 978-84-9056-941-2
DEPÓSITO LEGAL: B. 17.524-2018

PLECA DIGITAL • PREIMPRESIÓN

Impreso en España - *Printed in Spain*

EN MEMORIA DE MI PRIMO
STEPHEN REITER.

Y PARA SUS HIJOS
DAVID, SAMANTHA Y JASON.

Oh, alma mía, prepárate para el advenimiento del Forastero,
prepárate para él, que sabe hacer preguntas
[...]
Hay uno que recuerda el camino a vuestra puerta:
podéis evadir la vida, pero no así la Muerte.*

T. S. ELIOT

---

* *La roca*, traducción de Andreu Jaume, publicada por Lumen, Barcelona, 2016. (*N. del t.*)

1

El desconocido no arrasó de golpe el mundo de Adam Price.

Eso fue lo que Adam se diría más tarde, pero era mentira. De algún modo, Adam supo enseguida, desde la primera frase, que la vida de padre de familia burgués que había conocido hasta entonces había desaparecido para siempre. En realidad, era una frase muy sencilla, pero había algo en el tono, el tono de quien sabe y hasta se preocupa, que le dejó claro que nada volvería a ser igual.

—Podrías haberla dejado —dijo el desconocido.

Estaban en el American Legion Hall, el local de la Asociación de Veteranos de Guerra de Cedarfield, en Nueva Jersey. Cedarfield era una población rica, que contaba entre sus vecinos con gestores de fondos de cobertura, banqueros y otros magnates de las finanzas. Les gustaba reunirse para tomar cerveza en el American Legion Hall porque era una manera cómoda de fingir que eran buenos chicos, como los que aparecen en los anuncios del Dodge Ram, cuando en realidad eran todo lo contrario.

Adam estaba en la barra, que se veía algo pringosa. Tenía una diana detrás. Unos carteles de neón anunciaban la Miller Lite, pero Adam tenía una botella de Budweiser en la mano derecha. Se volvió hacia el hombre, que se acababa de situar a su lado y, aunque Adam ya sabía la respuesta, le preguntó:

—¿Está hablando conmigo?

El tipo era más joven que la mayoría de los padres, más delgado, casi flaco, y sus grandes ojos eran de un azul penetrante. Tenía los brazos blancos y huesudos; llevaba camisa de manga corta; bajo una de ellas asomaba un tatuaje. También llevaba una gorra de béisbol. No era un hípster, pero tenía pinta de empollón, como si dirigiera un departamento técnico y no viera nunca el sol.

Los ojos de un azul penetrante se clavaron en los de Adam con tanta fuerza que le dieron ganas de apartar la mirada.

—Te dijo que estaba embarazada, ¿verdad?

Adam sintió que agarraba la botella con más fuerza.

—Por eso no la dejaste. Corinne te dijo que estaba embarazada.

Fue en aquel momento cuando Adam sintió como si se le accionara un interruptor en el pecho, como si alguien hubiera activado el temporizador digital rojo de una bomba de película y hubiera empezado la cuenta atrás. Tic, tic, tic, tic.

—¿Nos conocemos?

—Ella te dijo que estaba embarazada —prosiguió el desconocido—. Corinne, quiero decir. Primero te dijo que estaba embarazada, y luego, que perdió el bebé.

El American Legion Hall estaba lleno de papás de ciudad pequeña vestidos con esas camisetas de béisbol con mangas tres cuartos y pantalones cargo holgados o vaqueros de padre de familia, perfectamente inmaculados. Muchos de ellos llevaban gorras de béisbol. Esa noche se hacían las pruebas de selección para el equipo de lacrosse de los chavales de cuarto, quinto y sexto, y para el primer equipo. Si alguien quería ver un grupo de machos alfa comportándose como tales en su hábitat natural, no tenía más que ver a ese grupo de padres implicándose en la formación de los equipos de sus hijos. Era algo digno del Discovery Channel.

—Te sentiste obligado a quedarte, ¿no es así? —preguntó el hombre.

—No tengo ni idea de quién cojones...

—Mintió, Adam. —El hombre hablaba con convicción. No solo parecía seguro de lo que decía, sino que además daba la impresión de pensar solo en lo mejor para Adam—. Corinne se lo inventó todo. Nunca estuvo embarazada.

Las palabras seguían cayendo como puñetazos, dejaban a Adam descolocado, atónito y confundido, y con sus defensas mermadas listo para rendirse. Habría querido revolverse, agarrar a aquel tipo por la camisa, arrastrarlo por toda la sala por insultar a su mujer de aquel modo. Pero no lo hizo por dos motivos.

El primero, porque de pronto estaba atónito, como si le hubiera caído una lluvia de puñetazos, y eso había mermado sus defensas.

Y el segundo, porque había algo en el modo de hablar de aquel hombre, esa seguridad al hablar, esa convicción en su voz, que hizo que Adam se plantease la conveniencia de escucharlo.

—¿Quién eres tú? —le preguntó.

—¿Acaso importa?

—Sí, importa.

—Soy el desconocido —dijo—. El desconocido que sabe cosas importantes. Te mintió, Adam. Corinne. No estaba embarazada. No era más que una treta para que volvieras con ella.

Adam sacudió la cabeza. Trató de asimilarlo, de mantener la calma y el sentido común.

—Vi la prueba de embarazo.

—Falsa.

—Vi la ecografía.

—Falsa también —repuso, y levantó una mano antes de que Adam pudiera decir nada más—. Y sí, también la barriga. O quizá debiera decir barrigas. Cuando empezó a notársele, no volviste a verla desnuda, ¿verdad? ¿Qué hacía?, ¿se inventaba algún tipo de malestar a última hora de la noche para evitar el sexo? Eso es lo que ocurre la mayoría de las veces. Así, cuando llega el aborto, uno mira atrás y se da cuenta de que el embarazo ya había presentado complicaciones desde el principio.

Una voz estentórea se hizo oír desde el otro extremo de la sala.

—Muy bien, chicos, coged una cerveza fresca y empezamos.

La voz pertenecía a Tripp Evans, exejecutivo publicitario de Madison Avenue y presidente de la liga de lacrosse, un tipo bastante legal. Los otros padres empezaron a coger sillas de aluminio, de esas que se usan para los conciertos del colegio, y las fueron poniendo en círculo por la sala. Tripp Evans miró a Adam, detectó la innegable palidez de su rostro y frunció el ceño, preocupado. Adam no hizo caso y volvió a dirigirse al desconocido.

—¿Quién demonios eres tú?

—Piensa en mí como tu salvador. O como el amigo que te acaba de sacar de la cárcel.

—Deja de decir gilipolleces.

Ya no se oía hablar a casi nadie. Las voces se habían convertido en murmullos, y el sonido de las sillas al arrastrarlas resonaba en la sala. Los padres empezaban a ponerse serios, centrados en el proceso de selección. Adam odiaba todo aquello. Ni siquiera tenía que haber acudido, porque le tocaba a Corinne. Ella era la tesorera de la comisión de lacrosse, pero le habían cambiado el horario de la convención de profesores en Atlantic City, y aunque era el día más importante del año para el lacrosse en Cedarfield (de hecho, el principal motivo por el que Corinne se había vuelto tan activa), Adam se había visto obligado a sustituirla.

—Deberías darme las gracias —le dijo el hombre.

—¿De qué me estás hablando?

Por primera vez, el hombre sonrió. Era una sonrisa bondadosa, Adam no pudo evitar observarlo, la sonrisa de un benefactor, la de un hombre que tan solo desea hacer lo correcto.

—Eres libre —dijo el desconocido.

—Y tú eres un mentiroso.

—Sabes que no, ¿verdad, Adam?

Tripp Evans lo llamó desde el otro lado de la sala.

—¿Adam?

Se volvió hacia ellos. Todo el mundo estaba sentado, salvo Adam y el desconocido.

—Ahora tengo que irme —le susurró este—. Pero si realmente necesitas pruebas, comprueba el extracto de tu tarjeta Visa. Busca un cargo a nombre de Novelty Funsy.

—Espera...

—Una cosa más. —El hombre acercó la cabeza—. Si yo fuera tú, probablemente les haría pruebas de ADN a tus dos chavales.

Tic, tic, tic... ¡Catapún!

—¿Qué?

—De eso no tengo pruebas, pero cuando una mujer está dispuesta a mentir sobre algo así... Bueno, no me extrañaría que no fuera la primera vez que lo hace.

Y entonces, mientras Adam intentaba reaccionar a esa última acusación, el desconocido salió a toda prisa por la puerta.

2

Cuando Adam consiguió recuperar el control sobre las piernas, salió tras el desconocido.

Demasiado tarde.

Estaba metiéndose en el asiento del acompañante de un Honda Accord gris. El coche se puso en marcha. Adam corrió para verlo más de cerca, quizá para ver la matrícula, pero solo pudo ver que era de su estado, Nueva Jersey. Cuando el coche giraba hacia la salida, observó algo más.

Quien conducía era una mujer.

Era joven, y tenía una larga melena rubia. Cuando la luz de las farolas le dio en el rostro, vio que le estaba mirando. Sus ojos se cruzaron por un instante. En su rostro había una mirada de preocupación, de pena.

Por él.

El coche se alejó haciendo rugir el motor. Alguien le llamó por su nombre. Adam se volvió y regresó adentro.

Empezaron a seleccionar jugadores.

Adam trató de prestar atención, pero era como oír todos los sonidos del auditorio desde el interior de una ducha. Corinne le había facilitado mucho el trabajo. Había puntuado a todos los chicos que aspiraban a ingresar en el equipo de sexto, de modo que le bastaba con seleccionar a los que estuvieran disponibles. Lo verdaderamente importante —el motivo de su presencia allí— era asegurarse de que su hijo Ryan, que ahora estaba en sexto, accediera al equipo de la liga estatal. Su hijo mayor, Thomas, que ahora estaba en el instituto, había quedado fuera del equipo de las estrellas cuando tenía la edad de Ryan porque —al menos eso era lo que pensaba Corinne, y Adam estaba más o menos de acuerdo— sus padres no se habían implicado lo suficiente. Aquella tarde había más padres allí para proteger los intereses de sus hijos que por amor al deporte.

Incluido Adam. Era patético, pero así son las cosas.

Adam intentaba olvidar lo que acababa de oír —en cualquier caso, ¿quién demonios era ese tipo?—, pero no lo conseguía. Echó un vistazo a los «informes de los candidatos», pero los veía borrosos. Su mujer era tan organizada, casi obsesiva, que había hecho una lista con los chavales, ordenados del mejor al peor. Cuando seleccionaron a uno de los chicos, Adam lo tachó con un gesto mecánico. Observó la caligrafía perfecta de su mujer, prácticamente como las letras de molde que cuelgan los profesores de tercero en lo alto de la pizarra. Así era Corinne. La chica que llegaba a clase, se lamentaba de que iba a suspender, acababa el examen y sacaba un sobresaliente. Era lista, decidida, guapa y...

¿Mentirosa?

—Vamos a pasar a los equipos para la liga estatal, amigos —propuso Tripp.

El ruido de las sillas arrastrándose por el suelo resonó por la sala de nuevo. Aún descentrado, Adam se unió al corro de cuatro hombres que completarían los equipos A y B para la liga estatal. Aquello era lo que contaba en realidad. Los de la liga escolar se quedaban en la ciudad. Los mejores jugadores pasaban a los equipos A y B y competían viajando por todo el estado.

«Novelty Funsy. ¿Por qué me suena este nombre?».

El entrenador titular del equipo se llamaba Bob Baime, pero Adam siempre lo había identificado con Gastón, el personaje animado de *La Bella y la Bestia*, la película de Disney. Bob era un tiarrón con una de esas sonrisas luminosas que se ven en la oscuridad. Era ostentoso, orgulloso y cretino, y cada vez que se mostraba en público, pavoneándose, sacando pecho y balanceando los brazos, era como si lo acompañase una banda sonora que dijera: «El más fuerte es Gastón. Solamente Gastón es igual que Gastón. Si dispara Gastón, nunca falla Gastón...».

«Olvídalo —se dijo Adam—. Ese tipo solo quería jugar contigo».

Escoger los equipos debía ser un mero trámite. Cada chaval tenía una puntuación del uno al diez en diversas categorías: manejo del *stick*, velocidad, pase... Cosas así. Se hacía la suma y se calculaba la media. En teoría, bastaba con echar un vistazo a la lista, poner a los dieciocho primeros chavales en el equipo A, a los dieciocho siguientes en el B, y eliminar a los demás. Sencillo. Pero primero todo el mundo tenía que asegurarse de que sus respectivos hijos estaban en el equipo deseado.

Vale, muy bien.

Luego se seguía el listado de clasificaciones, del primero al último. Las cosas iban bastante bien hasta que llegaron al último puesto del equipo B.

—Deberíamos poner a Jimmy Hoch —declaró Gastón.

Bob Baime raramente se limitaba a hablar. La mayoría de las veces emitía dictámenes.

—Pero Jack y Logan tienen mejores puntuaciones —observó uno de sus entrenadores auxiliares, un hombrecillo gris cuyo nombre Adam no conocía.

—Sí, es cierto —declaró Gastón—. Pero conozco a ese chico, Jimmy Hoch. Es mejor jugador que esos dos. Tan solo le fueron mal las pruebas. —Tosió, tapándose la boca con el puño, antes de proseguir—. Además, Jimmy ha tenido un mal año. Sus padres se han divorciado. Deberíamos darle una oportunidad y meterlo en el equipo. De modo que si a nadie le parece mal...

Empezó a escribir el nombre de Jimmy.

—A mí sí —dijo Adam, sin darse cuenta siquiera.

Todas las miradas se volvieron hacia él.

Gastón orientó la barbilla con hoyuelo hacia Adam.

—¿Perdón?

—A mí me parece mal —repitió Adam—. Jack y Logan tienen puntuaciones más altas. ¿Quién tiene la puntuación más alta de los dos?

—Logan —respondió uno de los auxiliares.

Adam repasó la lista y vio las puntuaciones.

—Muy bien, pues es Logan quien debería estar en el equipo. Es el chaval que tiene la mejor valoración y el puesto más elevado en la lista.

Los asistentes a la reunión no emitieron ningún sonido, pero casi se oía la tensión en el ambiente. Gastón no estaba acostumbrado a que le llevaran la contraria. Se inclinó hacia delante y sonrió, mostrando su enorme dentadura.

—No te lo tomes a mal, pero solo has venido a sustituir a tu mujer.

Dijo la palabra «mujer» con cierto retintín, como si tener que sustituir a una mujer implicara falta de hombría.

—Ni siquiera eres entrenador auxiliar.

—Es cierto —respondió Adam—. Pero sé leer números, Bob. La puntuación total de Logan es de seis coma siete. Jimmy solo tiene un seis coma cuatro. Hasta con las matemáticas modernas, seis coma siete sigue siendo mayor que seis coma cuatro. Te puedo hacer una gráfica, si te sirve de ayuda.

Gastón no captó el sarcasmo.

—Pero como acabo de explicar, hay circunstancias atenuantes.

—¿El divorcio?

—Exactamente.

Adam miró a los entrenadores auxiliares, que de pronto habían encontrado en él un espectáculo fascinante.

—Bueno, ¿sabes cuál es la situación doméstica de Jack o de Logan?

—Sé que sus padres siguen juntos.

—Entonces ¿ese es ahora nuestro criterio de selección? —preguntó Adam—. Tu matrimonio va bastante bien, ¿no, Ga...? —Había estado a punto de llamarlo Gastón—. ¿Bob?

—¿Qué?

—Melanie y tú. Sois la pareja más feliz que conozco, ¿no?

Melanie era una rubia menuda y alegre, y parpadeó como si de pronto alguien le hubiera dado una bofetada. A Gastón le gustaba tocarle el culo en público, no tanto como gesto de cariño, ni siquiera de deseo, sino para demostrar que era de su propiedad. Se echó atrás e intentó sopesar sus palabras con cuidado.

—Nos va bien en el matrimonio, sí, pero...

—Bueno, pues eso debería restarle al menos medio punto a la valoración de tu hijo, ¿no? Eso deja a Bob júnior en... déjame ver... un seis coma tres. Equipo B. Lo que quiero decir es que si vamos a aumentar la puntuación de Jimmy porque sus padres tienen problemas, ¿no deberíamos bajar también la de tu hijo, en vista de que sus padres son tan increíblemente perfectos?

—Adam, ¿te encuentras bien? —le preguntó uno de los otros entrenadores auxiliares.

Adam se giró hacia la voz.

—Muy bien.

Gastón empezó a apretar los puños.

«Corinne se lo inventó todo. Nunca estuvo embarazada».

Adam miró fijamente a los ojos a aquel tiarrón y le sostuvo la mirada. «Venga, anímate, grandullón —pensó Adam—. Lúcete». Gastón era el clásico grandullón, todo fachada. Más allá, Adam vio que Tripp Evans los miraba con gesto de sorpresa.

—Esto no es un tribunal —dijo Gastón, luciendo sonrisa—. Se ve que no estás en tu medio.

Adam llevaba cuatro meses sin ver la sala de un tribunal, pero no se molestó en corregirle. Levantó las hojas para que todos las vieran.

—Las evaluaciones están aquí por algún motivo, Bob.

—Y nosotros también —replicó Gastón, pasándose la mano por la negra melena—. Como entrenadores. Como personas que hemos estado observando a los chavales durante años. Nosotros somos los que decidimos en última instancia. Y yo, como jefe de entrenadores, soy quien decide. Jimmy tiene actitud. Eso también importa. No somos ordenadores. Usamos todas las herramientas de que disponemos para seleccionar a los mejores. —Abrió sus enormes manos, intentando hacer volver a Adam al redil—. Y en realidad estamos hablando del último chaval del equipo B. No creo que sea tan importante.

—Yo apuesto a que será muy importante para Logan.

—Yo soy el jefe de entrenadores. La última palabra la tengo yo.

La gente empezaba a marcharse. Adam abrió la boca para decir algo más, pero ¿de qué iba a servir? No iba a ganar aquella discusión y, a fin de cuentas, ¿por qué lo hacía? Ni siquiera sabía quién demonios era ese Logan. Solo le había servido para dejar de pensar en el lío en que lo había metido aquel desconocido. Nada más. Estaba claro. Se levantó de la silla.

—¿Adónde vas? —preguntó Gastón, estirando la barbilla tanto que parecía estar pidiendo un puñetazo.

—Ryan está en el equipo A, ¿no?

—Sí.

Para eso había ido Adam, para defender a su hijo, de ser necesario. Lo demás no importaba.

—Buenas noches a todos.

Adam volvió a la barra del bar. Saludó con un cabeceo a Len Gilman, el jefe de Policía del pueblo, a quien le gustaba trabajar detrás de la barra porque así controlaba que no bebieran demasiado. Len le devolvió el cabeceo y le colocó una botella de Bud delante. Adam le quitó el tapón con un gesto de placer quizás algo exagerado. Tripp Evans tomó asiento a su lado. Len también le colocó una Bud delante. Tripp la levantó y la hizo chocar con la de Adam. Los dos bebieron en silencio mientras se disolvía la reunión. Los demás fueron despidiéndose. Gastón se levantó con un gesto teatral —se le daba muy bien todo lo teatral— y fulminó a Adam con la mirada. Adam levantó la botella en su dirección, como si brindase con él. Gastón se fue hecho una furia.

—¿Haciendo amigos? —preguntó Tripp.

—Soy un tipo sociable —respondió Adam.

—Sabes que es el vicepresidente de la comisión, ¿verdad?

—La próxima vez que lo vea no me olvidaré de hacerle una genuflexión.

—Yo soy el presidente.

—En ese caso, más vale que me compre unas rodilleras.

Tripp asintió. Le gustó aquella ocurrencia.

—Ahora mismo Bob está pasando un mal momento.

—Bob es un capullo.

—Bueno, sí. ¿Sabes por qué sigo en el cargo de presidente?

—¿Te ayuda a ligar?

—Eso también. Y porque si lo dejo, lo asume él.

—No quiero ni pensarlo —dijo Adam, dispuesto a dejar la cerveza en la barra—. Es hora de volver a casa.

—Está sin trabajo.

—¿Quién?

—Bob. Perdió su trabajo hace más de un año.

—Lo siento mucho —lamentó Adam—. Pero eso no es excusa.

—No he dicho que lo fuera. Solo quería que lo supieras.

—Vale. Ya lo sé.

—El caso es que... —prosiguió Tripp Evans—. Ha recurrido a una importante agencia de colocación.

Adam dejó la cerveza.

22

—¿Y?

—Pues que esa agencia de colocación está intentando encontrarle un nuevo puesto.

—Eso ya me lo has dicho.

—Y la agencia la dirige un tal Jim Hoch.

Adam se quedó de piedra.

—¿Hoch? ¿Como Jimmy Hoch? ¿Su padre?

Tripp no dijo nada.

—¿Por eso quiere que el chaval entre en el equipo?

—¿Tú crees que a Bob le importa que sus padres estén separados?

Adam se limitó a menear la cabeza.

—¿Y a ti te parece bien?

Tripp se encogió de hombros.

—Aquí no hay nada puro. Cuando un padre se implica en el futuro deportivo de su hijo, bueno, ya sabes, es como una leona protegiendo a su cachorro. A veces escogen a un chaval porque es el vecino. A veces, porque su madre está buenísima y se viste provocativa en los partidos...

—¿Y eso lo sabes de primera mano?

—Pillado. Y a veces uno escoge a un chaval porque su padre puede ayudarle a conseguir trabajo. A mí me parece una razón tan válida como la que más.

—Tío, eres de lo más cínico, para ser publicista.

—Sí, lo sé —confesó Tripp con una risotada—. Pero es lo que solemos decir. ¿Hasta dónde llegarías para proteger a tu familiar? Nunca le harías daño a nadie. Yo nunca le haría daño a nadie. Pero si algo amenazara a tu familia, si se tratara de salvar a tu hijo...

—¿Mataríamos?

—Mira a tu alrededor, amigo mío. —Tripp abrió los

brazos—. Este pueblo burgués, estos colegios, estos programas, estos chavales, estas familias... A veces me siento, miro
a mi alrededor y no me puedo creer la suerte que tenemos
todos nosotros. Estamos viviendo un sueño, ¿sabes?

Adam lo sabía. Más o menos. Había pasado de abogado
de oficio mal pagado a socio de un bufete especializado en
expropiaciones para poder pagarse el sueño. Se preguntaba
si valía la pena.

—¿Y si eso es a costa de Logan?

—¿Desde cuándo es justa la vida? Mira, yo tenía unos
clientes de una gran empresa de automóviles. Sí, la conoces.
Y sí, has leído hace poco en el periódico cómo han tapado un
problema en la dirección de sus coches. Ha habido muchos
heridos, e incluso muertos. Esos tipos de la casa de coches
son realmente majos. Normales. ¿Cómo pudieron permitir
que sucediera? ¿Cómo pudieron decidir aumentar el margen
de beneficios a riesgo de que muriera gente?

Adam veía adónde quería llegar, pero con Tripp la explicación siempre valía la pena.

—¿Porque son unos cabrones corruptos?

Tripp frunció el ceño.

—Sabes perfectamente que eso no es así. Es como los
empleados de las tabacaleras. ¿Ellos también son malvados?
¿Todos? ¿O todos esos santos varones que han tapado los es-
cándalos de la Iglesia o... no sé... que han contaminado los
ríos? ¿Son todos unos cabrones corruptos, Adam?

Tripp era así: un papá filósofo de barrio residencial.

—Dímelo tú.

—Todo es cuestión de perspectiva, Adam —le respondió Tripp con una sonrisa. Se quitó la gorra, se alisó el escaso
cabello y se la colocó de nuevo—. Los seres humanos no sa-

bemos ser objetivos. Siempre hay algo que nos condiciona. Siempre protegemos nuestros propios intereses.

—Hay una cosa que observo en todos esos ejemplos... —apuntó Adam.

—¿Qué es?

—El dinero.

—Es el origen de todos los males, amigo mío.

Adam pensó en el desconocido. Pensó en sus dos hijos, que en ese momento estarían en casa, tal vez haciendo los deberes o jugando a un videojuego. Pensó en su esposa, y en la convención de profesores de Atlantic City.

—No de todos —puntualizó.

3

El aparcamiento de la American Legion estaba oscuro. Tan solo los resquicios de luz de las puertas de los coches abiertas y los destellos aún más pequeños de los teléfonos móviles contrarrestaban el negro que lo cubría todo. Adam se metió en su coche y se sentó al volante. Por unos momentos no hizo nada. Se limitó a quedarse ahí. Oía puertas de coches que se cerraban. Motores que se encendían. Adam no se movió.

«Podrías haberla dejado...».

Sintió la vibración del teléfono en el bolsillo. Sería, pensó, un mensaje de Corinne. Estaría impaciente por saber cómo había ido la selección. Adam sacó el teléfono y leyó el mensaje. Sí, era de Corinne:

Cómo ha ido??

Tal como pensaba. Adam se quedó mirando el mensaje como si contuviese algún mensaje oculto cuando oyó un golpeteo de nudillos contra el cristal que le hizo dar un respingo. La cabeza de Gastón, del tamaño de una calabaza, cubría toda la ventanilla del acompañante. Le mostró una sonrisa y le indicó con un gesto que bajara la ventanilla. Adam encendió el motor, apretó el botón y vio cómo bajaba el cristal.

—Eh, colega —dijo Gastón—. Sin rencores. Solo ha sido una diferencia de opiniones, ¿verdad?

—Verdad.

Gastón pasó la mano por la ventanilla para estrechársela. Adam le devolvió el saludo.

—Buena suerte esta temporada —dijo Gastón.

—Sí. Y buena suerte con la búsqueda de trabajo.

Gastón se quedó paralizado un segundo. Los dos se quedaron inmóviles: Gastón, imponente, junto a la ventanilla; Adam sentado en el coche, pero sin apartar la mirada. Al final, Gastón soltó la mano y se fue.

Payaso.

El teléfono vibró de nuevo. Otra vez Corinne.

Y bien?!?

Adam se la imaginaba mirando la pantalla, nerviosa, a la espera de una respuesta. No le gustaba marear la perdiz, y no vio motivo para no responder:

Ryan está en el A.

La reacción de ella fue inmediata.

Bien!!! Te llamo en media hora.

Guardó el teléfono, puso el coche en marcha y emprendió el camino a casa. Había exactamente 4,2 kilómetros: Corinne lo había medido con el cuentakilómetros una de las primeras ocasiones en que salió a correr. Adam pasó por la nueva tienda conjunta de Dunkin' Donuts y Baskin-Robbins en

South Maple y giró a la izquierda por la gasolinera Sunoco de la esquina. Cuando llegó a casa era tarde; pero, como siempre, todas las luces estaban encendidas. En los colegios de hoy en día se dedican muchos esfuerzos a hablar de conservación y energías renovables, pero sus dos hijos aún no habían aprendido a salir de una habitación sin dejar las luces encendidas.

Mientras se acercaba a la puerta y sacaba la llave oyó ladrar a su border collie, Jersey. Este le dio la bienvenida como si de un prisionero de guerra liberado se tratase. Adam observó que el cuenco del agua de la perra estaba vacío.

—¿Hola?

No hubo respuesta. A esas horas Ryan quizás estuviera ya durmiendo. Thomas estaría acabando los deberes o también en la cama. Nunca lo pillaba jugando con la consola o perdiendo el tiempo con el ordenador: siempre daba la casualidad de que estaba acabando los deberes y a punto de ponerse a jugar con la consola o a perder el tiempo con el ordenador.

Rellenó el cuenco de agua.

—¿Hola?

Thomas apareció en lo alto de las escaleras.

—Eh.

—¿Has sacado a Jersey a pasear?

—Aún no.

Lo cual, en lenguaje adolescente, significa «No».

—Pues sácala ahora.

—Primero tengo que acabar una cosa de los deberes.

En lenguaje adolescente: «No».

Adam estaba a punto de decirle «Ahora» —era el clásico tira y afloja adolescente-padre—, pero se frenó y se quedó mirando al chico. Se le humedecieron los ojos, aunque con-

28

tuvo las lágrimas. Thomas se parecía a Adam. Todo el mundo lo decía. Tenía el mismo modo de caminar, la misma risa, el dedo índice de los pies más largo que el pulgar, como él.

Imposible. Era imposible que no fuera hijo suyo. Aunque el desconocido hubiera dicho que...

«¿Es que vas a escuchar lo que dice un desconocido?».

Pensó en todas las ocasiones en que él mismo y Corinne habían advertido a los chicos sobre los desconocidos, sobre el peligro que suponían, todos aquellos consejos para que no se mostraran demasiado solícitos, para no llamar demasiado la atención si se les acercaba un adulto, sobre la creación de un lenguaje de seguridad. Thomas lo había pillado enseguida. Ryan era más confiado por naturaleza. Corinne desconfiaba de esos tipos que merodeaban por los campos de la Liga Escolar, los que se pasaban allí la vida, con una necesidad casi patológica de entrenar a los chavales, aunque hiciera años que sus hijos habían dejado la escuela o, peor aún, aunque no tuvieran hijos. Adam no había hecho nunca mucho caso, aunque quizás hubiera un motivo más oscuro: quizá fuera que, cuando se trataba de sus hijos, no confiaba en nadie, no solo en los que podían despertar sospechas.

Así era más fácil, ¿no?

Thomas vio algo en el rostro de su padre. Hizo una mueca y bajó las escaleras con el típico movimiento de los adolescentes, prácticamente dejándose caer, como si una mano invisible le empujara desde atrás y a sus pies les costara mantener el ritmo.

—Ya saco a Jersey ahora. Tampoco pasa nada —dijo.

Pasó junto a su padre y agarró la correa. Jersey ya estaba pegada a la puerta, lista para salir. Siempre dispuesta, como cualquier perro. Y mostraba su intenso deseo de salir colocándose frente a la puerta, pero impidiendo así su apertura. Perros.

—¿Dónde está Ryan? —preguntó Adam.

—En la cama.

Adam echó un vistazo al reloj del microondas. Las diez y cuarto. La hora de irse a la cama de Ryan eran las diez, aunque le permitían leer en la cama hasta las diez y media. Al igual que Corinne, Ryan era muy disciplinado. Nunca tenían que recordarle que eran las diez menos cuarto. Por la mañana, se levantaba en cuanto sonaba el despertador, se duchaba, se vestía y se preparaba el desayuno él mismo. Thomas era diferente. Adam se había planteado más de una vez comprarse un bastón eléctrico para ganado para sacar a su hijo de la cama por la mañana.

«Novelty Funsy...».

Adam oyó cómo se cerraba la puerta con mosquitera al salir Thomas y Jersey. Subió y fue a ver a Ryan. Se había dormido con la luz encendida, con la última novela de Rick Riordan caída sobre el pecho. Adam entró de puntillas, cogió el libro, encontró un punto de libro, se lo puso y lo cerró. Alargó la mano hacia el interruptor de la lámpara, pero en aquel momento Ryan se movió.

—¿Papá?

—Eh.

—¿He entrado en el equipo A?

—El correo electrónico sale mañana, colega.

Una mentirijilla. Se suponía que aún no se sabía. Los entrenadores no debían decírselo a los chavales hasta que se enviaran los correos de confirmación por la mañana, para que todo el mundo lo supiera a la vez.

—Vale.

30

Ryan cerró los ojos y se durmió antes de tocar la almohada con la cabeza. Adam se quedó mirando a su hijo durante un momento. En el aspecto físico, Ryan se parecía a su madre. Eso hasta aquel momento no había significado gran cosa para Adam —de hecho, hasta le había gustado la idea—, pero ahora, esa noche, le hacía preguntarse cosas. A lo mejor era una tontería, pero ahí estaba. Un camino sin retorno. Ese resquemor que no le dejaría en paz, aunque... ¿qué narices? Aunque fuera cierto, no cambiaría nada. Miró a Ryan y experimentó la sensación sobrecogedora que lo asaltaba a veces al mirar a sus hijos: en parte felicidad en estado puro, en parte miedo por lo que pudiera ocurrirles en este mundo cruel, en parte deseos y esperanzas, todo ello mezclado en la única cosa de todo el planeta que le parecía completamente pura. Suena cursi, sí, pero es lo que hay. Pureza. Eso es lo que ves cuando miras a tu hijo: una pureza que solo podría derivar de un amor genuino, incondicional.

Quería muchísimo a Ryan.

Y si descubriera que Ryan no era hijo suyo, ¿se perdería todo eso? ¿Puede desaparecer algo así? ¿Acaso importaba?

Sacudió la cabeza y se volvió. Ya había tenido su buena ración de filosofía y paternidad por una noche. De momento, no había cambiado nada. Un tío raro le había soltado un rollo sobre un embarazo falso. Eso era todo. Adam llevaba suficiente tiempo trabajando en el sistema legal para saber que no se puede dar nada por seguro. Uno hace su trabajo. Investiga. La gente miente. Investiga porque sus ideas preconcebidas suelen saltar por los aires con demasiada frecuencia.

Sí, algo en su interior le decía que las palabras del desconocido tenían algo de cierto, pero el problema era ese: cuando escuchas tu voz interior, muchas veces no haces más que alimentar la incertidumbre.

«Haz tu trabajo. Investiga».

«¿Cómo?».

«Muy sencillo. Empieza con Novelty Funsy».

Tenían un ordenador de sobremesa para toda la familia en el salón. Había sido idea de Corinne. En casa no habría búsquedas secretas (léase porno). Adam y Corinne lo sabrían todo —o esa era la idea— y actuarían como padres maduros y responsables. Pero Adam no tardó en darse cuenta de que esa política era inútil o tonta. Los chicos podían buscar cosas en internet —también porno— a través de sus teléfonos. Podían ir a casa de un amigo. Podían coger uno de los portátiles o de las tabletas que había por la casa.

También era un intento por fomentar la responsabilidad de los chicos. Enseñarles a hacer lo correcto porque es lo correcto, no porque mamá o papá te estén controlando. Por supuesto, al principio todos los padres creen en esas cosas, pero muy pronto te das cuenta de que, en asuntos de educación, los atajos están ahí por algo.

El otro problema era más evidente: si querías usar el ordenador para lo que se supone que hay que usarlo —para estudiar o hacer deberes—, el ruido de la cocina y de la televisión sin duda suponían una distracción. Así que Adam había trasladado el escritorio al pequeño hueco que había bautizado, con suma generosidad, como «estudio», una salita que era demasiadas cosas para demasiadas personas. A la derecha estaban amontonados los ejercicios de los alumnos de Corinne, a la espera de recibir su calificación. Los deberes de los chavales siempre estaban desordenados, y en la impresora era fácil encontrar el borrador de una redacción abandonado como un soldado herido en el campo de batalla. Las facturas se amontonaban sobre la silla, a la espera de que Adam las pagara por internet.

El navegador estaba abierto, y mostraba la página web de un museo. Uno de los chicos debía de haber estado estudiando la antigua Grecia. Adam repasó el historial de búsquedas para comprobar qué había estado viendo, aunque los chavales habían aprendido lo suficiente como para dejar algún rastro incriminatorio. Aunque nunca se sabía. Una vez, Thomas había dejado su perfil de Facebook abierto por error. Adam se había sentado al ordenador y se había quedado mirando la página de inicio, intentando combatir la tentación de echar un vistazo al historial de mensajes de su hijo.

Había perdido aquella batalla.

Tras unos cuantos mensajes, lo había dejado. Su hijo estaba seguro —eso era lo importante—, pero la intrusión en la intimidad de su hijo le había afectado. Se había enterado de cosas que se suponía que no debía saber. Nada terrible. Nada estrepitoso. Pero cosas de las que quizás un padre debiera hablar a su hijo. Y ahora ¿qué se suponía que debía hacer con esa información? Si hablaba de ello a Thomas, tendría que admitir que había curioseado en su vida privada. ¿Valía la pena? Se planteó contárselo a Corinne, pero dejó que pasara un tiempo y, ya más relajado, se dio cuenta de que los mensajes que había leído no eran anormales, que él mismo había hecho cosas durante su adolescencia que no habría querido compartir con sus padres, que tan solo las había superado al madurar y que, si sus padres le hubieran espiado y le hubieran hecho hablar de ellas, probablemente habría sido peor.

Así que lo dejó estar.

Desde luego, criar a un hijo no es para flojos.

«Estás desviando el tema, Adam».

Sí, era consciente de ello. Así que a centrarse. Aquella noche no había nada espectacular en el historial. Uno de los chicos —tal vez Ryan— estaba estudiando, efectivamente, la antigua Grecia, o quizás estuviera profundizando en su libro de Riordan. Había enlaces que llevaban a Zeus, Hades, Hera e Ícaro. Así que, de manera más específica, la mitología griega. Retrocedió en el historial hasta el día anterior. Vio una búsqueda de indicaciones para llegar al Borgata Hotel Casino & Spa de Atlantic City. Tenía sentido. Ahí era donde se alojaba Corinne. También había buscado el programa de la convención y lo había examinado.

Prácticamente no había nada más.

Ya estaba bien de posponerlo.

Abrió la página web de su banco. Corinne y él tenían dos cuentas Visa. Entre ellos, las llamaban «personal» y «negocios», pero solo a efectos de contabilidad. Usaban la tarjeta de «negocios» para lo que consideraban un gasto profesional; por ejemplo, la convención de profesores en Atlantic City. Para todo lo demás usaban la tarjeta personal, y por eso fue la primera que consultó.

Tenían una herramienta de búsqueda universal. Introdujo la palabra *novelty*. No apareció nada. Pues bueno, pues vale. Se desconectó e hizo la misma búsqueda con la Visa de negocios.

Y ahí estaba.

Había un cargo de algo más de dos años antes, a una empresa llamada Novelty Funsy, por valor de 387,83 dólares. En el silencio, Adam oía incluso el murmullo del ordenador.

¿Cómo? ¿Cómo podía saber de ese cargo el desconocido? Ni idea.

Adam había visto el cargo en su momento, ¿no? Sí, estaba seguro. Buscó en lo más profundo de su cerebro, combinando recuerdos. Había estado ahí sentado, comprobando los cargos de la Visa. Le había preguntado por ese a Corinne. Ella se lo había aclarado. Había dicho algo sobre elementos de decoración para el aula. Le había sorprendido el importe, recordó. Le había parecido alto. Corinne había dicho que el colegio iba a reembolsárselo.

Novelty Funsy. No sonaba a nada perverso, ¿no?

Adam abrió otra ventana del navegador y buscó en Google «Novelty Funsy». Google respondió:

Mostrando resultados para Novelty *Fancy*
No hay resultados para Novelty Funsy

Vaya. Eso sí que era raro. Google lo encontraba todo. Adam se apoyó en el respaldo de la silla y se replanteó sus opciones. ¿Por qué no iba a haber ni una coincidencia para Novelty Funsy? La empresa era real. El cargo de la Visa lo dejaba claro. Supuso que venderían algún tipo de elemento decorativo o..., bueno, artículos de fiesta divertidos.

Adam se mordió el labio inferior. No lo entendía. Un desconocido se le acerca y le dice que su mujer le ha mentido —durante mucho tiempo, según parecía— sobre su embarazo. ¿Y él quién era? ¿Por qué iba a hacerlo?

Vale, de momento podía dejar de lado esas dos preguntas y centrarse en la que más le importaba: ¿era cierto?

Adam habría querido limitarse a decir que no y seguir a lo suyo. Pese a todos sus posibles problemas, cicatrices lógicas tras dieciocho años de matrimonio, confiaba en ella. Muchas cosas se perdían con el tiempo, desaparecían, se disolvían o —siendo optimistas— cambiaban, pero lo único que permanece en cualquier caso y adquiere mayor cohesión es el vínculo de protección familiar: tu cónyuge y tú sois un equipo. Estáis en el mismo bando, estáis juntos en esto, y os cubrís las espaldas. Tus victorias son las suyas. Y también tus fracasos.

Adam confiaba en Corinne al máximo. Y sin embargo...

Lo había visto un millón de veces en su trabajo. En pocas palabras: la gente te engaña. Corinne y él podían ser una unidad cohesionada, pero también eran individuos. Sería bonito confiar de manera incondicional y olvidarse de la aparición del desconocido —y justo eso era lo que se sentía tentado de hacer—, pero aquello se acercaba demasiado a la imagen proverbial de quien mete la cabeza en la arena. La vocecilla que sembraba la duda en el fondo de la mente quizá se callara del todo un día, pero nunca desaparecería.

Al menos, hasta que estuviera seguro.

El desconocido había dicho que la prueba era ese cargo de Visa aparentemente inocuo. Tenía que comprobarlo, por sí mismo y —sí— por Corinne. Ella tampoco querría que la vocecilla les acompañara toda la vida, ¿no? Así que llamó al número gratuito de Visa. Una voz grabada le pidió que introdujera el número de tarjeta, la fecha de caducidad y el código CVV del dorso. Intentó darle la información de forma automática, pero al final la grabación le preguntó si quería hablar con un agente. Un agente. Como si estuviera llamando al FBI. Contestó «sí» y oyó el tono de llamada del teléfono.

Cuando se puso la agente, le hizo repetir la misma información exactamente —¿por qué hacen siempre eso?—, junto con las cuatro últimas cifras de su número de la seguridad social y su dirección.

—¿En qué puedo ayudarle, señor Price?

—Hay un cargo a mi tarjeta Visa de una empresa llamada Novelty Funsy.

Ella le pidió que le deletreara «Funsy». Luego:

—¿Tiene el importe y la fecha de la transacción?

Adam le dio la información. Se esperaba algún problema al comunicar la fecha —el cargo tenía más de dos años de antigüedad—, pero la agente no hizo ningún comentario al respecto.

—¿Qué información necesita, señor Price?

—No recuerdo haber comprado nada de una empresa llamada Novelty Funsy.

—Hum —dijo la agente.

—¿Hum?

—Hum. Algunas compañías no facturan con su nombre real. Ya sabe, por discreción. Como cuando va a un hotel y le dicen que el título de la película de pago no aparecerá en su cuenta de gastos.

Estaba hablando de pornografía o de algo relacionado con el sexo.

—No es este el caso.

—Bueno, pues vamos a ver qué es, entonces. —Por el teléfono se oyó cómo tecleaba en su ordenador—. Novelty Funsy aparece como un negocio detallista. Eso suele indicar que es una empresa que valora la privacidad. ¿Eso le sirve de ayuda?

Sí y no.

—¿Hay algún modo de pedirles un recibo detallado?

—Por supuesto. Puede que tarde unas horas.

—No es ningún problema.

—Tenemos una dirección de correo electrónico en su ficha. —Se la leyó—. ¿Se lo enviamos allí?

—Sí, perfecto.

La agente le preguntó si podía ayudarle con alguna otra cosa. Él dijo que no, gracias. Ella le deseó que pasara buena noche. Él colgó el teléfono y se quedó mirando al listado de cargos en la pantalla. Novelty Funsy. Ahora que lo pensaba, también podía ser un nombre de un sex shop.

—¿Papá?

Era Thomas. Adam se apresuró a apagar la pantalla como..., bueno, como habría hecho uno de sus hijos si estuviera viendo porno.

—Eh —dijo Adam, como si nada—. ¿Qué hay?

Si su hijo había notado algo raro, no lo demostró. Los adolescentes eran increíblemente despistados y egocéntricos. Y en aquel momento, Adam lo agradeció. A Thomas no le interesaba lo más mínimo lo que pudiera estar haciendo su padre en internet.

—¿Me puedes llevar a casa de Justin?

—¿Ahora?

—Tiene mis pantalones.

—¿Qué pantalones?

—Los pantalones de deporte. Para el entrenamiento de mañana.

—¿Y no puedes ponerte otros?

Thomas miró a su padre como si le hubiera salido un cuerno en la frente.

—El entrenador dice que tenemos que llevar los pantalones reglamentarios al entrenamiento.

—¿Y Justin no te los puede llevar al colegio mañana?

—Se suponía que tenía que traérmelos hoy. Se le va la cabeza.

—¿Y qué has usado hoy?

—A Kevin le sobraba un par. De su hermano. Pero me iban grandes.

—¿Y no le puedes decir a Justin que los meta en la mochila ahora mismo?

—Sí que podría, pero no lo hará. Solo son cuatro manzanas. Y no me iría mal practicar con el coche.

Thomas acababa de sacarse el carné la semana anterior, el equivalente a una prueba de estrés para padres sin necesidad de electrocardiograma.

—Vale, bajo en un momento.

Adam limpió el historial de navegación y bajó. Jersey esperaba que contaran con ella para otro paseo y les puso aquellos ojos de «no puedo creerme que me dejéis aquí» al verlos pasar de largo. Thomas cogió las llaves y se puso al volante.

Adam conseguía mantener la calma en el asiento del acompañante. Corinne era una controladora obsesiva, y no dejaba de dar instrucciones y advertencias. Casi se le iba el pie a un pedal de freno imaginario. Cuando Thomas puso el coche en marcha, Adam se volvió y estudió el perfil de su hijo. Le estaba apareciendo algo de acné en las mejillas, y también empezaba a salirle algo de vello, al estilo de las patillas de Lincoln, no por el volumen, pero sí por la silueta. El caso era que su hijo ya tenía que afeitarse. No todos los días. No más de una vez por semana, pero lo hacía. Thomas llevaba pantalones cortos de corte militar. Tenía las piernas peludas. Y unos ojos azules muy bonitos. Todo el mundo lo decía. Tenían ese azul brillante del hielo.

Thomas se detuvo frente a la casa de su amigo. Tal vez se pegó demasiado al bordillo derecho.

—Serán dos segundos —dijo.

—Vale.

Thomas echó el freno y salió corriendo hacia la puerta principal.

Para su sorpresa, abrió la madre de Justin, Kristin Hoy. Adam la reconoció por el brillo de su rubia melena. Kristin daba clase en el mismo instituto que Corinne. Las dos se habían hecho bastante amigas. Adam había supuesto que estaría en Atlantic City, pero luego recordó que la convención era de profesores de historia y lenguas. Kristin daba clase de matemáticas.

Kristin sonrió y le saludó desde lejos. Él le devolvió el saludo. Thomas desapareció en el interior de la casa, y Kristin aprovechó para acercarse al coche. Sería políticamente incorrecto pensarlo, sí, pero Kristin Hoy era una de esas MILF. Adam se lo había oído decir a muchos amigos de Thomas, aunque se lo habría podido imaginar él mismo. En ese momento se le acercaba contoneándose con sus vaqueros pintados y un top blanco ajustado. Participaba en competiciones de culturismo o algo así. Adam no sabía muy bien qué era, pero había alcanzado el nivel pro, fuera lo que fuese eso. Él nunca había sido un gran admirador de las culturistas tradicionales, y, en efecto, Kristin aparecía excesivamente fibrosa en alguna de sus fotos de competición. Su cabello también era de un rubio casi exagerado; su sonrisa, quizá demasiado blanca, y su bronceado, tal vez anaranjado en exceso, pero en persona tenía un aspecto sensacional.

—Hola, Adam.

Adam no estaba seguro de si debía salir del coche. Decidió quedarse dentro.

—Eh, Kristin.

—¿Corinne sigue fuera?

—Sí.

—Pero vuelve mañana, ¿verdad?

—Eso.

—Muy bien. Ya le diré algo. Tenemos que entrenar. Tengo los estatales en dos semanas.

En su página de Facebook afirmaba ser una «modelo de fitness» y «WBFF Pro». Corinne la envidiaba por su cuerpo. De un tiempo a esa parte habían empezado a entrenar juntas. Como suele ocurrir con la mayoría de las cosas buenas, un hábito potencialmente positivo se estaba convirtiendo en una especie de obsesión.

Thomas ya había regresado con los pantalones.

—Adiós, Thomas.

—Adiós, señora Hoy.

—Buenas noches, chicos. No os divirtáis demasiado ahora que no está mamá —dijo, y volvió contoneándose hacia la casa.

—Es un poco pesada —sentenció Thomas.

—No digas eso. No está bien.

—Deberías ver su cocina.

—¿Por qué? ¿Qué le pasa a su cocina?

—Tiene fotos suyas en bikini en la nevera —contestó Thomas—. Es desagradable.

Para eso no tenía respuesta. Pero en el momento en que el coche se puso en marcha, vio que Thomas sonreía.

—¿Qué pasa? —preguntó Adam.

—Kyle la llama «la Gamba» —respondió Thomas.

—¿A quién?

—A la señora Hoy.

Adam se preguntó si aquello tenía connotaciones sexuales, como MILF, o algo así.

41

—¿La Gamba?

—Bueno, es lo que se dice de una que no es guapa de cara... pero tiene un buen cuerpo.

—No te sigo.

—Como las gambas —se explicó Thomas—. Que les quitas la cabeza, y el cuerpo está riquísimo.

Adam intentó contener una sonrisa mientras meneaba la cabeza en señal de desaprobación. Iba a reñirle a su hijo (al tiempo que se preguntaba cómo hacerlo sin que le diera la risa tonta) cuando sonó el teléfono. Miró la pantalla.

Era Corinne.

Apretó el botón de rechazar. Tenía que prestar atención a la conducción de su hijo. Corinne lo entendería. Estaba a punto de meterse el teléfono en el bolsillo cuando sintió que vibraba. No podía ser el mensaje del contestador: demasiado rápido. Era un correo electrónico de su banco. Lo abrió. Había enlaces para ver el detalle de sus compras, pero Adam apenas los vio.

—¿Papá? ¿Todo bien?

—No apartes la vista de la calzada, Thomas.

Ya lo miraría de arriba abajo cuando llegara a casa; pero, en ese momento, la primera línea del email le decía más de lo que quería saber.

Novelty Funsy es el nombre de facturación del siguiente detallista online:

Fake-A-Pregnancy.com*

* Finja-un-embarazo.com. (*N. del t.*)

4

Ya en casa, en su pequeño estudio, Adam hizo clic sobre el enlace del mensaje y vio aparecer la página web en la pantalla.

Fake-A-Pregnancy.com.

Adam intentó no reaccionar. Sabía que internet ofrecía soluciones para todos los gustos y caprichos, incluso los que desafiaban a la imaginación, pero el hecho de que hubiera toda una página web dedicada a fingir embarazos era una de esas cosas que hace que a un ser humano racional le vengan ganas de bajar los brazos, echarse a llorar y admitir la victoria de nuestros instintos más bajos.

Bajo el gran rótulo de color rosa, en un tamaño de letra algo menor, decía: ¡LOS MEJORES ARTÍCULOS DE BROMA!

¿Artículos de broma?

Seleccionó el enlace de «tu cesta de la compra». El primero de la lista era un «¡NUEVO falso test de embarazo!». Adam sacudió la cabeza. El precio habitual, de 34,95 dólares, estaba tachado en rojo, y a su lado aparecía el nuevo: 19,99 dólares, y en letra cursiva, debajo, «¡*Ahorras 15 dólares!*».

«Bueno, gracias por el ahorro. Espero que mi mujer aprovechara el descuento».

El artículo se enviaba en veinticuatro horas, con un «embalaje discreto». Siguió leyendo:

¡Úsalo del mismo modo en que usarías un test de embarazo normal!

Orina sobre la tira y lee el resultado.

¡Da positivo siempre!

Adam sintió la boca seca.

¡Asusta de muerte a tu novio, a tus suegros, a tu prima o a tu profesor!

¿La prima? ¿El profesor? ¿Quién demonios quiere asustar a la prima o al profesor haciéndoles creer...? No quería ni pensarlo.
Había una advertencia en letra pequeña al fondo:

ADVERTENCIA: Este artículo podría ser usado de forma irresponsable. Al rellenar y enviar el siguiente formulario, el comprador se compromete a no usar este producto con fines que puedan ser ilegales, inmorales, fraudulentos o lesivos para otros.

Increíble. Hizo clic en la imagen y amplió el envoltorio. El test era una tira blanca con una cruz roja que indicaba el embarazo. Adam se devanó los sesos. ¿Era ese el test que había usado Corinne? No lo recordaba. ¿Se había molestado él en verlo? No estaba seguro. Todos se parecían, ¿no?

Pero en ese momento recordó que Corinne se había hecho el test cuando él estaba en casa.

Aquello era nuevo para ella. Con Thomas y Ryan, Corinne se había limitado a recibirlo en la puerta de casa con una gran sonrisa y le había disparado la noticia. Pero esa última vez ella había insistido en que él estuviera presente. Eso lo recordaba. Él estaba tendido en la cama, viendo la tele, zapeando. Ella había entrado en el baño. Él pensaba que el test llevaría unos minutos, pero no había sido así. Corinne había salido corriendo del baño con el test en la mano.

«¡Adam, mira! ¡Estoy embarazada!».

¿El test tenía ese aspecto?

No lo recordaba.

Adam seleccionó el segundo enlace y hundió la cabeza entre las manos.

¡BARRIGAS DE SILICONA!

Las había de diversos tamaños: primer trimestre (semanas 1-12), segundo trimestre (semanas 13-27) y tercer trimestre (semanas 28-40). También había un tamaño extragrande y uno para gemelos, trillizos e incluso cuatrillizos. Había una foto de una bella mujer mirando con ternura su vientre «de embarazada». Llevaba un vestido de novia blanco y un ramo de lirios en la mano.

El reclamo en la parte superior decía:

¡Nada como estar embarazada para ser el centro de atención!

Y, debajo, un subtítulo menos sutil:

¡Verás qué regalos te hacen!

El producto estaba hecho de «silicona de uso médico», descrita como «¡lo más parecido a la piel que se ha inventado nunca!». En la parte inferior había testimonios de «clientes

45

reales de Fake-A-Pregnancy». Adam abrió uno. Una guapa morena sonreía a la cámara y decía: «¡Hola! Me encanta mi barriga de silicona. ¡Es muy natural!». Luego explicaba que le había llegado solo en dos días hábiles (no tan rápido como el test de embarazo, pero tampoco es algo que necesites con tanta prisa, ¿no?) y que ella y su marido iban a adoptar un niño y no querían que sus amigos lo supieran. La segunda mujer —esta vez una pelirroja delgada— explicaba que ella y su marido habían contratado un vientre de alquiler y no querían que sus amigos se enteraran. (Adam esperaba por su propio bien que sus amigos no fueran tan raritos como para frecuentar aquella página web de vez en cuando.) El último testimonio era de una mujer que había usado el vientre falso para jugarles «una mal pasada» a sus amigos.

Debía de tener unos amigos bastante curiosos.

Adam volvió a la página del carrito de la compra. El último artículo era... oh, Dios... unas ecografías falsas.

¡En 2-D o 3-D! ¡Tú eliges!

Las falsas ecografías estaban a la venta por 29,99 dólares. En brillante, mate, o incluso transparencia. Había campos que podías rellenar, poniendo el nombre del médico, el nombre de un hospital o una clínica, y la fecha de la ecografía. Se podía escoger el sexo del feto o la probabilidad («Varón: 80 % de posibilidades»), por no hablar del tiempo de gestación, de fetos gemelos... Lo que fuera. Por 4,99 dólares más se podía «añadir un holograma a la ecografía falsa para darle un aspecto más auténtico».

La cabeza le daba vueltas. Corinne no habría escatimado en gastos con la ecografía, ¿no? No lo recordaba.

46

Una vez más, la página web lo presentaba como si la gente comprara ese tipo de cosas para gastar bromas.

¡Perfecto para despedidas de soltero!

Sí, para partirse dc la risa.

¡Perfecto para fiestas de cumpleaños e incluso bromas de Navidad!

¿Bromas de Navidad? ¿Empaquetar de regalo un test de embarazo y dejarlo bajo el árbol para papá y mamá? Sí, risas garantizadas.

Por supuesto, presentar todo aquello como «artículo de broma» no era más que una protección contra posibles denuncias. Era imposible que los dueños de la página web no supieran que la gente lo usaba para engañar.

«Eso es, Adam. Sigue indignándote. Sigue sin asumir lo evidente».

Volvía a sentir aquella sensación de aturdimiento. De momento, no podía hacer nada más. Se iría a la cama. Se estiraría y pensaría en ello. «No hagas nada precipitado. Hay demasiado en juego. Mantén la calma. Bloquea tus reacciones, si es necesario».

Pasó junto a los dormitorios de tus hijos en dirección al suyo. Sus habitaciones, toda aquella casa, de pronto le parecieron de lo más frágiles, un cascarón de huevo, y sentía que, si no iba con cuidado, lo que le había dicho el desconocido podía llegar a aplastarlos a todos.

Entró en el dormitorio que compartía con su esposa. En la mesilla de noche de Corinne había una novela en rústica;

era el debut literario de una mujer paquistaní. A su lado, un ejemplar de la revista *Real Simple* con las esquinas dobladas para marcar las páginas. También había unas gafas de cerca. La graduación era muy baja, y a Corinne no le gustaba llevarlas en público. El radio-despertador era también un punto de recarga para su iPhone. Adam y Corinne tenían gustos musicales similares. Bruce Springsteen era uno de sus favoritos. Habían asistido a una docena de conciertos. En algún momento, Adam siempre se dejaba llevar por la música hasta perder el control. Corinne siempre escuchaba concentrada. A veces se movía un poco, pero tenía la mirada puesta en el escenario casi todo el rato.

Adam, mientras tanto, bailaba como un idiota.

Entró en el baño y se cepilló los dientes. Corinne usaba un nuevo cepillo de dientes eléctrico supersónico de última tecnología que parecía un artilugio de la NASA. Adam usaba un cepillo clásico. Había una cajita de una crema L'Oréal. En el aire aún flotaba un rastro del olor químico del tinte. Probablemente, Corinne se había retocado algún pelo gris antes de salir para Atlantic City. Decía que le salían de uno en uno, y se daba cuenta cuando estaban largos. En tiempos se los arrancaba y se los quedaba mirando. Luego fruncía el ceño, los levantaba y decía: «Tiene la textura y el color de la lana de acero».

Le sonó el móvil. Miró la pantalla, pero ya sabía quién era. Escupió la pasta de dientes, se aclaró a toda prisa y lo cogió.

—Eh —dijo.

—¿Adam?

Por supuesto, era Corinne.

—Sí.

—He llamado antes —dijo. Adam detectó un atisbo de miedo en su voz—. ¿Por qué no has respondido?

—Thomas estaba al volante. No quería distraerme.

—Oh. —Al fondo se oían música y risas. Probablemente estuviera en el bar con sus colegas—. ¿Y qué tal ha ido la noche?

—Bien. Está en el equipo.

—¿Qué tal Bob?

—¿Qué quieres decir con eso de qué tal Bob? Ha hecho el payaso. Como siempre.

—Tienes que ser más agradable con él, Adam.

—No, no tengo por qué.

—Quiere pasar a Ryan al equipo B para que no le haga competencia a Bob júnior. No le des una excusa.

—¿Corinne?

—¿Sí?

—Es tarde y mañana tengo un día muy cargado. ¿Podemos hablar mañana?

Entre el ruido de fondo se oyó a alguien —un hombre— que se partía de la risa.

—¿Va todo bien? —preguntó ella.

—Bien —respondió él, y colgó.

Limpió el cepillo de dientes y se lavó la cara. Dos años atrás, cuando Thomas tenía catorce años, y Ryan, diez, Corinne se había quedado embarazada. Había sido una sorpresa. Con la edad, a Adam le habían detectado una baja cantidad de espermatozoides, así que habían acabado por prescindir `de métodos anticonceptivos; se limitaban a rezar en silencio por que no ocurriera. Por supuesto, aquello era una irresponsabilidad por su parte. No es que hubieran decidido juntos que no querían más hijos. Tan solo parecía

—al menos hasta aquel momento— que ese era el acuerdo tácito entre los dos.

Adam se miró al espejo. La vocecita en lo hondo de su cerebro seguía insistiendo. Recorrió el pasillo de puntillas. Encendió el ordenador, abrió el navegador y buscó «Test de ADN». El primero lo vendían en Walgreens. Estaba a punto de realizar el pedido, pero se lo pensó mejor. Corría el riesgo de que alguien abriera la caja. Lo recogería en mano al día siguiente.

Adam volvió a su habitación y se sentó en la cama. El olor de Corinne, sus intensas feromonas, pese al paso de los años, seguía flotando en el ambiente, o quizá fuera su imaginación desbocada.

Le volvió a la mente la voz del desconocido.

«Podrías haberla dejado».

Adam apoyó la cabeza en la almohada y parpadeó, mirando al techo, abrumado por el concierto de sonidos casi imperceptibles de su casa en silencio.

5

Adam se despertó a las siete. Ryan estaba esperando junto a la puerta de su dormitorio.

—¿Papá...?

—Sí.

—¿Puedes mirar el correo y comprobar si el entrenador Baime ya ha enviado los resultados?

—Ya lo he hecho. Estás en el equipo A.

Ryan no lo celebró de manera ostentosa. Él no era así. Asintió e intentó contener la sonrisa.

—¿Puedo ir a casa de Max después de clase?

—¿Y qué vais a hacer, con el día tan bonito que hace?

—Sentarnos a oscuras a jugar con videojuegos —respondió Ryan. Adam frunció el ceño, pero sabía que Ryan le estaba tomando el pelo—. También vienen Jack y Colin. Vamos a jugar al lacrosse.

—Vale. —Adam sacó las piernas de la cama—. ¿Ya has desayunado?

—Aún no.

—¿Quieres que te haga mis «huevos a la papá»?

—Solo si prometes no llamarlos «huevos a la papá».

Adam sonrió.

—Trato hecho.

Por un momento, Adam se olvidó de la noche anterior, del desconocido, de Novelty Funsy y de Fake-A-Pregnancy. com. Todo eso le parecía un sueño, casi como si de imaginaciones suyas se tratara. Pero, por supuesto, sabía que no lo eran. Estaba bloqueándolo. De hecho, había dormido bastante bien. Si había soñado algo, no lo recordaba. Adam solía dormir bien. Era Corinne quien pasaba horas despierta, preocupada por todo. En algún momento de su vida, Adam había aprendido a no preocuparse por lo que no podía controlar, a relajarse. Ahora se preguntaba si lo que hacía era desconectar o tan solo bloquear.

Bajó las escaleras y preparó el desayuno. Los «huevos a la papá» eran huevos revueltos con leche, mostaza y parmesano. Cuando Ryan tenía seis años le encantaban, pero tal como suele ocurrir con los niños, creció y un día decidió que eran «tontos». Después de eso decidió que no volvería a tocarlos. Su nuevo entrenador acababa de decirle que debía empezar el día con un desayuno rico en proteínas, con lo que los «huevos a la papá» habían recuperado su protagonismo, como un musical clásico de reestreno.

Al ver a su hijo atacar el plato como si este le hubiera ofendido, intentó evocar la imagen de Ryan a los seis años comiéndose esos mismos huevos en esa misma cocina. No conseguía recuperar la imagen.

Thomas había ido a clase con un compañero, así que Adam llevó a Ryan en coche, en un cómodo silencio. Pasaron por un Baby Gap y por una escuela de kárate Tiger Schulmann. Habían abierto un Subway en aquel local «muerto» de la esquina, ese rincón del pueblo donde parece que no funciona ningún negocio. Ya había sido una tienda de *bagels*, una joyería, una tienda de una cadena de colchones caros y un Blimpie, que Adam siempre había considerado lo mismo que un Subway.

—Adiós, papá. Gracias.

Ryan saltó del coche sin darle un beso en la mejilla. ¿Cuándo había dejado de darle besos? No lo recordaba.

Dio la vuelta en Oak Street, pasó por el 7-Eleven y vio el Walgreens. Soltó un suspiro. Aparcó y se quedó sentado en el coche unos minutos. Un anciano pasó a su lado aferrando su bolsa de medicinas entre la mano nudosa y el manillar de su andador. Le echó una mirada desconfiada a Adam, aunque quizá fuera el único tipo de mirada que tenía.

Adam entró y cogió un pequeño cesto para la compra. Necesitaban pasta de dientes y jabón antibacteriano, pero todo eso era una excusa. Recordó sus tiempos de juventud, cuando echaba algunos cuantos artículos de tocador en la cesta para que no se notara mucho que en realidad quería comprar preservativos, que permanecerían sin usar en su cartera hasta que el tiempo los cuartease.

Las pruebas de ADN estaban junto al mostrador. Adam se acercó, haciendo todo lo posible por parecer tranquilo. Miró a la izquierda. Miró a la derecha. Cogió la caja y leyó el dorso:

EL 30 % DE LOS «PADRES» QUE HACEN ESTA PRUEBA DESCUBREN QUE EL HIJO QUE ESTÁN CRIANDO NO ES SUYO.

Dejó la caja en el estante y se alejó a toda prisa, como si la caja pudiera hacerlo volver atrás. No. Eso no lo haría. Al menos, no de momento.

Llevó el resto de los artículos a la caja, cogió un paquete de chicles y pagó. Cogió la carretera 17, dejó atrás unas cuantas tiendas más de colchones (¿a qué se debería esa afición por los colchones en el norte de Nueva Jersey?) y se fue al gimnasio. Se cambió y se fue a la sala de pesas. Adam se había pasado toda la vida adulta explorando un batiburrillo de actividades físicas tales como yoga (le faltaba de flexibilidad), pilates (le resultó extraño), *boot camp* (para eso era preferible alistarse), zumba (mejor no hacer preguntas), *aquagym* (por poco se ahoga) o *spinning* (vaya dolor de culo), pero al final siempre volvía a las pesas. A veces lo asaltaban las ganas de tensar los músculos y no veía la hora de llegar al gimnasio. Otros días no le apetecía nada, y solo quería levantar el batido de proteínas de mantequilla de cacahuete de después del ejercicio.

Fue haciendo su rutina, intentando recordar que debía contraer el músculo y aguantar al final del recorrido. Había aprendido que esa era la clave. No solo levantar pesas. Levantarlas, aguantar un segundo tensando el bíceps y luego bajar. Se duchó, se vistió para el trabajo y se dirigió a su oficina, en Midland Avenue, en Paramus. El edificio tenía cuatro plantas y era de cristal, y solo destacaba por ser el clásico edificio de oficinas. Nadie pensaría que pudiera contener otra cosa.

—Eh, Adam. ¿Tienes un segundo?

Era Andy Gribbel, el mejor paralegal del despacho. Cuando llegó, todo el mundo le llamaba «el Nota» por su aspecto desaliñado similar al del personaje de Jeff Bridges. Era mayor que casi todos los paralegales —de hecho, era mayor que Adam— y no le habría costado nada cursar la carrera de Derecho y sacarse el título, pero, tal como lo planteaba Gribbel, «no es lo mío, colega».

Sí, así es justo como lo había dicho.

—¿Qué hay? —preguntó Adam.

—El viejo Rinsky.

La especialidad de Adam eran las expropiaciones, los casos en los que el gobierno intenta arrebatar a alguien su terreno para construir una carretera, una escuela o algo así. En este caso, el municipio de Kasselton trataba de quedarse con la casa de Rinsky para reurbanizar la zona. Traducido, eso quería decir que habían calificado aquel barrio de «poco deseable» o, en un lenguaje más pedestre, de «estercolero», y que los órganos de gobierno habían encontrado a un constructor dispuesto a demoler todas las casas y construir un nuevo barrio con atractivos edificios, tiendas y restaurantes.

—¿Qué le pasa?

—Vamos a verlo a su casa.

—Vale, muy bien.

—¿Debería llevar a los... pistoleros?

Era una de las opciones.

—Aún no —respondió Adam—. ¿Algo más?

Gribbel se recostó en la silla y apoyó las botas de trabajo en la mesa.

—Esta noche tocamos. ¿Quieres venir?

Adam meneó la cabeza. Andy Gribbel tocaba en una banda de versiones de los años setenta que había actuado en alguno de los antros más prestigiosos del norte de Nueva Jersey.

—No puedo.

—Nada de tocar a los Eagles, te lo prometo.

—Vosotros nunca tocáis canciones de los Eagles.

—No es lo que más me gusta —repuso Gribbel—. Pero vamos a tocar *Please Come to Boston* por primera vez. ¿Recuerdas esa canción?

—Claro.

—¿Y qué te parece?

—No es de mis preferidas —confesó Adam.

—¿De verdad? Es un gran éxito de la canción romántica. A ti te encantan las canciones románticas.

—No es un éxito de la canción romántica —le corrigió Adam.

—*Hey ramblin' boy, why don't you settle down?* —cantó Gribbel.

—Probablemente la chica de la canción sea una pesada —respondió Adam—. El tío no deja de pedirle que le acompañe a una nueva ciudad. Ella le dice que no una y otra vez, y ella lloriquea pidiéndole que se quede en Tennessee.

—Eso es porque ella es la fan número uno del hombre de Tennessee.

—A lo mejor él no necesita una fan. A lo mejor necesita una compañera y una amante.

—Ya entiendo adónde quieres ir a parar —concedió Gribbel, mesándose la barba.

—Y lo único que dice el pobre hombre es «Por favor, ven a Boston a pasar la primavera». La primavera. Tampoco es que le esté pidiendo que deje Tennessee para siempre. ¿Y qué responde ella? Que ni hablar. ¿Qué actitud es esa? Nada de diálogo, nada de escucharlo... No es no, y no se hable más. Luego, él le sugiere Denver, o incluso Los Ángeles. La misma respuesta. No, no, no. Caray, ábrete un poco, chica. ¡Vive un poco!

Gribbel sonrió.

—Estás colgado, colega.

—Y además —prosiguió Adam, dejándose llevar—, luego afirma que en esas enormes ciudades (Boston, Denver y Los Ángeles) no hay nadie como ella. Un poco sobrada, ¿no?

—¿Adam?

—¿Qué?

—Quizá le estés dando demasiadas vueltas, hermano.

Adam asintió.

—Cierto.

—Le das demasiadas vueltas a demasiadas cosas, Adam.

—Tienes razón.

—Por eso eres el mejor abogado que conozco.

—Gracias —dijo Adam—. Y no, no puedes salir antes para preparar el concierto.

—Venga, tío, no seas así.

—Lo siento.

—¿Adam?

—¿Qué?

—¿Sabes el tipo de la canción? ¿El trotamundos que le pide que lo acompañe a Boston?

—¿Qué le pasa?

—Tienes que ser justo con la chica.

—¿Y eso?

—Le dice a la chica que podría vender sus cuadros en la acera, frente al café donde espera encontrar trabajo él. —Gribbel extendió los brazos—. Desde luego, ¿qué plan de futuro es ese?

—*Touché* —reconoció Adam, con media sonrisa—. Parece que harían mejor en dejarlo.

—Qué va. Tienen buen rollo. Se oye en su voz.

Adam se encogió de hombros y se metió en su despacho. Aquella digresión le había ido bien. Volvía a estar solo ante sus pensamientos. Y no era muy agradable. Hizo unas llamadas, vio a un par de clientes, hizo consultas a sus auxiliares y comprobó que se hubieran seguido los pasos correctos en un par de casos. El mundo sigue girando, pase lo que pase. Adam lo había aprendido a los catorce años, al morir su padre de un ataque al corazón. Sentado en el gran coche negro, junto a su madre, miró por la ventanilla y observó cómo los demás seguían adelante con sus vidas. Los niños seguían yendo al colegio. Los padres seguían yendo al trabajo. Los conductores hacían sonar las bocinas. El sol seguía brillando. Su padre se había ido. Y no había cambiado nada.

Una vez más, la situación le recordaba lo obvio: al mundo no le importamos lo más mínimo, ni nosotros ni nuestros pequeños problemas. Eso no va a pasar. Pueden destrozarnos la vida, ¿es que alguien se va a dar cuenta? No. Para el mundo exterior, Adam era el mismo, actuaba igual, sentía lo mismo. Nos cabreamos como bestias cuando alguien nos bloquea el paso con el coche, o cuando el café tarda demasiado en el Starbucks, o cuando alguien no nos responde exactamente como nos esperamos, y no tenemos ni idea de que detrás de esa fachada quizá se estén enfrentando a una situación de mierda a escala industrial. Quizás estén destrozados. Quizás estén en medio de una tragedia de proporciones inimaginables, con su salud mental colgando de un hilo.

Pero no nos importa. No lo vemos. Seguimos adelante.

En el camino de vuelta a casa fue cambiando de emisora hasta dar con una deportiva en la que discutían de tonterías. El mundo estaba siempre dividido, siempre en conflicto, así que resultaba agradable oír que un grupo de personas pudiera discutir por algo tan intrascendente como el baloncesto profesional.

Cuando llegó a su calle, le sorprendió un poco encontrar el Honda Odyssey de Corinne en la entrada de la casa. El vendedor de coches había definido el color como «cereza perlada oscuro», sin inmutarse siquiera. En la quinta puerta tenía una calcomanía ovalada con el nombre de su población en letras negras a modo de tatuaje tribal burgués. También había un adhesivo redondo con dos *sticks* de lacrosse cruzados y la inscripción «Panther Lacrosse», el nombre de la mascota del equipo del pueblo, y otro con una W verde enorme de la Willard Middle School, el colegio de Ryan.

Corinne había llegado de Atlantic City antes de lo esperado.

Eso le alteraba un poco los planes. Adam llevaba todo el día ensayando para sí la discusión que les esperaba. La había repasado en bucle durante las últimas horas. Había probado diferentes enfoques, pero ninguno le parecía del todo adecuado. Sabía que era algo que no podía planificar. Hablar de lo que le había dicho el desconocido —exponerle lo que ahora veía claro que era cierto— sería como quitarle la anilla a la granada. No tenía ni idea de cómo iba a reaccionar.

¿Lo negaría?

Quizás. Aún quedaba la posibilidad de que hubiera una explicación inocente para todo aquello. Adam trataba de ser abierto de miras, aunque le parecía que, más que evitar los prejuicios, se estaba dando falsas esperanzas. Aparcó junto al coche de ella, en la entrada del garaje. Tenían un garaje de dos plazas, pero estaba lleno de muebles viejos, equipo deportivo y otros trastos viejos. Por eso Corinne y él solían aparcar en la entrada.

Adam salió del coche y fue hasta la puerta. La hierba tenía unas cuantas calvas. Corinne lo notaría y se quejaría. No era capaz de disfrutar sin más, olvidándose de todo. Le gustaba corregir y arreglar las cosas. Adam se consideraba más despreocupado, pero había quien pensaba que en realidad era un perezoso. La familia Bauer, que vivía justo al lado, tenía un jardín que parecía siempre estar listo para acoger un torneo de golf profesional. Corinne no podía evitar hacer comparaciones. A Adam no le importaba un comino.

Se abrió la puerta principal y salió Thomas con su bolsa de lacrosse sobre el hombro. Llevaba su uniforme de visitante. Sonrió a su padre, y el protector dental le bailó en la boca. Adam sintió una agradable sensación en el pecho.

—Eh, papá.

—Hola. ¿Qué pasa?

—Tengo partido, ¿recuerdas?

Como era lógico, Adam lo había olvidado, aunque eso explicaba por qué Corinne había hecho un esfuerzo por llegar a tiempo.

—Ya. ¿Contra quién jugáis?

—Glen Rock. Mamá va a llevarme. ¿Vienes más tarde?

—Claro.

Cuando Corinne apareció en la puerta, Adam sintió que el corazón se le caía a los pies. Seguía siendo guapa. Sí, le costaba visualizar a sus hijos con menos años, pero con Corinne le pasaba prácticamente lo contrario. Aún la veía como la belleza de veintitrés años de la que se había enamorado. Desde luego, si miraba con detalle, veía las patas de gallo y que los tejidos se habían ablandado algo con la edad, pero ya fuera por amor o porque al verla a diario los cambios graduales no se hacían evidentes, no tenía la impresión de que hubiera envejecido en absoluto.

Corinne aún tenía el pelo húmedo de la ducha.

—Hola, cariño.

Adam no se movió.

—Hola.

Ella se acercó y le dio un beso en la mejilla. El cabello le olía maravillosamente, a lilas.

—¿Podrás pasar a recoger a Ryan?

—¿Dónde está?

—Jugando con sus amiguitos en casa de Max.

Thomas hizo una mueca.

—No digas eso, mamá.

—¿El qué?

—Lo de los amiguitos. Ryan está en secundaria. Vas a jugar a casa de los amiguitos cuando tienes seis años.

Corinne suspiró, pero con una sonrisa.

—Vale, lo que tú digas. Está teniendo una reunión muy madura en casa de Max. —Miró a Adam—. ¿Puedes pasar a recogerlo antes de ir al partido?

Adam supo que estaba asintiendo, pero no recordaba haberse dado la orden mental para hacerlo.

—Claro. Nos vemos en el partido. ¿Qué tal ha ido en Atlantic City?

—Bien.

—Esto... ¿Papá? ¿Mamá? —los interrumpió Thomas—. ¿Podéis dejar la charla para más tarde? El entrenador se mosquea si no llegamos al menos una hora antes de que comience el partido.

—Vale —convino Adam. Luego se volvió hacia Corinne e intentó mantener el tono informal—. Podemos..., bueno, ya charlaremos más tarde.

Corinne vaciló medio segundo. Fue un momento, pero suficiente.

—Vale, no hay problema.

Adam se quedó en el umbral, observando cómo caminaban hasta el coche. Corinne apretó el mando a distancia y el portón trasero se abrió como una boca gigante. Thomas tiró la bolsa en el interior y se sentó en el asiento del acompañante. La enorme boca se cerró, tragándose el equipo. Corinne le saludó con la mano. Él le devolvió el saludo.

Corinne y Adam se habían conocido en Atlanta, durante el período de formación de cinco semanas para colaborar con LitWorld, una organización sin ánimo de lucro que enviaba profesores a zonas desfavorecidas del mundo para enseñar a leer a la gente. Eso fue antes de que todo el mundo decidiera viajar a Zambia a construir cabañas para ponerlo en el apartado de méritos de la solicitud de la universidad. En este caso, todos los voluntarios habían acabado la universidad. Eran chavales honrados, quizá demasiado honrados, pero todos ellos de buen corazón.

Corinne y él no se conocieron en el campus de la Universidad de Emory, donde tenía lugar la instrucción, sino en un bar cercano, donde los estudiantes mayores de veintiún años podían beber y ligar en paz oyendo música country cutre. Ella estaba con un grupo de amigas; él, con un grupo de amigos. Adam buscaba temita. Corinne buscaba algo más. Los dos grupos se conocieron poco a poco, los chicos acercándose a las chicas como en una clásica escena de baile de una película cutre. Adam le preguntó a Corinne si podía invitarla a una copa. Ella dijo que de acuerdo, pero que con eso no iba a conseguir nada. Él la invitó de todos modos y, en un alarde de increíble originalidad, declaró que la noche era joven.

Llegaron las copas. Se pusieron a hablar. Fue bien. En algún momento, avanzada la noche, casi cuando el bar estaba a punto de cerrar, Corinne le dijo que había perdido a su padre cuando era joven, y entonces, Adam, que no había hablado nunca del tema con nadie, le contó la historia de la muerte de su padre y de que al mundo no le había importado en absoluto.

Los unieron sus tragedias paternas. Y así empezó.

Cuando se casaron, se fueron a vivir a un tranquilo bloque de apartamentos junto a la interestatal 78. Él aún intentaba ayudar a la gente como abogado de oficio. Ella daba clase en los barrios más difíciles de Newark. Cuando nació Thomas, llegó la hora de mudarse a una casa de verdad. Daba la impresión de que así tenía que ser. A Adam no le importaba mucho la casa. No le preocupaba si era moderna o algo más clásica, como la que al final se quedaron. Quería que Corinne fuera feliz, no por pura bondad, sino porque aquello tampoco le importaba demasiado. Así que Corinne escogió aquella casa por motivos obvios.

Quizás habría tenido que parar en aquel momento, pero no veía motivo para hacerlo. Le dejó escoger aquella casa en particular, porque era lo que quería. El pueblo. La casa. El garaje. Los coches. Los niños.

¿Y qué era lo que quería Adam?

No lo sabía, pero aquella casa —aquel barrio— les había supuesto un esfuerzo económico. Adam acabó dejando su trabajo en el turno de oficio por un puesto mucho mejor pagado en el bufete Bachmann Simpson Feagles. No tanto porque fuera lo que deseaba, sino porque era el camino fácil que tomaban los hombres como él: un lugar seguro para criar a sus hijos, una casa preciosa con cuatro dormitorios, un garaje de dos plazas, un aro de baloncesto en el patio, una barbacoa de gas en la terraza de madera, con vistas al jardín trasero.

Bonito, ¿no?

Tripp Evans lo había llamado «vivir el sueño». El sueño americano. Corinne habría estado de acuerdo.

«Podrías haberla dejado».

Pero, por supuesto, aquello no era cierto. El sueño se compone de elementos sutiles pero impagables. Uno no puede destruirlo así, sin más. Había que ser muy ingrato, muy egoísta, muy retorcido para no reconocer la suerte que se tiene cuando se ha alcanzado.

Abrió la puerta y entró en la cocina. La mesa de la cocina estaba hecha un asco, cubierta de deberes. Había un trabajo sobre los americanos nativos. El libro de álgebra de Thomas estaba abierto y mostraba un problema que le pedía que dibujara la gráfica de la ecuación $2x^2 - 6x = 4$. Había un lápiz del número dos en el hueco entre las páginas, y hojas milimetradas dispersas por doquier. Algunas habían caído al suelo.

Adam se agachó, las recogió y las puso otra vez sobre la mesa. Se quedó mirando los deberes un momento.

«Ve con cuidado», se recordó a sí mismo. Lo que se estaba jugando no era solo el sueño de ellos dos.

6

Cuando Adam y Ryan llegaron el partido de Thomas estaba justo empezando.

Ryan se despidió enseguida con un «Hasta luego, papá», para situarse con los amigos de su edad y no correr así el riesgo de que le vieran con su padre en persona. Adam se dirigió al lado izquierdo del campo, a la grada de los visitantes, para reunirse con los otros padres de Cedarfield.

No había gradas metálicas, pero algunos padres habían llevado sillas plegables para sentarse. Corinne tenía cuatro sillas de malla en el coche, cada una con sendos posavasos en los brazos (¿quién podía necesitar dos vasos por silla?) y un toldillo para el sol sobre la cabeza. La mayoría de las veces (como en ese momento) prefería estar de pie. Kristin Hoy estaba a su lado, con un top sin mangas tan minúsculo que atraía las miradas de más de un padre.

Adam saludó con gestos a unos cuantos padres de camino al lugar donde se hallaba su mujer. Tripp Evans estaba en la esquina con otras familias, todos ellos con los brazos cruzados y gafas de sol. Tenían más aspecto de miembros del servicio secreto que de espectadores. A la derecha, un sonriente Gastón charlaba con su primo Daz (sí, todo el mundo le llamaba así), propietario de la CBW Inc., una empresa de investigación corporativa especializada en hurgar en el pasado de los empleados. El primo Daz también hacía estudios en profundidad de todos los entrenadores de la liga para asegurarse de que ninguno tuviera antecedentes penales o cosas así. Gastón había insistido a la comisión de lacrosse para que contratara los caros servicios de la CBW Inc. para esa labor aparentemente sencilla, que se podría hacer con una búsqueda por internet porque, claro, ¿para qué está la familia?

Corinne vio llegar a Adam y se apartó un poco de Kristin. Cuando lo tuvo más cerca, le susurró al oído, alterada:

—Thomas no ha salido de titular.

—El entrenador siempre hace rotaciones —dijo Adam—. Yo no me preocuparía.

Pero Corinne sí se preocupaba.

—Ha puesto a Pete Baime en su lugar. —El hijo de Gastón. Eso explicaba la sonrisa de Gastón—. Ni siquiera está completamente recuperado de su lesión. ¿Cómo puede haberlo puesto en el campo?

—No soy su médico, Corinne. ¿Y yo qué sé?

—¡Venga, Tony! —gritó una mujer—. ¡Al contraataque!

No hacía falta que nadie le dijera que la mujer que gritaba era la madre del tal Tony. Tenía que serlo. Cuando un padre o una madre se dirigen a su hijo en el campo, son inconfundibles. Siempre hay un punto de decepción y exasperación en su voz. Ningún padre o madre se da cuenta de ello, pero todos lo hacen. Todos lo oímos. Todos creemos que los demás padres lo hacen pero que, por arte de magia, nosotros somos inmunes.

Todos vemos la paja en el ojo ajeno, pero no la viga en el nuestro.

Pasaron tres minutos. Thomas aún no había entrado.

Adam miró a Corinne de reojo. Tenía la mandíbula tensa. No dejaba de mirar al otro lado del campo, al entrenador, como si el poder de su mirada fuera a convencerlo de sacar a Thomas al campo.

—Ya saldrá —dijo Adam.

—Nunca ha tardado tanto en salir. ¿Qué crees que habrá pasado?

—No lo sé.

—Pete no debería jugar.

Adam no se molestó en responder. Pete cogió la bola y se la pasó a un compañero en la combinación más rutinaria imaginable. Desde el otro lado del campo, Gastón gritó:

—¡Guau! ¡Gran jugada, Pete!

Y chocó la mano con su primo Daz.

—¿Qué hombre adulto haría que lo llamaran Daz? —murmuró Adam.

—¿Qué?

—Nada.

Corinne se mordió el labio inferior.

—Hemos llegado uno o dos minutos tarde, supongo. Quiero decir, que estábamos aquí cincuenta y cinco minutos antes de que empezara el partido, pero el entrenador dijo una hora.

—Dudo que sea eso.

—Tendría que haber salido de casa antes.

Adam sintió la tentación de decir que tenían otros problemas más graves, pero quizá de momento aquello les fuera bien como distracción. El otro equipo marcó. Los padres se lamentaron en voz alta y empezaron a diseccionar los errores de la defensa que habían provocado el gol.

Thomas saltó al campo.

Adam percibió el alivio de su mujer casi físicamente. El rostro de Corinne se relajó. Le sonrió y dijo:

—¿Qué tal te ha ido el trabajo?

—¿Ahora quieres saberlo?

—Lo siento. Ya sabes cómo me pongo.

—Sí que lo sé.

—Forma parte de mis encantos.

—Será.

—Eso —dijo ella—, y mi culo.

—Eso sí que es verdad.

—Aún tengo un culo estupendo, ¿no?

—De clase A, categoría internacional, cien por cien solomillo de primera categoría, sin aditivos.

—Y listo para comer...

Cómo le gustaban a Adam esos momentos tan poco frecuentes en que Corinne se dejaba llevar y se ponía hasta un poco pícara. Por unas décimas de segundo, se olvidó del desconocido. Unas décimas de segundo, nada más. «¿Por qué ahora?», se preguntó. Ella hacía comentarios así dos o tres veces al año. ¿Por qué ahora?

Volvió a mirarla. Corinne llevaba los pendientes de diamante que le había comprado en aquella tienda de la calle Cuarenta y siete. Adam se los había regalado para su decimoquinto aniversario, en el restaurante chino Bamboo House. Su idea inicial había sido meterlos de algún modo en una galletita de la suerte —a Corinne le encantaba abrir las galletitas de la suerte, aunque no comérselas—, pero aquella idea no había llegado a prosperar. Al final, el camarero se los llevó en una de esas bandejas con una tapa de acero. Cursi, manido y poco original, pero a Corinne le encantó. Lloró, lo rodeó con sus brazos y lo apretó tan fuerte que Adam se preguntó si alguien habría abrazado alguna vez así a algún hombre en todo el mundo.

Ahora solo se los quitaba de noche, y también para nadar, pues le daba miedo que el cloro se comiera el engaste. Sus otros pendientes habían quedado arrinconados en el pequeño joyero del armario, como si ponérselos en lugar de los de diamante fuese algún tipo de traición. Significaban mucho para ella. Significaban compromiso, amor y respeto. Pensándolo bien, ¿una mujer así fingiría un embarazo?

Corinne tenía la vista puesta en el campo. La pelota estaba en la zona de ataque, donde jugaba Thomas. Adam notaba cómo se ponía rígida cada vez que la pelota se acercaba a la posición de su hijo.

Entonces Thomas hizo una jugada bonita: levantó la pelota del *stick* de un defensor, la recogió y se dirigió a la portería.

Decimos que no es así, pero solo tenemos ojos para nuestros hijos. Cuando Adam era un padre inexperto, ese sesgo parental le emocionaba. Uno va a un partido o a un concierto o a lo que sea, y sí, lo mira todo y a todos, pero en realidad solo ve a su propio hijo. Todo lo demás, todos los demás, se convierten en relleno, en decorado. Mira a su hijo y es como si hubiera un foco que lo pone en evidencia, solo a él, y como si el resto del escenario o del campo se oscureciera y uno sintiera ese calor, el mismo que había sentido Adam en el pecho al ver que su hijo le sonreía, e incluso en un entorno repleto de padres e hijos, Adam notaba que todos los padres tenían exactamente la misma sensación, que cada padre y cada madre tenía su foco personal dirigido hacia su hijo, y de algún modo aquello le resultaba reconfortante. Así debía ser.

Pero ese hijocentrismo ya no le emocionaba tanto. Ahora le parecía que esa atención desmesurada no era tanto producto del amor como de la obsesión, que aquel sesgo en la visión y la mentalidad era insano, poco realista e incluso potencialmente dañino.

Thomas hizo un corte rápido y le pasó la bola a Paul Williams. Terry Zobel estaba abierto y en posición de marcar; pero antes de que pudiera disparar, el árbitro silbó y tiró el pañuelo amarillo, señalando un minuto de penalización para Freddie Friednash, centrocampista del equipo de Thomas. Los padres de la esquina se rebelaron en grupo.

—¿Estás de broma, árbitro? ¡Qué dices! ¡Tienes que estar ciego! ¡Y una mierda! ¡Pita las de ambos equipos, árbitro!

Los entrenadores se animaron y también entraron al trapo. Hasta Freddie, que estaba saliendo del campo a paso ligero, redujo la marcha y le hizo que no con la cabeza al árbitro. Al coro de quejas se sumaron otros padres: el rebaño en acción.

—¿Has visto la entrada? —preguntó Corinne.

—No estaba mirando ahí.

Becky Evans, la mujer de Tripp, se acercó a saludar.

—Hola, Adam. Hola, Corinne.

Con la falta, ahora la pelota estaba en la zona de defensa, lejos de Thomas, así que ambos tuvieron un momento para volverse hacia ella y devolverle la sonrisa. Becky Evans, madre de cinco hijos, era una mujer de una alegría sobrenatural, siempre sonriente y amable. Adam recelaba de la gente como ella. Le gustaba observar a esas mamás felices cuando bajaban la guardia, esperando pillarlas cuando la sonrisa desaparecía o se volvía forzada, y la mayoría de las veces lo conseguía. Pero no con Becky. Siempre se la veía paseando a sus hijos en su Dodge Durango, luciendo sonrisa, con el asiento trasero lleno de niños y trastos. Aunque aquellas tareas mundanas acababan afectando a la mayoría de las madres, Becky Evans parecía disfrutar con ellas, e incluso recargarse de energía.

—Hola, Becky —la saludó Corinne.

—Hace un día estupendo para jugar, ¿no?

—Desde luego —respondió Adam, porque eso es lo que se dice.

El silbato volvió a sonar: otra falta del equipo visitante. Los padres volvieron a ponerse furiosos, e incluso a insultar al árbitro. Adam frunció el ceño, molesto, pero no dijo nada. ¿Lo convertía eso en parte del problema? Le sorprendió ver que quien dirigía el abucheo era Cal Gottesman, un tipo con gafas. Su hijo Eric era defensa, y estaba mejorando mucho en muy poco tiempo. Cal trabajaba como agente de seguros en Parsippany. A Adam siempre le había parecido un tipo educado y bienintencionado, a veces algo lapidario y tedioso, pero también había notado que últimamente mostraba un carácter cada vez más imprevisible, en proporción directa con la mejoría de su hijo. Eric había crecido quince centímetros el último año y ahora era un defensa de primera línea. Alguna universidad había empezado a interesarse por él, y ahora Cal, que siempre se había mostrado muy reservado en los flancos, se dejaba ver caminando arriba y abajo y hablando solo.

Becky se acercó un poco más.

—¿Habéis oído lo de Richard Fee?

Richard Fee era el portero del equipo.

—Ha firmado con el Boston College.

—Pero si aún le quedan tres años para la universidad —dijo Corinne.

71

—¿Qué te parece? ¡Algún día empezarán a fichar a los niños en el vientre materno!

—Es ridículo. ¿Cómo saben cómo le van a ir los estudios? Acaba de empezar el instituto.

Becky y Corinne siguieron con su charla, pero Adam ya había empezado a desconectar. No parecía que a ellas les importara, así que Adam lo interpretó como una señal para dejar a las señoras a lo suyo y quizás alejarse un poco. Le dio un beso rápido en la mejilla a Becky y se puso en marcha. Becky y Corinne se conocían desde la infancia. Ambas habían nacido en Cedarfield. Becky no había vivido en ningún otro sitio.

Corinne no había tenido tanta suerte.

Adam se situó a medio camino entre las mamás y los papás de la esquina, con la esperanza de encontrar un sitio donde quedarse solo. Echó un vistazo al grupo de padres. Tripp Evans le miró y asintió, para hacerle entender que lo comprendía. Tal vez a Tripp tampoco le gustasen las multitudes, pero era él quien las atraía.

«La celebridad del lugar —pensó Adam—. Pues aguanta».

Cuando sonó la bocina que ponía fin al primer cuarto, Adam volvió a mirar a su mujer. Estaba charlando animadamente con Becky. Se la quedó mirando un momento, perdido y asustado. Conocía a Corinne a la perfección. Lo sabía todo sobre ella. Y se daba la paradoja de que, como la conocía tan bien, sabía que en lo que le había contado el desconocido había algo de verdad.

¿Qué no haríamos por proteger a nuestra familia?

Sonó otra vez la bocina, y los jugadores salieron al campo. Padres y madres se apresuraron a comprobar si sus hijos seguían en el terreno de juego. Thomas seguía allí. Becky reanudó la charla. Ahora, Corinne estaba callada, asintiendo, pero no perdía a Thomas de vista. Corinne sabía centrarse en lo importante. Aquella cualidad de su esposa le había resultado muy atractiva. Corinne sabía lo que quería, y podía concentrar todos los esfuerzos en los objetivos que la ayudarían a conseguirlo. Al principio, Adam tenía unos planes de futuro bastante poco definidos (quería trabajar en algo que ayudara a los más desfavorecidos), pero no tenía una idea clara sobre dónde quería vivir o qué estilo de vida quería llevar, ni sobre cómo crearse esa vida o ese núcleo familiar. Todo eran conceptos amplios y vagos; pero contaba con aquella mujer, espectacular, bella e inteligente, que sabía exactamente lo que debían hacer los dos.

Rendirse a ella había sido un acto de libertad.

Fue en aquel momento, mientras pensaba en las decisiones que había tomado (o que había dejado de tomar) para llegar a aquel punto de su vida, cuando Thomas se hizo con la bola detrás de la portería, fintó un pase al centro, se dirigió a la derecha, echó atrás el *stick* y lanzó un disparo bajo a la esquina.

Gol.

Los padres y las madres lo ovacionaron. Los compañeros de equipo se acercaron a felicitarlo, dándole afectuosas palmadas en el casco. Su hijo mantuvo la calma, siguiendo el viejo proverbio: «Actúa como si no fuera la primera vez». Pero incluso a aquella distancia, pese al gesto contenido de su hijo, pese a la protección bucal, Adam sabía que Thomas, su hijo mayor, estaba sonriendo, que estaba contento, que la misión de Adam como padre, la primera y principal como padre, era encargarse de que aquel chico y su hermano siguieran sonriendo, contentos y protegidos.

¿Qué haría para asegurar la felicidad y la seguridad de sus hijos?

Cualquier cosa.

Pero no se trataba de lo que haces o de lo que sacrificas, ¿no? La vida también era cuestión de suerte, de casualidad, de caos. Así que haría todo lo posible para proteger a sus hijos. Pero de algún modo tenía la (absoluta) certeza de que eso no bastaría, de que la suerte, la casualidad y el caos tenían otros planes, y la felicidad y la seguridad se disolverían en el aire fresco de la primavera.

7

Thomas marcó su segundo gol (¡el de la victoria!) cuando apenas faltaban veinte segundos para el final.

Aquella era la hipocresía del cinismo de Adam sobre la exagerada intensidad del mundo del deporte: a pesar de todo, cuando Thomas marcó aquel último gol, Adam dio un salto en el aire, agitó el puño y gritó: «¡Sí!». Le gustara o no, aquello fue una inyección de alegría, pura y genuina. Podría decirse que no era algo estrictamente personal, que era un sentimiento natural y sano de un padre hacia su hijo. Adam se recordó a sí mismo que no era uno de esos padres que vivían a través de sus hijos o que veían el lacrosse como un billete de entrada a una universidad mejor. Le gustaba el deporte por una sencilla razón: a sus hijos les encantaba jugar.

Pero todos los padres se dicen muchas cosas a sí mismos. Lo de la paja en ojo ajeno.

Cuando acabó el partido, Corinne se llevó a Ryan a casa en su coche. Iba a preparar la cena. Adam esperó a Thomas en el aparcamiento del instituto de Cedarfield. Por supuesto, habría sido mucho más fácil llevárselo a casa directamente después del partido, pero los chavales tenían que tomar el autobús del equipo por exigencias de la aseguradora. Así que Adam y los demás padres del equipo siguieron al autobús hasta Cedarfield y esperaron a que bajaran sus hijos. Salió del coche y enfiló hacia la entrada trasera de la escuela.

—Eh, Adam.

Se le acercó Cal Gottesman. Adam le saludó y se dieron la mano.

—Gran victoria —dijo Cal.

—Desde luego.

—Thomas ha jugado un partidazo.

—Eric también.

Daba la impresión de que las gafas de Cal nunca ajustaban bien. Se le iban deslizando por la nariz y tenía que subírselas con el dedo índice, pero al momento iniciaban de nuevo su descenso nasal.

—Parecías... distraído.

—¿Cómo?

—Durante el partido —dijo Cal. Tenía una de esas voces que hacen que todo parezca un lloriqueo—. Parecías..., no sé, preocupado.

—¿De verdad?

—Sí. —Se subió las gafas—. Tampoco he podido evitar ver tu mirada de..., digamos..., repulsa.

—No estoy muy seguro de qué...

—Cuando he corregido a los árbitros.

«Corregido», pensó Adam. Pero no quiso entrar en eso.

—Ni me he dado cuenta.

—Pues deberías. El árbitro iba a pitarle un *cross-check* a Thomas cuando tenía la bola en la X.

—No te sigo —dijo Adam, poniendo una mueca.

—Yo marco a los árbitros —explicó Cal en tono conspiratorio— con un objetivo. Deberías darte cuenta. Hoy he beneficiado a tu hijo.

—Vale —concedió Adam. Pero luego, pensando que quién narices era ese tipo para soltarle todo aquello, añadió—: ¿Y por qué firmamos esa declaración de juego limpio al inicio de la temporada?

—¿Cuál?

—Esa en la que prometemos no increpar a ningún jugador, entrenador o árbitro —dijo Adam—. Esa.

—No seas cándido —respondió Cal—. ¿Sabes quién es Moskowitz?

—¿Vive en Spenser Place? ¿El agente de bolsa?

—No, no —replicó Cal con un gesto impaciente—. El profesor Tobias Moskowitz, de la Universidad de Chicago.

—Eh... No.

—El cincuenta y siete por ciento.

—¿Qué?

—Los estudios demuestran que, en una competición deportiva, el cincuenta y siete por ciento de las veces gana el equipo local. Es lo que llamamos el factor campo.

—¿Y?

—Pues que la ventaja que da jugar en casa es real. Existe. Existe en todos los deportes, en todo momento, en todas las geografías. El profesor Moskowitz ha observado que se da de manera sistemática.

—¿Y? —preguntó Adam una vez más.

—Bueno, probablemente ya habrás oído muchos de los motivos habituales que se dan para explicar esta ventaja. La fatiga del viaje (el equipo visitante tiene que ir en autobús o en avión o lo que sea), o quizás habrás oído que porque el terreno de juego resulta familiar. O que algunos equipos están acostumbrados al frío o al calor...

—Vivimos en pueblos vecinos —dijo Adam.

—Exacto, y eso refuerza mi tesis.

Desde luego, Adam no estaba de humor. ¿Dónde demonios estaba Thomas?

—Bueno —prosiguió Cal—. ¿Qué crees que descubrió Moskowitz?

—¿Cómo dices?

—¿Qué es lo que crees que explica la ventaja de jugar en casa, Adam?

—No lo sé —respondió—. Quizás el apoyo de la grada.

Se hizo evidente que a Cal Gottesman le gustaba aquella respuesta.

—Sí y no. —Adam intentó no suspirar—. El profesor Moskowitz y otros como él han realizado estudios sobre las ventajas de jugar en casa. No dicen que no influyan cosas como la fatiga, pero prácticamente no hay datos que confirmen esas teoría, tan solo algunas pruebas anecdóticas. No, el hecho es que solo hay un motivo, uno, confirmado por datos objetivos. —Y levantó el dedo índice, por si Adam no sabía qué quería decir «uno». Luego, por si aquella pista era demasiado sutil, insistió—: Solo uno.

—¿Que sería...?

Cal bajó el dedo apretando el puño.

—El sesgo del árbitro. Eso es. Al equipo que juega en casa le pitan más faltas a favor.

—Así pues, ¿me estás diciendo que los árbitros deciden el partido?

—No, no. Y esa es la clave del estudio. No es que los árbitros favorezcan al equipo de casa a propósito. El sesgo se produce de forma completamente involuntaria. Todo tiene que ver con la conformidad social. —El genio científico de Cal se había desatado por completo—. En pocas palabras, todos queremos gustarles a los demás. Los árbitros, como cualquier ser humano, son criaturas sociales y asimilan las emociones del público. De vez en cuando, y de manera inconsciente, un árbitro pitará alguna falta que haga feliz al público. ¿Has visto algún partido de baloncesto? Todos los entrenadores presionan a los árbitros porque comprenden la naturaleza humana mejor que nadie. ¿Lo ves?

Adam asintió lentamente.

—Lo veo.

—Pues es eso, Adam —resumió Cal, abriendo los brazos—. En eso radica la ventaja de jugar en casa: en el deseo humano de encajar y de gustarles a los demás.

—Así que les gritas a los árbitros...

—En los partidos que jugamos fuera —le interrumpió—. En casa, por supuesto, necesitamos mantener la ventaja. Pero en los partidos que jugamos de visitantes, está demostrado científicamente que debemos hacerlo para equilibrar las cosas. En realidad, estar callados podría perjudicarnos.

Adam apartó la mirada.

—¿Qué?

—Nada.

—No, quiero oírlo. Tú eres abogado, ¿no? En tu trabajo hay bandos enfrentados.

—Sí.

—Y haces lo que puedes para influir en el juez o en el abogado rival.

—Es cierto.

—¿Entonces?

—Nada. Entiendo lo que dices.

—Pero no estás de acuerdo.

—La verdad es que no quiero entrar en eso.

—Pero los datos no dejan lugar a dudas.

—De acuerdo.

—Entonces ¿cuál es el problema?

Adam dudó un momento y luego pensó: «¿Por qué no?»

—No es más que un partido, Cal. La ventaja del factor campo es parte del juego. Por eso jugamos la mitad de los partidos en casa y la mitad fuera. De modo que se equilibre. Tal como lo veo yo (y oye, es solo mi punto de vista), estás justificando un comportamiento poco deseable. Juguemos y ya está, con faltas en contra y con lo que sea. Daremos un mejor ejemplo a los muchachos que si les gritamos a los árbitros. Y si perdemos un partido o dos más de los que deberíamos al año, que lo dudo, es un precio mínimo a cambio del decoro y la dignidad, ¿no te parece?

Cal Gottesman estaba ya preparándose a replicar cuando Thomas salió del vestuario. Adam lo frenó levantando una mano.

—No hagas caso, Cal, es solo mi opinión. Discúlpame.

Adam volvió al coche a paso ligero y vio a su hijo cruzando el campo. Hay un modo de caminar característico que adopta la gente cuando se siente a gusto por haber ganado. Thomas iba más erguido, y botaba ligeramente a cada paso. Tenía una media sonrisa en el rostro. Adam sabía que Thomas no quería hacer evidente aquella alegría hasta llegar al coche. Saludó con la mano a unos cuantos amigos, siempre tan diplomático. Ryan era más bien tranquilo, pero, en ese aspecto, Thomas era el rey.

Echó la bolsa de lacrosse sobre el asiento trasero. La peste de la ropa, empapada de sudor, empezó a dispersarse por el coche. Adam abrió las ventanillas. Eso arregló un poco la cosa, pero en días de partido tan cálidos nunca era suficiente.

Thomas esperó a que estuvieran a una travesía más o menos antes de dar rienda suelta a su alegría.

—¿Has visto el primer gol?

Adam sonrió.

—Brutal.

—Sí. Es el segundo que marco con la izquierda.

—El movimiento estuvo muy bien. Y el gol del desempate también.

Siguieron así un buen rato. Podría haber parecido algo pretencioso, pero en realidad era lo contrario. Con sus compañeros de equipo y entrenadores, Thomas era modesto y generoso. Siempre le daba el mérito a algún otro —al que le había dado el pase, al que había robado la pelota— y se avergonzaba cuando lo convertían en el centro de atención en el campo. Pero a solas, con su familia, Thomas se sentía cómodo dejándose llevar. Le encantaba hablar de los detalles del partido, no solo de sus goles, sino también de todo el juego, de lo que decían los otros chicos, de quién había jugado bien y quién no. La familia era un refugio seguro para todo eso; un lugar para la franqueza, por decirlo así. Eso era lo que se esperaba de la familia, por manido que pudiera sonar. No tenía que preocuparse de que lo tildaran de fanfarrón, de chulo, ni nada por el estilo. Podía hablar libremente.

—¡Ya ha llegado! —gritó Corinne cuando vio entrar a Thomas por la puerta. Él soltó la bolsa que llevaba al hombro, la dejó en el recibidor y dejó que su madre lo abrazara.

—Qué gran partido, cariño.

—Gracias.

Ryan chocó el puño con su hermano a modo de felicitación.

—¿Qué hay para cenar? —preguntó Thomas.

—He comprado unos filetes de ternera marinados para hacer a la parrilla.

—Qué guay.

Los filetes de ternera eran el plato favorito de Thomas. Adam no quiso alterar la armonía del momento y le dio un beso a su esposa. Todos se lavaron las manos. Ryan puso la mesa, lo que significaba que Thomas tendría que recogerla. Había agua para todos. Corinne había puesto dos copas de vino para los adultos. Dispuso la comida en la isla de la cocina. Cada uno cogió un plato y se sirvió.

Era una cena familiar de lo más ordinaria, y, quizá por eso, un momento valioso, pero a Adam le pareció como si hubiera una bomba bajo la mesa comenzando la cuenta atrás. Ahora era solo cuestión de tiempo. La cena acabaría y los chicos se irían a hacer los deberes, a ver la tele o a jugar con el ordenador o con algún videojuego. ¿Esperaría a que Thomas y Ryan se hubieran ido a la cama? Probablemente. Solo que de un tiempo a esa parte era habitual que Corinne o él se durmieran antes que Thomas. Así que tendría que asegurarse de que Thomas estaba en su cuarto, con la puerta cerrada, antes de exponerle a su mujer lo que había descubierto.

Tic tac, tic tac...

Durante la mayor parte de la cena fue Thomas quien llevó la voz cantante. Ryan escuchaba, absorto. Corinne contó que una de las profesoras se había emborrachado en Atlantic City y que había vomitado en el casino. A los chavales les encantó la historia.

—¿Ganaste algo? —preguntó Thomas.

—Yo nunca apuesto —dijo Corinne, perfecta en su papel de mamá—. Y vosotros tampoco deberíais.

Ambos pusieron los ojos en blanco.

—Lo digo en serio. Es un vicio terrible.

Ahora los dos chavales meneaban la cabeza.

—¿Qué pasa?

—A veces eres de lo más sosa —se quejó Thomas.

—No lo soy.

—Siempre con ese rollo de las lecciones para la vida —añadió Ryan, y se rio.

—Ya está bien. —Corinne miró a Adam en busca de ayuda—. ¿No oyes a tus hijos?

Adam se limitó a encogerse de hombros y cambió el tema de conversación. No recordaba de qué hablaron después. Le costaba concentrarse. Era como si estuviera viendo un montaje sobre su propia vida: la familia feliz que habían creado Corinne y él, cenando, disfrutando de la compañía. Casi veía la cámara rodeando la mesa en círculo, enfocando el rostro de cada uno, mostrando la espalda. Era una escena típica, estereotipada, perfecta.

Tic tac, tic tac...

Media hora más tarde, la cocina ya estaba despejada. Los chicos subieron a sus habitaciones. En cuanto desaparecieron, la sonrisa de Corinne se borró. Se volvió hacia Adam.

—¿Qué es lo que pasa?

Pensándolo bien, era increíble. Había vivido dieciocho años con Corinne. La había visto con todos los estados ánimo posibles, había experimentado todas sus emoci Sabía cuándo acercarse, cuándo mantenerse a dist cuándo necesitaba un abrazo, cuándo necesitaba u bra amable. La conocía tanto que sería capaz de a frases, e incluso sus pensamientos. Lo sabía todo d

No había habido espacio para la sorpresa. L

hasta el punto de saber que, en efecto, lo que le había dicho el desconocido era posible.

Sin embargo, no había pensado en aquello. No había caído en que Corinne también podía leerle el rostro; en que, pese a sus ímprobos esfuerzos por ocultarlo, habría reparado en que había algo grave que lo tenía intranquilo; en que no era algo normal, sin más; en que era algo gordo, quizás algo que pudiera cambiarles la vida.

Corinne se quedó inmóvil, esperando la noticia. Así que se la soltó.

—¿Fingiste tu embarazo?

8

El desconocido estaba sentado a una mesa de la esquina del Red Lobster de Beachwood, en Ohio, a las afueras de Cleveland.

Sostenía con delicadeza el «cóctel del día» del Red Lobster, un mai tai de mango. La salsa de sus gambas al ajo había empezado a solidificarse, convertida en una especie de engrudo. El camarero había intentado llevarse el plato dos veces, pero el desconocido se lo había quitado de encima con un gesto de la mano. Ingrid estaba sentada enfrente. Suspiró y consultó el reloj.

—Este debe de ser el almuerzo más largo de la historia.

El desconocido asintió.

—Casi dos horas.

Estaban observando una mesa con cuatro mujeres que iban por su tercer «cóctel del día» pese a que aún no eran ni las dos y media. Dos de ellas se habían pedido el Crabfest, un plato de la casa servido en una bandeja con el diámetro aproximado de una tapa de alcantarilla. La tercera había pedido *linguini* con langostinos Alfredo. La salsa cremosa del plato se le quedaba pegada en las comisuras de los labios pintados de rosa.

La cuarta mujer, que se llamaba Heidi Dann, era el motivo por el que estaban allí. Heidi había pedido el salmón a la brasa. Tenía cuarenta y nueve años, y era una mujer grande y animada, con el cabello pajizo. Llevaba un top con rayas de tigre y un escote bastante pronunciado. Heidi tenía una risa estentórea pero melódica. El desconocido la llevaba escuchando dos horas. Había algo hipnótico en aquel sonido.

—Le he cogido cariño —dijo el desconocido.

—Yo también. —Ingrid se echó la rubia melena hacia atrás con ambas manos, formando una cola imaginaria, y luego la soltó. Era un gesto recurrente. Llevaba la clásica melena lacia, y el pelo le caía una y otra vez sobre los ojos—. Tiene una vitalidad especial, ¿sabes?

Sabía exactamente lo que quería decir Ingrid.

—A fin de cuentas —añadió ella—, le estamos haciendo un favor.

Aquella era la justificación. El desconocido estaba de acuerdo. Si los cimientos están podridos, entonces hay que demoler toda la casa. No se puede arreglar con una capa de pintura y unos tablones de madera. Eso lo sabía. Lo entendía. Lo había vivido.

Estaba convencido.

Pero eso no significaba que disfrutara siendo quien accionaba los explosivos. Y así era como se veía. Él era quien hacía volar la casa de los cimientos podridos por los aires; pero nunca se quedaba para comprobar si la reconstruían, ni cómo.

Ni siquiera se quedaba para asegurarse de que no había nadie dentro de la casa en el momento de hacerla saltar por los aires.

La camarera se acercó y les llevó la cuenta a las señoritas. Todas echaron mano del monedero y sacaron dinero. La mujer de los *linguini* hizo números, dividiendo la cuenta con precisión. Las dos que habían comido el Crabfest sacaron sus billetes a la vez. Luego abrieron los portamonedas como si fueran sendos cinturones de castidad oxidados.

Heidi puso unos billetes de veinte dólares sobre la mesa.

Lo hizo de un modo —con delicadeza y desenvoltura a la vez— que le llegó al alma. Supuso que los Dann no tenían problemas de dinero, pero ¿quién sabe hoy en día? Heidi y su marido, Marty, llevaban casados veinte años. Tenían tres hijos. La hija mayor, Kimberly, estaba en primer curso en la Universidad de Nueva York, en Manhattan. Los dos chicos, Charlie y John, aún estaban en el instituto. Heidi trabajaba en la sección de cosmética del Macy's de University Heights. Marty Dann era subdirector de ventas y marketing de la TTI Floor Care, en Glenwillow. La TTI se dedicaba a las aspiradoras. Eran propietarios de Hoover, Oreck, Royal y la marca en la que había trabajado Marty los últimos once años, Dirt Devil. Viajaba mucho por trabajo, sobre todo a Bentonville, en Arkansas, porque allí estaba la dirección operativa de Walmart.

Ingrid escrutó el rostro del desconocido.

—Puedo encargarme de esto sola, si lo prefieres.

Él meneó la cabeza. Era su trabajo. Ingrid estaba allí porque tenía que acercarse a una mujer, y si iba solo podía quedar raro. ¿Una pareja, hombre y mujer, que se acercan a alguien? Nadie se preocupa. ¿Un hombre que se acerca a otro, pongamos en un bar o en un local de la American Legion? Tampoco. Pero ¿un hombre de veintisiete años que se acerca a una mujer de cuarenta y nueve, por ejemplo, en un Red Lobster?

Eso podía complicarse.

Ingrid ya había pagado la cuenta, así que actuaron con

rapidez. Heidi había acudido sola, en un Nissan Sentra gris. Ingrid y el desconocido habían aparcado su coche de alquiler a dos plazas de distancia. Esperaron junto al coche, con la llave en la mano, haciendo ver que estaban a punto de subirse y ponerse en marcha.

No querían llamar la atención.

Cinco minutos más tarde, las cuatro mujeres salieron del restaurante. Esperaban que Heidi se quedara sola, pero no tenían modo de saber con seguridad cuándo ocurriría. Cabía la posibilidad de que una de sus amigas la acompañara al coche, en cuyo caso tendrían que seguir a Heidi hasta su casa e intentar salirle al encuentro allí (nunca es buena idea enfrentarse a una víctima en su propiedad; eso las pone a la defensiva) o esperar a que saliera de nuevo.

Las mujeres se despidieron abrazándose. Por lo que parecía, a Heidi se le daban muy bien los abrazos. Abrazaba con sentimiento. Cuando lo hacía, cerraba los ojos y la persona abrazada también los cerraba. Era ese tipo de abrazo.

Las otras tres mujeres se fueron en dirección contraria. Perfecto.

Heidi se encaminó a su coche. Llevaba unos pantalones piratas. Los tacones altos la hacían tambalearse ligeramente después de tanto beber, pero lo controlaba con un aplomo fruto de años de práctica. Sonreía. Ingrid asintió, dándole la señal al desconocido. Ambos hacían todo lo posible por parecer inofensivos.

—¿Heidi Dann?

El desconocido intentó mantener una expresión amistosa, o al menos neutra. Heidi se volvió y le miró a los ojos. Pero la sonrisa se le cayó al suelo, como si alguien le hubiera atado un ancla.

Lo sabía.

A él no le sorprendió. Muchos lo reconocían, aunque también era frecuente la negación. Pero en ella veía fuerza e inteligencia. Heidi ya sabía que lo que le iba a decir lo cambiaría todo.

—¿Sí?

—Existe una página web llamada FindYourSugarBaby. com —comenzó el desconocido: había aprendido que lo mejor era ir al grano.

No le preguntas a la víctima si tiene un momento, o si quiere sentarse o ir a algún sitio tranquilo. Te lanzas.

—¿Qué?

—Se presenta como un moderno servicio de citas por internet. Pero no lo es. Los hombres (supuestamente hombres de gran poder adquisitivo) se apuntan para quedar..., bueno, con jovencitas. ¿Ha oído hablar de ello?

Heidi lo miró durante un segundo más. Luego se volvió hacia Ingrid. Esta le sonrió para infundirle confianza.

—¿Quiénes son ustedes dos?

—Eso es lo de menos —respondió él.

Hay quien ofrece resistencia. Otras personas piensan que, en conjunto, eso no es más que una pérdida de tiempo superflua. Heidi era de estas últimas.

—No, nunca he oído hablar de él. Por lo que dicen, parece uno de esos sitios que usan las personas casadas para tener aventuras.

El desconocido hizo un gesto de sí y no a la vez con la cabeza.

—No exactamente. Esa página web propone más bien una transacción económica, no sé si me entiende.

—No le entiendo en absoluto —dijo Heidi.

—Debería leer el material si tiene ocasión. La página web explica que cada relación es en realidad una transacción, y lo importante que es definir el papel de cada uno, saber lo que se espera de uno y de su amante.

Heidi estaba cada vez más pálida.

—¿Amante?

—Bueno, eso funciona así —prosiguió el desconocido—. Un hombre se apunta, por ejemplo. Ojea un listado de mujeres, por lo general mucho más jóvenes. Encuentra una que le gusta. Si ella acepta, empiezan a negociar.

—¿Negociar?

—Él busca una *sugar baby*. La página web define una *sugar baby* como una mujer a quien él puede llevar a cenar fuera o como acompañante a un congreso o cosas así.

—Pero seguro que no es eso lo que ocurre en realidad —dijo Heidi.

—No —añadió el extraño—. No es eso lo que pasa.

Heidi soltó aire y apoyó las manos en las caderas.

—Siga.

—Negocian.

—El tipo rico y su *sugar baby*.

—Exacto. La página web le dice a la chica todo tipo de tonterías. Que todo está definido. Que las citas no son ningún juego. Que los hombres son ricos y sofisticados y que las tratarán bien, les comprarán regalos y las llevarán de vacaciones a sitios exóticos.

Heidi meneó la cabeza.

—¿Y las chicas realmente se lo creen?

—Algunas, quizá. Pero dudo de que sean muchas. La mayoría entiende de qué va la cosa.

Era como si Heidi le hubiera estado esperando, como si

se esperara aquella noticia. Ahora estaba tranquila, aunque seguía notándose que por dentro estaba tocada.

—¿Así que negocian?

—Exacto. Al final alcanzan un acuerdo. Se firma un contrato en línea. En un caso, por ejemplo, la joven accede a estar con el hombre cinco veces al mes. Establecen los días de la semana posibles. Él le ofrece ochocientos dólares.

—¿Cada vez?

—Al mes.

—Es barato.

—Bueno, así es como empieza. Pero ella igual pide dos mil dólares. Regatean.

—¿Y alcanzan un acuerdo? —preguntó Heidi, que ya tenía los ojos húmedos.

El desconocido asintió.

—En este caso, quedaron en mil doscientos dólares al mes.

—Eso son catorce mil cuatrocientos dólares al año —dijo Heidi con una sonrisa triste—. Se me dan bien las matemáticas.

—Exacto.

—Y la chica... ¿qué le dice al hombre que es? Espere, no me lo diga. Le dice que es estudiante universitaria y que necesita costearse la carrera.

—En este caso sí.

—Vaya —dijo Heidi.

—Y en este caso —precisó el desconocido—, la chica le está diciendo la verdad.

—¿Es estudiante? —Heidi meneó la cabeza—. Genial.

—Pero la chica, en este caso, no se para ahí —prosiguió él—. Se cita con otros señores otros días de la semana.

—Qué desagradable.

—Así que con un tipo queda siempre los martes. Otro es el de los jueves. A otro le tocan los fines de semana.

—Eso va sumando. El dinero, quiero decir.

—Así es.

—Por no hablar de las enfermedades venéreas —añadió Heidi.

—De eso no podemos hablar.

—¿Por qué?

—Porque no sabemos si usa condones o no. No tenemos ningún informe médico. Ni siquiera sabemos qué es lo que hace exactamente con todos esos hombres.

—Dudo de que jueguen a las cartas.

—Yo también lo dudo.

—¿Por qué me está contando todo esto?

El desconocido miró a Ingrid. Esta habló por primera vez.

—Porque merece saberlo.

—¿Y ya está?

—Eso es todo lo que podemos contarle, sí —añadió el desconocido.

—Veinte años. —Heidi meneó la cabeza y apretó los dientes, conteniendo las lágrimas—. Ese cabrón.

—¿Perdón?

—Marty. Ese cabrón.

—Oh, no estamos hablando de Marty —dijo el desconocido, y, por primera vez, Heidi se quedó completamente perpleja.

—¿Qué? Entonces ¿de quién?

—Estamos hablando de su hija, Kimberly.

9

Corinne recibió el golpe, dio un paso atrás y se mantuvo en pie.

—¿De qué demonios estás hablando?

—¿Podemos saltarnos esta parte? —preguntó Adam.

—¿Cuál?

—La parte en la que finges no tener ni idea de lo que estoy hablando. Saltémonos la fase de negación, ¿vale? Sé que fingiste el embarazo.

Ella intentó recomponerse, recoger los pedacitos uno por uno.

—Si lo sabes, ¿por qué me lo preguntas?

—¿Qué hay de los chicos?

—¿Qué les pasa? —respondió ella, atónita.

—¿Son míos?

Corinne puso los ojos como platos.

—¿Estás mal de la cabeza?

—Fingiste un embarazo. Quién sabe de qué puedes ser capaz.

Corinne no reaccionó.

—¿Y bien?

—Por Dios, Adam, míralos. —Él no dijo nada—. Claro que son tuyos.

—Hay pruebas, ya lo sabes. De ADN. Las venden en Walgreens, sin ir más lejos.

—Pues cómpralas —replicó ella—. Esos chicos son tus hijos. Y lo sabes.

Se quedaron uno a cada lado de la isla de la cocina. Incluso en un momento como aquel, en medio de tanta rabia y confusión, no podía evitar reconocer lo guapa que era. No podía creerse que, con todos los tíos que la habían deseado, le hubiera escogido a él. Corinne era el tipo de chica con la que deseaban casarse los hombres. Así era como miraban los tíos a las mujeres en su época de juventud. Las dividían en dos clases. Una era la de las que hacían pensar en noches de lujuria y piernas abiertas. La segunda clase era la de las que hacían pensar en paseos a la luz de la luna y promesas de matrimonio. Corinne era sin duda de la segunda clase.

La madre de Adam había sido una mujer excéntrica hasta la bipolaridad. Aquello era lo que había atraído a su padre y lo había vuelto loco. «Su chisporroteo», le había explicado papá. Pero con el paso del tiempo, aquel chisporroteo se había convertido más bien en una serie de manías. El chisporroteo era divertido y espontáneo, pero su carácter imprevisible agotaba a su padre, lo hacía envejecer. Le daba grandes subidones, pero al final los grandes bajones habían acabado por no compensarle. Adam no había cometido aquel error. La vida es una serie de reacciones. Su reacción al error de su padre había sido casarse con una mujer a quien consideraba estable, constante, controlada, como si la gente fuera así de sencilla.

—Cuéntamelo —dijo Adam.

—¿Qué es lo que te hace pensar que fingí el embarazo?

—El cargo de la Visa a nombre de Novelty Funsy. Me dijiste que eran artículos para la decoración de la escuela. No era cierto. Es el nombre con el que factura sus productos Fake-A-Pregnancy.com.

—No lo entiendo —dijo ella, confusa—. ¿Qué es lo que te hizo repasar un cargo de hace dos años?

—Eso no importa.

—A mí sí. Uno no decide ponerse a comprobar cuentas antiguas así, de pronto.

—¿Lo hiciste, Corinne?

Ella bajó la cabeza, fijando la mirada en la encimera de granito. Corinne había dedicado una eternidad a buscar aquel tono de granito, hasta dar por fin con algo llamado marrón Ontario. Localizó un resto de comida que había quedado pegado y se puso a rascarlo con la uña.

—¿Corinne?

—¿Recuerdas aquella época en que tuve la hora del almuerzo libre durante dos evaluaciones enteras?

El cambio de tema descolocó a Adam por un momento.

—¿Qué tiene eso que ver?

El resto de la comida cedió. Corinne paró.

—Fue el único momento en mi carrera como profesora en el que tuve todo aquel tiempo libre en medio de la jornada. Me dieron permiso para salir de la escuela y almorzar fuera.

—Lo recuerdo.

—Solía ir a aquella cafetería del Bookends. Hacían un bocadillo italiano estupendo; me pedía uno y un té helado casero o un café. Me sentaba a una mesa en la esquina y leía un libro. —En el rostro le afloró una sonrisa tímida—. Era una bendición.

Adam asintió.

—Una historia preciosa, Corinne.

—No seas sarcástico.

—No, no, en serio. Es conmovedora, y muy relevante. O sea, yo quería que me hablaras de un embarazo fingido, pero desde luego esta historia es mucho mejor. ¿Qué tipo de bocadillo era el que más te gustaba, por cierto? A mí me gusta el de pavo y queso suizo.

Corinne cerró los ojos.

—Siempre has usado el sarcasmo como mecanismo de defensa.

—Sí, claro, y a ti siempre se te ha dado estupendamente controlar los tiempos. Como ahora, Corinne. Ahora es el momento ideal para psicoanalizarme.

—Estoy intentando contarte algo, ¿vale? —dijo ella, y el tono de su voz en ese momento era de súplica.

Adam se encogió de hombros.

—Pues cuéntamelo.

Tras unos segundos necesarios para recuperar la compostura, Corinne volvió a hablar. Cuando lo hizo, su voz adoptó un tono distante.

—Iba al Bookends prácticamente cada día, y al cabo de un tiempo te conviertes, no sé, en cliente habitual. Te encuentras siempre a la misma gente. Era como una comunidad. Como *Cheers*. Estaba Jerry, que estaba en el paro. Y Eddie, que asistía a terapia en Bergen Pines. Debbie llevaba el ordenador portátil y escribía...

—Corinne...

Ella levantó la mano.

—Y luego estaba Suzanne, que estaba embarazada, como de ocho meses.

Silencio.

Corinne se volvió.

—¿Dónde está esa botella de vino?

—No sé adónde quieres ir a parar con todo esto.

—Necesito otra copa de vino.

—Lo he metido en el armario, sobre el fregadero.

Corinne fue hacia allí, abrió la puerta y sacó la botella. Cogió su copa y se sirvió.

—Suzanne Hope tendría unos veinticinco años. Era su primer bebé. Ya sabes cómo se ponen las madres jóvenes: radiantes, pletóricas, como si fueran las primeras del mundo en quedarse embarazadas. Suzanne era muy agradable. Todos hablábamos con ella sobre el embarazo y sobre el bebé. Ya sabes. Ella nos hablaba de las vitaminas que le prescribían. Nos decía los nombres que se le iban ocurriendo. No quería saber si era niño o niña. Quería que fuera una sorpresa. Le caía bien a todo el mundo.

Adam quiso hacer algún comentario sarcástico, pero se contuvo, y en su lugar optó por una observación obvia.

—Pensaba que ibas allí para leer y estar tranquila.

—Así es. O sea, en principio sí. Pero en algún momento empecé a sentirme bien en aquel círculo social. Sé que suena patético, pero no veía la hora de estar con aquella gente. Y era como si solo existieran en ese tiempo y en ese espacio, ¿sabes? Es como cuando jugabas al baloncesto en la calle. Estabas muy bien con aquellos tipos en la cancha, pero no sabías nada de lo que hacían fuera de allí. Uno de ellos era el dueño de aquel restaurante al que fuimos y tú ni lo sabías. ¿Recuerdas?

—Lo recuerdo, Corinne. Pero no veo la relación.

—Solo intento explicártelo. Hice amistades. Aparecía y desaparecía gente de pronto. Como Jerry. Un día, Jerry desapareció. Supusimos que había encontrado trabajo, pero tampoco fue para contárnoslo. Tan solo dejó de ir. Suzanne también. Supusimos que había tenido el bebé. Había salido de cuentas, desde luego. Y después, por desgracia, cuando empezó el semestre siguiente, me quedé sin esas horas libres para almorzar, así que supongo que yo también desaparecí. Así era la cosa. Algo cíclico. Como una rotación de personal.

Adam no tenía ni idea de adónde quería ir a parar con todo aquello, pero tampoco tenía motivo para presionarla. En cierto modo, habría querido frenar todo aquello. Quería plantearse todas las opciones. Se volvió y miró hacia la mesa de la cocina, donde Thomas y Ryan acababan de comer, riendo, sintiéndose seguros.

Corinne dio un buen trago a su vino. Para avanzar en la conversación, Adam preguntó:

—¿Volviste a ver a alguno de ellos?

Corinne casi sonrió.

—Esa es la cuestión.

—¿Cuál?

—Volví a ver a Suzanne. Quizá tres meses más tarde.

—¿En el Bookends?

—No —dijo ella, meneando la cabeza—. Fue en el Starbucks de Ramsey.

—¿Había tenido un niño o una niña?

Una sonrisa triste asomó entre los labios de Corinne.

—Ni lo uno ni lo otro.

Adam no sabía qué pensar ni cómo responder a aquello, así que se limitó a decir:

—Ah.

Corinne lo miró.

—Estaba embarazada.

—¿Suzanne?

—Sí.

—¿Cuando la viste en el Starbucks?

—Sí. Solo que eso era tres meses después de la última vez. Y seguía teniendo el aspecto de una embarazada de ocho meses.

Adam asintió. Por fin veía adónde conducía todo aquello.

—Lo cual, por supuesto, es imposible.

—Por supuesto.

—Era fingido.

—Sí. Yo había tenido que ir a Ramsey a echar un vistazo al nuevo libro de texto. Era la hora del almuerzo. Suzanne debió de juzgar improbable que alguno de los que íbamos al Bookends apareciéramos por allí. Ese Starbucks está a... ¿cuánto? ¿Un cuarto de hora en coche del Bookends?

—Al menos.

—Así que ahí estaba yo, en la barra, pidiendo un café con leche, cuando oí aquella voz, y ahí estaba ella, sentada en una esquina, hablándoles a un grupo de clientes de la cafetería sobre su régimen de vitaminas para el embarazo.

—No lo pillo.

Corinne ladeó la cabeza.

—¿De verdad?

—¿Tú sí?

—Por supuesto. Lo entendí enseguida. Suzanne disfrutaba siendo el objeto de tantas atenciones, en una esquina. Me acerqué a ella. Cuando me vio, aquel gesto radiante desapareció de golpe. Te lo puedes imaginar. ¿Cómo explicas que llevas medio año embarazada de ocho meses? Me quedé ahí de pie, esperando. Supongo que ella estaría deseando que me fuera. Pero no lo hice. Se suponía que tenía que volver al colegio, pero al volver les dije que había pinchado. Kristin me cubrió.

—¿Suzanne y tú hablasteis?

—Sí.

—¿Y?

—Me dijo que en realidad vive en Nyack, en Nueva York.

Eso estaba a una media hora del Bookends y de ese Starbucks, pensó Adam.

—Me contó una historia sobre un bebé que le había nacido muerto. No creo que fuera cierta, pero podría serlo. En realidad, la historia de Suzanne es más sencilla. A algunas mujeres les encanta estar embarazadas. No por el subidón hormonal o por la sensación de tener un bebé creciendo en su interior. Sus motivaciones son mucho más sencillas. Es el único momento de su vida en que se sienten especiales. La gente les abre la puerta. Les preguntan cómo les ha ido el día. Les preguntan cuándo salen de cuentas y cómo se encuentran. Vamos, que reciben atención. Es, en cierto modo, como ser famoso. Suzanne no tenía nada de especial. No me llamó la atención porque fuera especialmente lista o interesante. Pero estar embarazada la hacía sentir importante. Era como una droga.

Adam meneó la cabeza. Recordó el reclamo en la página web de Fake-A-Pregnancy: «¡Nada como estar embarazada para ser el centro de atención!».

—¿Así que fingió el embarazo para mantener ese nivel de atención?

—Sí. Se ponía el vientre falso e iba a la cafetería. Atención inmediata.

—Pero eso solo podía mantenerlo un tiempo —dijo

él—. No puedes estar embarazada de ocho meses más que..., bueno, uno o dos meses.

—Exacto. Así que iba cambiando de sitio para el almuerzo. Quién sabe cuánto tiempo llevaba haciéndolo, o si aún lo hace. Me dijo que su marido no le prestaba atención. Llegaba a casa y se ponía directamente frente a la tele, o se quedaba en el bar con los colegas. Tampoco sé si eso es verdad o no. No importa. Ah, y Suzanne también lo hacía en otros lugares. Por ejemplo, en lugar de ir al supermercado en su pueblo, iba a otros más alejados, le sonreía a la gente y la gente siempre le devolvía la sonrisa. Si iba al cine y quería un buen sitio, lo tenía. Y lo mismo para volar en avión.

—Vaya —dijo Adam—. Es bastante retorcido.

—Pero ¿no lo entiendes?

—Lo entiendo. Debería ir a un psiquiatra.

—No sé. A mí me parece algo bastante inofensivo.

—¿Colgarse una barriga falsa para llamar la atención?

Corinne se encogió de hombros.

—Admito que es una medida extrema, pero hay personas que reciben atención porque son guapas. Algunas, porque han heredado dinero o porque tienen un trabajo interesante.

—Y otras lo consiguen mintiendo y fingiéndose embarazadas —sentenció Adam.

Silencio.

—Así que supongo que tu amiga Suzanne te habló de la página web de Fake-A-Pregnancy.

Ella le dio la espalda.

—¿Corinne?

—Eso es todo lo que te puedo contar ahora mismo.

—Estás de broma, ¿no?

—No.

—Un momento. ¿Me estás diciendo que necesitas ser objeto de más atenciones, como esa Suzanne? Eso... no es una conducta normal. Lo ves, ¿no? Tiene que ser un trastorno mental de algún tipo.

—Tengo que pensar en ello.

—¿Pensar en qué?

—Es tarde. Estoy cansada.

—¿Te has vuelto loca?

—Basta.

—¿Qué?

Corinne se volvió hacia él.

—Tú también lo sientes, ¿no, Adam?

—¿De qué estás hablando?

—Estamos en un campo de minas —respondió ella—. Como si nos hubieran dejado justo en medio y, si nos movemos demasiado rápido en cualquier dirección, vamos a pisar un explosivo y a volar por los aires.

Ella le miró a él. Él la miró a ella.

—Yo no he creado este campo de minas —dijo él, apretando los dientes—. Lo has creado tú.

—Me voy a la cama. Hablaremos de esto por la mañana.

—Tú no vas a ninguna parte —dijo Adam mientras le cortaba el paso.

—¿Qué vas a hacer, Adam? ¿Pegarme hasta que te lo cuente?

—Me debes una explicación.

Ella meneó la cabeza.

—No lo entiendes.

—¿Qué es lo que no entiendo?

Corinne le miró a los ojos.

—¿Cómo lo has descubierto, Adam?

—Eso no importa.

—No tienes ni idea de lo mucho que importa —susurró ella—. ¿Quién te dijo que buscaras ese cargo en la cuenta de la Visa?

—Un desconocido —dijo él.

Corinne dio un paso atrás.

—¿Quién?

—No lo sé. Un tipo. No lo había visto nunca. Se me acercó en la American Legion y me dijo lo que habías hecho.

Ella sacudió la cabeza como si intentara liberarse de algo.

—No lo entiendo. ¿Qué tipo?

—Te lo acabo de decir. Un desconocido.

—Tenemos que pensar en esto —dijo ella.

—No, tú tienes que contarme qué pasa.

—Esta noche no —respondió Corinne, apoyándole las manos en los hombros. Adam dio un paso atrás, como si el contacto le quemara—. No es lo que crees, Adam. Esto es más complicado.

—¿Mamá?

Adam se volvió hacia la voz. Ryan estaba en el rellano, escaleras arriba.

—¿Podéis ayudarme uno de los dos con los ejercicios de mates?

Corinne no lo dudó. La sonrisa volvió a su sitio.

—Ahora subo, cariño —dijo, y se volvió hacia Adam—. Mañana —le susurró. Su voz tenía un tono de súplica—. Hay mucho en juego. Por favor. Dame hasta mañana.

10

¿Qué podía hacer?

Corinne había puesto punto y final a la conversación. Más tarde, en el dormitorio, probó con la rabia, las súplicas, las exigencias y las amenazas. Usó palabras de amor, de ridículo, de vergüenza y de orgullo. Ella no respondió. Era de lo más frustrante.

A medianoche, Corinne se quitó con delicadeza los pendientes de diamante y los dejó sobre la mesilla. Apagó las luces, le deseó buenas noches y cerró los ojos. Adam no sabía qué hacer. Estuvo cerca (quizá demasiado cerca) de recurrir a su físico. Se planteó derribar sus defensas por la fuerza, pero... ¿qué conseguiría? ¿Estaba dispuesto... podría después vivir con ello? Cuando tenía doce años había visto a su padre poniéndole la mano encima a su madre. Su madre lo había ridiculizado: así era ella, por desgracia. Le insultaba, o bromeaba a costa de su hombría. Hasta que un día no pudo más. Una noche vio a su padre rodeando el cuello de su madre con las manos, ahogándola.

Curiosamente, lo que lo alteró no fue tanto el miedo, el horror y el peligro de ver a su padre usando la fuerza contra su madre, sino la imagen lamentable, de debilidad, que le transmitió su padre, el ver que aunque era su madre quien pagaba las consecuencias, era ella quien lo había manipulado para convertirlo en un ser tan patético, capaz de recurrir a algo tan impropio de él.

Adam no habría podido ponerle la mano encima a una mujer. No solo porque no estuviera bien, sino también por el efecto que surtiría en él.

No sabía muy bien qué hacer, así que se metió en la cama junto a Corinne. Ahuecó la almohada dándole la forma deseada, apoyó la cabeza y cerró los ojos. Aguantó diez minutos. No, no había forma. Se fue al piso de abajo, con la almohada en la mano, e intentó dormir en el sofá.

Se puso la alarma a las cinco en punto para asegurarse de estar de nuevo arriba, en su dormitorio, antes de que se despertaran los chicos. No hacía falta. Si el sueño hizo acto de presencia, fue tan breve que ni se dio cuenta. Cuando subió de nuevo, Corinne estaba profundamente dormida. Por su modo de respirar supo que no estaba fingiendo: estaba frita. Qué curioso. Él no podía dormir. Ella sí. Recordó que había leído en algún sitio que, en muchos casos, los polis saben si un sospechoso es culpable o inocente viendo si duerme. La teoría decía que un hombre inocente, solo en una sala de interrogatorios, no podía conciliar el sueño por la confusión y los nervios provocados por la acusación en falso. Un hombre culpable se dormía. Adam nunca se había tragado aquello; era una de esas cosas que suenan bien pero que no parecen creíbles. Sin embargo, ahí estaba él, el inocente, sin poder dormir, mientras que su esposa (¿la culpable?) dormía como un bebé.

Adam sintió la tentación de despertarla, de pillarla en aquel umbral entre el sueño y la conciencia, y quizá sacarle la verdad en aquel estado de confusión; pero llegó a la conclusión de que no funcionaría. Ella solía extremar las precauciones. Y, sobre todo, había decidido marcar sus propios tiempos. No podía presionar demasiado. Quizá fuera mejor así.

La pregunta era: ¿qué iba a hacer entonces?

Sabía la verdad, ¿no? ¿Realmente tenía que esperar que le confirmara que había fingido un embarazo y un aborto? Si no hubiera sido cierto, ya se lo habría negado. Estaba postergando lo inevitable, quizá para encontrar una explicación racional, o quizá para darle tiempo a él para que se planteara sus alternativas.

Porque... ¿qué podía hacer él?

¿Estaba dispuesto a recoger sus cosas y marcharse? ¿Estaba dispuesto a divorciarse?

No sabría qué responder. Adam se quedó allí de pie, junto a la cama, y la miró. ¿Qué sentía por ella? La pregunta estaba clara: «Si eso es cierto, ¿sigues queriéndola y deseas seguir con ella el resto de tu vida?».

Tenía sentimientos encontrados, pero las tripas le decían que sí.

«Eh, espera. Un momento. ¿Hasta qué punto te ha decepcionado? Enormemente. No había duda. Enormemente».

Pero ¿era algo que pudiera destrozar sus vidas o era algo con lo que pudieran vivir? Todas las familias tienen cadáveres en el armario que deciden no ver. ¿Sería capaz de no hacer caso de este?

No lo sabía. Y por eso tenía que ir con cuidado. Tendría que esperar. Tendría que escuchar su razonamiento, por obsceno que le pareciera.

«No es lo que crees, Adam. Esto es más complicado».

Eso era lo que había dicho Corinne, pero no podía imaginarse qué podría ser. Se metió entre las sábanas y cerró los ojos un momento.

Cuando volvió a abrirlos, habían pasado tres horas. El agotamiento había hecho mella y lo había tumbado. Miró al otro lado de la cama. Vacía. Levantó las piernas y dejó caer los pies en el suelo con un ruido sordo. Del piso de abajo le llegaba la voz de Thomas. Thomas el hablador. Ryan el que escucha.

¿Y Corinne?

Echó un vistazo por la ventana del dormitorio. El coche de ella seguía frente a la casa. Bajó lentamente las escaleras. Tal vez no podría explicar por qué. Tal vez querría echar un vistazo de lejos a Corinne antes de que se fuera a trabajar. Los chicos estaban sentados a la mesa. Corinne le había hecho a Adam su desayuno favorito (de pronto hacía los platos favoritos de todos, ¿no?), *bagel* con sésamo relleno de beicon, huevo y queso. Ryan se comía un tazón de cereales al chocolate (comida sana) mientras leía el dorso de la caja como si fueran las Sagradas Escrituras.

—Eh, chicos.

Cada uno tenía su personalidad para otras horas del día, pero ninguno de los dos era muy dado a la conversación con sus padres antes del colegio.

—¿Dónde está mamá?

Los dos se encogieron de hombros.

Entró en la cocina y miró por la ventana hacia el patio trasero. Corinne estaba allí, de espaldas. Con un teléfono pegado a la oreja.

Adam sintió que se le encendía el rostro.

Cuando abrió la puerta de atrás, Corinne se volvió y le

mostró un dedo en señal de «espera un momento». No esperó. Se lanzó sobre ella. Esta colgó y se metió el teléfono en el bolsillo.

—¿Con quién hablabas?

—Con el colegio.

—Y una mierda. Déjame ver el teléfono.

—Adam...

—Dámelo —insistió, tendiéndole la mano.

—No me montes una escena delante de los chicos.

—Déjate de tonterías, Corinne. Quiero saber qué está pasando.

—No hay tiempo. Tengo que estar en el colegio en diez minutos. ¿Te importa llevar a los chicos?

—No lo dirás en serio...

Ella se le acercó.

—Todavía no puedo decirte lo que quieres saber —le dijo al oído.

A punto estuvo de darle un puñetazo. Le falto poco para echar el puño atrás y...

—¿Qué estrategia te has trazado, Corinne?

—¿Y tú?

—¿Eh?

—¿Qué salida te has planteado en el peor caso? —le preguntó—. Piensa en ello. Y si es cierto, ¿vas a dejarnos?

—¿Abandonar... nos?

—Ya sabes lo que quiero decir.

Tardó un segundo en encontrar las palabras.

—No puedo vivir con alguien en quien no confío.

Ella ladeó la cabeza.

—¿Y no confías en mí?

Él no dijo nada.

—Todos tenemos nuestros secretos, ¿no? Incluso tú, Adam.

—Yo nunca te he escondido nada de este calibre. Pero huelga decir que ya tengo la respuesta que buscaba.

—No, no la tienes. —Se le acercó y lo miró fijamente a los ojos—. La tendrás muy pronto, te lo prometo.

—¿Cuándo? —replicó él.

—Quedemos esta noche a cenar. En el Janice's Bistro a las siete. La mesa de atrás. Allí podremos hablar.

11

Había figuritas pastoriles de porcelana en el estante de arriba. Una niña con un asno, tres niños que jugaban, un chiquillo con un tanque de cerveza y, por último, un niño que empujaba a una niña en un columpio.

—A Eunice le encantan —le dijo el viejo a Adam—. Yo no las soporto. Me parecen espeluznantes. Siempre pienso que alguien podría hacer una película de terror con ellas, ¿sabe? Poniéndolas en el lugar de ese payaso terrorífico o de ese muñeco diabólico. ¿Se imagina que esas cosas cobraran vida?

En las paredes de la cocina había paneles de madera vieja. Había un imán de *Viva Las Vegas* en la nevera, y un globo de nieve con tres flamencos rosas en una ménsula sobre el lavadero. Llevaba la inscripción «Miami, Fla» en unas letras floridas: «Fla», de «Florida», por si a alguien le cabían dudas acerca de qué Miami se trataba, supuso Adam. Los platos coleccionables de *El mago de Oz* y el búho reloj con movimiento en los ojos ocupaban la pared de la derecha. La pared de la izquierda lucía antiguos diplomas y placas en recuerdo de todos los años de servicios prestados en la policía por el teniente coronel retirado Michael Rinsky.

Rinsky observó que Adam leía los diplomas y murmuró:

—Eunice insistió en que los colgáramos.

—Está orgullosa de usted —observó Adam.

—Sí, bueno.

Adam se volvió de nuevo hacia él.

—Bueno, hábleme de la visita del alcalde.

—El alcalde Rick Gusherowski. Lo encerré dos veces cuando estaba en el instituto; una de ellas por conducir borracho.

—¿Presentaron cargos?

—No, me limité a llamar a su padre para que lo recogiera. Eso fue... hace ya treinta años. Eso se hacía más en aquella época. Considerábamos que conducir borracho era un delito menor. Qué estupidez.

Adam asintió para que supiera que le estaba escuchando.

—Ahora son muy estrictos con los controles de alcoholemia. Eso salva vidas. Pero la cuestión es que Rick se presentó en mi puerta. El señor alcalde. Trajeado, con la banderita estadounidense en la solapa. No te enroles en el ejército; no ayudes al necesitado; no acojas al pobre, al cansado, al que pasa frío... Basta con que te pongas una banderita y ya eres un patriota.

Adam intentó no sonreír.

—De modo que Rick se presenta sacando pecho y con una gran sonrisa. «Los promotores le ofrecen mucho dinero», me dice. Y no para de decirme lo generosos que están siendo.

—¿Y usted qué le dice?

—De momento, nada. Me quedo mirándolo. Le dejo que parlotee.

Señaló la mesa de la cocina: una invitación a tomar asiento. Adam no quería sentarse en la silla de Eunice. Por algún motivo, le parecía feo.

—¿Qué silla?

—Cualquiera.

Adam se sentó. Rinsky también. El mantel de vinilo era viejo y se pegaba un poco. Encajaba en aquel entorno. Aún había cinco sillas, aunque hacía tiempo que los tres hijos que habían criado Rinsky y Eunice en aquella misma casa habían crecido y se habían marchado.

—Entonces me mira con esa cara de bueno. «Está interrumpiendo el avance del progreso —me dice—. Habrá gente que pierda el trabajo por su culpa. Aumentará la delincuencia». Ya sabe.

—Sí, lo sé —convino Adam.

Adam lo había oído muchas veces, y no le era indiferente. Con el paso de los años, aquel barrio céntrico se había degradado. Un promotor inmobiliario había conseguido enormes desgravaciones fiscales y había comprado todos los edificios de la manzana a precio de saldo. Quería demoler todas aquellas casas, tiendas y pisos viejos y construir nuevos bloques de apartamentos con mucho cristal, tiendas Gap y restaurantes de alguna cadena de moda. En realidad, no era mala idea. La gente critica el aburguesamiento de las ciudades, pero también hace falta sangre nueva.

—Así que sigue hablando sobre cómo mejorará Kasselton, sobre cómo aumentará la seguridad del barrio, la gente que volverá, y todo eso. Entonces me suelta el gran anzuelo. El promotor tiene casas para ancianos en ese barrio nuevo. Y luego tiene el valor de inclinarse hacia mí, ponerme ojitos tristes y decir: «Tiene que pensar en Eunice».

—Vaya —comentó Adam.

—¿Qué le parece? Y luego dice que debería aprovechar esta oferta, porque la siguiente no será tan generosa y, en realidad, pueden echarme. ¿De verdad pueden hacer eso?

—Pueden —confirmó Adam.

—Compramos esta casa en 1970, avalada por mi nómina de agente. Eunice... está bien, pero a veces se descentra un poco. De modo que se asusta mucho en un sitio desconocido para ella. Se echa a llorar e incluso a temblar, pero luego vuelve a casa... ¿Sabe? Ve la cocina, ve sus figuritas diabólicas o esa vieja nevera oxidada y vuelve a estar bien. ¿Me entiende?

—Lo entiendo.

—¿Y puede ayudarnos?

Adam apoyó la espalda en el respaldo de la silla.

—Bueno, sí, creo que sí.

Rinsky lo escrutó unos momentos, taladrándolo con la mirada. Adam cambió de posición. Aquel hombre debía de haber sido un poli estupendo.

—Lo noto raro, señor Price.

—Llámeme Adam. ¿Qué ve de raro?

—Soy un viejo poli, ¿recuerda?

—Por supuesto.

—Puedo jactarme de saber leer los rostros de la gente.

—¿Y qué es lo que ve en el mío? —preguntó Adam.

—Que está tramando algo terrible.

—Podría ser —admitió Adam—. Yo creo que puedo poner fin a esto si usted tiene las agallas necesarias.

El viejo sonrió.

—¿Tengo pinta de encogido?

12

Cuando Adam llegó, a las seis de la tarde, el coche de Corinne no estaba frente a la casa. No sabía si aquello le extrañaba o no. Corinne solía llegar a casa antes que él, pero probablemente se había figurado que habría una escena en casa si se encontraban antes de su cena en el Janice's Bistro, y que lo mejor sería evitarle. Colgó el abrigo y dejó su maletín en la entrada. Las mochilas y las sudaderas de los chicos estaban tiradas por el suelo, como si fueran escombros de un accidente aéreo.

—¿Hola? —gritó—. ¿Thomas? ¿Ryan?

No hubo respuesta. En otros tiempos, aquello habría significado algo, quizás incluso algo preocupante, pero con los videojuegos, los auriculares y la necesidad constante que tenían los adolescentes de «ducharse» —¿sería un eufemismo?—, la preocupación se le pasó enseguida. Subió las escaleras. En efecto, la ducha estaba abierta. Tal vez sería Thomas. La puerta de la habitación de Ryan estaba cerrada. Adam llamó brevemente con los nudillos, pero abrió sin esperar respuesta. Si tenía los auriculares a suficiente volumen, Ryan podía pasarse horas sin responder. Pero si abría sin llamar, tenía la sensación de no respetar la intimidad de su hijo. Como padre, la llamada previa con los nudillos le parecía un modo correcto de resolver el dilema.

Tal como era de esperar, Ryan estaba tirado en la cama con los auriculares puestos, manipulando su iPhone. Lo soltó y se sentó en la cama.

—Eh.

—Eh.

—¿Qué hay para cenar? —preguntó Ryan.

—Bien, gracias. Mucho trabajo, sí, pero en general diría que he tenido un buen día. ¿Y tú?

Ryan se quedó mirando a su padre. A menudo se quedaba mirando a su padre, sin más.

—¿Has visto a tu madre?

—No.

—Vamos a ir a cenar al Janice's esta noche. ¿Quieres que os pida una pizza del Pizzaiola?

Hay pocas preguntas más retóricas que consultarle a tu hijo si quiere pizza para cenar. Ryan ni se molestó en pronunciar el «sí»; pasó directamente a:

—¿Podemos pedir la Buffalo Chicken?

—A tu hermano le gusta la Pepperoni —dijo Adam—. Así que mitad y mitad.

Ryan frunció el ceño.

—¿Qué pasa?

—¿Solo una?

—Solo sois dos.

Ryan no parecía satisfecho.

—Si no os basta, en el congelador hay Chipwiches de postre —añadió Adam—. ¿Vale?

—Supongo —respondió Ryan a regañadientes.

Adam salió de nuevo al pasillo y se fue al dormitorio. Se sentó en la cama y llamó a la pizzería y añadió al pedido unos palitos de mozzarella. Alimentar a dos adolescentes era como intentar llenar una bañera con una cucharilla. Corinne siempre se quejaba —por lo general en broma— de que tenía que hacer la compra al menos cada dos días.

—Eh, papá.

Thomas llevaba una toalla alrededor de la cintura. El cabello le goteaba. Sonrió y dijo:

—¿Qué hay para cenar?

—Os acabo de pedir pizza.

—¿Pepperoni?

—Mitad Pepperoni, mitad Buffalo Chicken. —Adam levantó la mano antes de que Thomas pudiera replicar—. Y unos palitos de mozzarella.

—Guay —respondió Thomas, y le mostró un pulgar.

—No hace falta que os lo comáis todo. Dejad los restos en la nevera.

Thomas puso cara de perplejidad.

—¿De qué restos hablas?

Adam meneó la cabeza y se sonrió.

—¿Me has dejado algo de agua caliente?

—Algo.

—Genial.

Adam no solía ducharse ni cambiarse de ropa por la tarde, pero se sentía extrañamente nervioso. Se dio una ducha rápida, antes de que el agua empezara a salir fría, y se afeitó aquella sombra de barba a lo Homer Simpson que lucía al final de la jornada. Hurgó en la parte trasera del armarito y echó mano de la loción que sabía que le gustaba a Corinne. Llevaba tiempo sin ponérsela. No sabía muy bien por qué. Tampoco sabía muy bien por qué había decidido ponérsela en esa ocasión.

Se puso una camisa azul porque Corinne solía decir que

el azul le combinaba con el color de sus ojos. Se sintió estúpido al pensarlo y a punto estuvo de cambiarse, pero luego pensó que qué más daba. En el momento en que salía del dormitorio se dio media vuelta y echó una mirada prolongada a aquella habitación, la que había sido la habitación de los dos durante tanto tiempo. La cama de matrimonio estaba hecha a la perfección. Había demasiadas almohadas encima —¿cuándo había empezado esa fiebre por acumular almohadas sobre las camas?—, pero Corinne y él habían pasado allí muchos años. Una idea sencilla e insustancial, pero qué le iba a hacer. No era más que una habitación, no era más que una cama.

Sin embargo, una vocecilla interior no podía evitar hacerse preguntas: según cómo fuera esa cena, cabía la posibilidad de que Corinne y él no volvieran a pasar una noche juntos en ella.

Por supuesto, eso era ponerse melodramático. Pura hipérbole. Pero si uno no podía ponerse dramático haciendo cábalas mentales, ¿cuándo iba a hacerlo?

Sonó el timbre de la puerta. Los chicos ni se inmutaron. Nunca lo hacían. Estaban entrenados para no responder nunca al teléfono de casa (al fin y al cabo, nunca era para ellos) y a no responder al timbre (solía ser algún repartidor). Pero en cuanto Adam hubo pagado y cerrado la puerta, bajaron las escaleras a la carrera como potros desbocados. La casa tembló, pero resistió el embate.

—¿Saco platos de cartón? —preguntó Thomas.

Thomas y Ryan preferían comer en platos de cartón exclusivamente porque eso suponía menos esfuerzo de limpieza, pero esa noche se quedaban solos y estaba cantado que, si les obligaba a comer con platos de verdad, se los encontrarían en el fregadero al volver. Entonces Corinne se le quejaría. Adam tendría que gritarles a los chicos para que bajaran y metieran los platos en el lavavajillas. Los chicos dirían que estaban a punto de hacerlo —sí, claro—, pero que no se preocuparan, porque lo harían en cuanto acabara el programa, en cinco (léase quince) minutos. Pasarían cinco (léase quince) minutos, y entonces Corinne se quejaría a Adam de nuevo de lo irresponsables que eran los chicos, y él volvería a soltarles un grito, esta vez más enfadado.

Los ciclos domésticos.

—Podéis coger platos de papel —decidió.

Los dos chicos atacaron la pizza como si estuvieran ensayando para la escena final de *El día de la langosta*. Entre bocado y bocado, Ryan miró a su padre con curiosidad.

—¿Qué pasa? —dijo Adam.

Ryan logró tragar el trozo de pizza que tenía en la boca.

—Pensaba que solo ibais a Janice's a cenar.

—Y así es.

—¿Y por qué te has puesto guapo?

—No me he puesto guapo.

—¿Y ese olor? —añadió Thomas—. ¿Te has puesto colonia?

—Puaaaj. Está matando el sabor de la pizza.

—¿Os queréis callar? —dijo Adam.

—¿Te cambio una porción de Pepperoni por una porción de Buffalo Chicken?

—No.

—Venga, va, solo una porción.

—Si le añades un palito de mozzarella.

—Ni hablar. Medio palito de mozzarella.

Adam vio que las negociaciones llegaban a su fin y se dirigió a la puerta.

—No volveremos tarde. Haced los deberes, y, por favor, tirad la caja de la pizza al cubo de reciclaje, ¿vale?

Pasó por el nuevo estudio de yoga de la Franklin Avenue —más conocido por el calor que se pasaba dentro que por su imagen o su popularidad— y encontró aparcamiento frente al Janice's, cruzando la calle. Cinco minutos antes de la hora. Buscó con la mirada el coche de Corinne. Ni rastro, pero quizá lo hubiera dejado en el aparcamiento de atrás.

David, el hijo de Janice y cuasi maître, lo saludó al entrar y le acompañó a la mesa de atrás. Corinne no estaba. Bueno, había llegado él antes. No pasaba nada. Dos minutos más tarde, Janice salió de la cocina. Adam se puso en pie y le dio un beso en la mejilla.

—¿Y vuestro vino? —preguntó Janice. El local permitía llevarse el vino de casa. Ellos no lo servían. Adam y Corinne siempre iban con una botella.

—Me he olvidado.

—A lo mejor Corinne lo trae, ¿no?

—Lo dudo.

—Puedo enviar a David a Carlo Russo's.

Carlo Russo's era la bodega que había algo más allá.

—No pasa nada.

—No es problema. Ahora tengo poca gente. ¿David? —Janice se volvió hacia Adam—. ¿Qué vais a cenar esta noche?

—Probablemente la milanesa de ternera.

—David, tráeles a Adam y Corinne una botella de Paraduxx Z.

David regresó con el vino. Corinne aún no había llegado. El chico abrió la botella y sirvió dos copas. Corinne seguía sin llegar. A las siete y cuarto, Adam empezó a notar mariposas en el estómago. Le envió un mensaje de texto. No hubo respuesta. A las siete y media, Janice se le acercó y le preguntó si iba todo bien. Él le aseguró que sí, que tal vez Corinne se habría entretenido en alguna entrevista con padres de alumnos.

Adam se quedó mirando al teléfono, esperando que vibrara. A las ocho menos cuarto vibró. Era un mensaje de texto de Corinne:

QUIZÁ NECESITEMOS PASAR UN TIEMPO SEPARADOS. TÚ CUIDA DE LOS NIÑOS. NO INTENTES CONTACTAR CONMIGO. TODO IRÁ BIEN.

Y luego:

DAME SOLO UNOS DÍAS. POR FAVOR.

13

Adam envió varios mensajes de texto desesperados intentando que Corinne respondiera. Del tipo: «Esto no es modo de arreglarlo», «Por favor, llámame», «Dónde estás», «Cuántos días», «Cómo puedes hacernos esto»... Cosas así. Intentó mostrarse comprensivo, molesto, calmado, furioso.

Pero no hubo reacción.

¿Estaría bien Corinne?

Se excusó vagamente con Janice, alegando que a Corinne se le había complicado la tarde y que tenían que cancelar la cena. Janice insistió en que se llevara dos milanesas de ternera a casa. Él quiso resistirse, pero no parecía que fuera a servir de nada.

Subió al coche y se puso en marcha, con la esperanza de que Corinne hubiese cambiado de opinión y se hubiera ido a casa. Una cosa era enfadarse con él. Otra era hacérselo pagar a los chicos. Pero el coche de ella no estaba, y lo primero que le dijo Ryan al abrir la puerta fue:

—¿Dónde está mamá?

—Tiene algún lío de trabajo —respondió Adam con una voz tan ausente como desdeñosa.

—Necesito el equipo para el partido.

—¿Y?

—Lo puse a lavar. ¿Sabes si mamá ha hecho la colada?

—No —dijo Adam—. ¿Por qué no vas a ver en la cesta?

—Ya lo he hecho.

—¿Y en tus cajones?

—También.

Uno siempre ve los defectos propios o de su pareja en los hijos. Ryan mostraba la misma ansiedad que Corinne por las cosas pequeñas. A Corinne no le preocupaban las cosas grandes (las facturas de la casa, las enfermedades, los desastres naturales, los accidentes). En esos casos se mostraba a la altura. Quizá precisamente para compensar su preocupación excesiva por las pequeñas cosas, sabía mantener la calma en las grandes ocasiones.

Por supuesto, y para ser justos, había que admitir que aquello no era un asunto trivial para Ryan.

—Entonces quizás esté en la lavadora o en la secadora —aventuró Adam.

—Ya he mirado.

—Entonces no sé qué decirte, chico.

—¿Cuándo volverá mamá?

—No lo sé.

—¿Como a las diez?

—¿Qué parte de «no lo sé» no has entendido? —replicó con un tono más cortante de lo esperado. Ryan también era, como su madre, supersensible—. Perdona, no quería...

—Le escribiré un mensaje a mamá.

—Buena idea. Ah, y dime qué te responde, ¿vale?

Ryan asintió y escribió el mensaje.

Corinne no le respondió de inmediato. Ni al cabo de una hora. Ni siquiera en dos. Adam se inventó alguna excusa sobre una reunión de profesores que se habría alargado. Los chicos se lo tragaron porque los chicos nunca analizan demasiado ese tipo de cosas. Le prometió a Ryan que encontraría su equipo antes del partido.

Adam, por supuesto, estaba bloqueando en cierto modo sus pensamientos. ¿Estaría bien Corinne? ¿Le habría pasado algo terrible? ¿Debería ir a la policía?

Eso último le parecía una locura. El agente de turno escucharía la historia sobre su gran pelea, vería el mensaje de Corinne diciendo que le dejara tiempo y menearía la cabeza. Y lo cierto era que, mirándolo en perspectiva, ¿tan raro resultaba que su mujer quisiera poner algo de distancia después de lo que acababa de descubrir Adam?

Durmió como pudo, consultando el teléfono constantemente por si llegaba algún mensaje de Corinne. A las tres de la madrugada se coló en la habitación de Ryan y le echó un vistazo al teléfono de su hijo. Nada. Eso no tenía sentido. Que lo evitara a él, vale, eso lo entendía. Tal vez estuviera enfadada, asustada, confundida o preocupada. Tendría sentido que quisiera alejarse de él unos días.

Pero ¿de sus hijos?

¿De verdad podía Corinne marcharse sin más, dejando a sus hijos así? ¿Y esperaba que él la excusara?

... CUIDA DE LOS NIÑOS. NO INTENTES CONTACTAR CONMIGO...

¿De qué iba todo aquello? ¿Por qué no iba a intentar contactar con ella? ¿Y qué había de...?

En cuanto el sol asomó por la ventana, se levantó y se quedó sentado en la cama. Hola.

Corinne podía abandonarle. Incluso podía pedirle... u obligarlo a cuidarse de los chicos.

Pero ¿y sus alumnos?

Se tomaba muy en serio sus responsabilidades como profesora. En realidad, se lo tomaba casi todo muy en serio. También era una maniática del control, y odiaba la idea de que algún sustituto mal preparado ocupara su lugar en el aula, aunque solo fuera por un día. Qué curioso, ahora que lo pensaba. En los últimos cuatro años, Corinne solo se había perdido un día de clase.

El día después de su «aborto».

Había sido un jueves. Al llegar del trabajo, Adam se la había encontrado llorando en la cama. Al ver que tenía calambres, había ido al médico por su propio pie. Era demasiado tarde, pero lo cierto era que el médico tampoco habría podido hacer nada. Esas cosas ocurren, le había dicho el médico.

—¿Por qué no me has llamado? —le había preguntado Adam.

—No quería que te preocuparas, ni que vinieras corriendo. No podías hacer nada.

Y él se lo había tragado.

Al día siguiente, Corinne quería ir a trabajar, pero Adam se había puesto firme. Había pasado por un episodio traumático. Una no se levanta sin más al día siguiente y se va al trabajo. Cogió el teléfono y se lo pasó.

—Llama al colegio. Diles que no vas a ir.

Ella había llamado a regañadientes, comunicándoles que volvería el lunes. Lo único que pensó Adam en aquel momento fue que ella era así. Volver a la vida. Volver al trabajo. No había motivo para regodearse en el dolor. Le asombró la velocidad a la que se había recuperado.

«Tío, qué simples pueden llegar a ser los hombres...».

Pero, por otra parte, ¿era culpa suya? ¿Quién narices podía sospechar en un momento tan traumático? ¿Por qué iba a desconfiar de su palabra en algo tan grave? Incluso en ese momento, viéndolo en retrospectiva, seguía sin entender por qué iba a hacer Corinne algo tan... ¿inhumano? ¿Alocado? ¿Desesperado? ¿Bajo?

¿Qué?

Pero nada de eso importaba ya. El hecho era que Corinne estaría en clase. Podía decidir alejarse de él, y quizás incluso de sus hijos, pero no había motivo para que no fuera a clase.

Los chicos ya tenían edad suficiente para prepararse solos para ir el colegio. Adam consiguió evitarlos, esquivando sus preguntas sobre el paradero de mamá dando órdenes precipitadas desde el dormitorio y fingiendo que se daba una larga ducha matutina.

Cuando los chicos se fueron, se subió al coche y fue al instituto. Habría acabado de sonar el timbre que indicaba el final de la hora de tutorías. Eso sería perfecto. Adam podría entrar y acudir a su encuentro mientras salía del aula donde recibía a los alumnos y se dirigía a donde tuviera la primera hora de clase. El aula de la tutoría era la 233. Esperaría junto a la puerta.

El instituto se había construido en los años setenta, y se le notaba. Lo que en su época se consideraba moderno y estiloso había ido pasando de moda, como un viejo decorado de una película de ciencia ficción, como *La fuga de Logan*, o algo así. El edificio era gris, con molduras de color turquesa claro. Era el equivalente arquitectónico de los calentadores o del pelo largo por detrás a lo Spandau Ballet.

No había plazas libres en el aparcamiento del colegio. Adam acabó aparcando en un lugar prohibido —un hurra por la vida al límite— y se fue corriendo hacia el edificio. La puerta lateral estaba cerrada. Era la primera vez que hacía algo así —ir a ver a Corinne al trabajo en un día lectivo—, pero sabía que todas las escuelas habían adoptado restrictivos protocolos de seguridad tras los tiroteos y ataques violentos de los últimos tiempos. Rodeó el edificio y se fue a la puerta principal. También estaba cerrada. Adam apretó el botón del intercomunicador.

Una cámara le enfocó con un zumbido, y una voz femenina fatigada que solo podía pertenecer a alguien que llevara años trabajando en la secretaría de un instituto le preguntó quién era.

—Soy Adam Price —dijo él, mostrando su sonrisa más irresistible—. El marido de Corinne.

La puerta se abrió con un zumbido. Adam la empujó y entró. Había un cartel de PASE POR EL MOSTRADOR. No estaba muy seguro de qué hacer. Si pasaba por secretaría, querrían saber qué pasaba y tal vez llegaría la noticia al aula. No quería que ocurriera eso. Quería sorprender a Corinne o, cuando menos, no tener que dar explicaciones al personal. La secretaría estaba a la derecha. Adam estaba a punto de girar a la izquierda a toda prisa y alejarse cuando vio al guardia de seguridad armado. Le mostró su sonrisa más irresistible también al guardia, y este le sonrió a su vez. Ahora no había elección. Tendría que pasar por la secretaría. Entró y se abrió paso entre un grupito de madres. Había un gran cesto en el suelo donde los padres dejaban el almuerzo a los niños que habían olvidado llevarlo por la mañana.

El reloj de la pared emitía un ronco tictac. Marcaba las 8:17. Faltaban tres minutos para que sonara el timbre. Bien. En el alto mostrador había una hoja de registro de visitantes. Cogió el bolígrafo como quien no quiere la cosa y firmó, con una caligrafía descaradamente ininteligible. Le dieron un pase de visitante. Las dos mujeres que había detrás del mostrador estaban muy ocupadas. Ni se molestaron en mirarlo.

Tampoco había motivo, ¿no?

Cruzó el pasillo a toda prisa, mostrándole su pase de visitante al guardia. Como en la mayoría de los institutos, se habían hecho modificaciones con el paso de los años, y eso dificultaba la tarea de cruzar el edificio. Aun así, cuando sonó el timbre Adam estaba perfectamente situado frente a la puerta del aula 233.

Los alumnos salieron en estampida, chocando entre ellos y congestionando los pasillos como la sangre en uno de esos documentales médicos sobre cardiopatías. Esperó a que el flujo de estudiantes menguara hasta interrumpirse. Luego, unos segundos más tarde, un veinteañero salió y giró a la izquierda.

Un sustituto.

Adam se quedó allí de pie, pegado a la pared, y dejó que el flujo de alumnos le pasara por delante, procurando no quedar atrapado en la corriente. No estaba seguro de qué pensar o hacer. ¿Por qué se sorprendía así? No lo sabía. Intentó atar cabos, encontrar vínculos entre todas aquellas cosas —el falso embarazo, el desconocido y la discusión— que habían hecho que su esposa decidiera desaparecer unos días.

No tenía sentido.

Y ahora, ¿qué?

Nada, supuso. Al menos, no en aquel preciso momento. «Vete a trabajar. Haz tu trabajo. Piénsalo bien». Se le escapaba algo. Estaba seguro. Eso prácticamente se lo había dicho Corinne, ¿no?

«No es lo que crees, Adam. Esto es más complicado».

Cuando la corriente de estudiantes acabó convirtiéndose

en un goteo, se dirigió de nuevo a la salida principal. Estaba sumido en sus pensamientos, a punto de girar la esquina, cuando sintió unos dedos como garras que lo cogían del brazo. Se volvió y vio a la amiga de su mujer, Kristin Hoy.

—¿Qué demonios está pasando? —le susurró ella.

—¿Qué?

Estaba claro que los músculos de Kristin no solo eran para lucirlos. Tiró de él, lo metió en un laboratorio de química vacío y cerró la puerta. Había mesas de trabajo, vasos de precipitados y lavaderos con grifos altos. Una tabla periódica de elementos gigantesca, elemento imprescindible y cliché de toda clase de ciencias, dominaba la pared más alejada.

—¿Dónde está? —preguntó Kristin.

Adam no sabía muy bien cómo reaccionar, así que decidió ser sincero.

—No lo sé.

—¿Cómo puede ser que no lo sepas?

—Se suponía que íbamos a vernos ayer para cenar. No se presentó.

—¿No se...? —Kristin meneó la cabeza, perpleja—. ¿Has llamado a la policía?

—¿Qué? No.

—¿Por qué no?

—No lo sé. Me envió un mensaje. Me dijo que necesitaba alejarse un tiempo.

—¿Alejarse de qué?

Adam se la quedó mirando.

—¿De ti?

—Eso parece.

—Oh, vaya, lo siento. —Kristin dio un paso atrás—. Y entonces, ¿por qué estás aquí?

—Porque quería asegurarme de que está bien. Supuse que estaría en el trabajo. Nunca coge bajas.

—Nunca —confirmó Kristin.

—Salvo hoy, por lo que parece.

Kristin se quedó pensando un momento.

—Supongo que habrá sido una buena pelea.

Adam no quería entrar al trapo, pero no le quedaba otra opción.

—Recientemente ha pasado algo —explicó él con el tono de voz más neutro que pudo.

—No es asunto mío, ¿verdad?

—Verdad.

—Pero un poco sí, porque Corinne lo ha convertido en asunto mío.

—¿Qué quieres decir?

Kristin suspiró y se llevó una mano a la boca. Fuera del instituto se vestía para resaltar su cuerpo musculoso. Se ponía blusas sin mangas y pantalones cortos o minifaldas, incluso cuando no se podía decir que el tiempo acompañase. Allí dentro iba vestida de un modo más conservador, aunque de todos modos se le veían los músculos por la zona de la clavícula y el cuello.

—Yo también he recibido un mensaje —dijo.

—¿Y qué decía?

—Adam.

—¿Qué?

—No quiero meterme en esto. Lo entiendes, ¿no? Veo que habéis tenido problemas.

—No hemos tenido problemas.

—Pero acabas de decir...

—Tenemos un problema, y, bueno, solo salió a colación.

—¿Cuándo?

—¿Cuándo salió a colación el problema?

—Sí.

—Antes de ayer.

—Oh —dijo Kristin.

—¿Qué quiere decir «Oh»?

—Es solo que... Bueno, Corinne lleva todo el mes comportándose de un modo extraño.

Adam intentó mantener la compostura.

—¿Extraño en qué sentido?

—Pues... No lo sé, diferente. Distraída. Faltó a una o dos clases y me pidió que la cubriera. Faltó a unos cuantos entrenamientos y dijo...

Kristin no siguió adelante.

—¿Qué dijo? —insistió Adam.

—Dijo que si alguien me preguntaba, que dijera que estaba conmigo.

Silencio.

—¿Quería decir si preguntaba yo, Kristin?

—No, nunca dijo eso. Mira, tengo que volver. Tengo clase...

Adam le bloqueó el camino.

—¿Qué decía el mensaje?

—¿Qué?

—Has dicho que ayer te envió un mensaje. ¿Qué decía?

—Oye, es mi amiga. Eso lo entiendes, ¿no?

—No te estoy pidiendo que me reveles información confidencial.

—Sí, Adam, un poco sí.

—Solo quiero asegurarme de que está bien.

—¿Por qué no iba a estarlo?

—Porque ella no suele comportarse así.

—Tal vez se trate nada más que de lo que te ha dicho. Que necesita tiempo.

—¿Es eso lo que te dijo en el mensaje?

—Algo así, sí.

—¿Cuándo?

—Ayer por la tarde.

—Un momento, ¿cuándo? ¿Después de clase?

—No —dijo Kristin, demasiado despacio—. Durante.

—¿Durante las clases?

—Sí.

—¿A qué hora?

—No lo sé. Hacia las dos.

—¿Y no estaba en clase?

—No.

—¿Ayer también faltó?

—No —respondió Kristin—. La vi por la mañana. Estaba algo agitada. Supongo que era porque os habíais peleado.

Adam no dijo nada.

—Tenía que vigilar la sala de estudio durante la pausa del almuerzo, pero me pidió que la sustituyera. Lo hice. La vi corriendo hacia el coche.

—¿Adónde iba?

—No lo sé. No me lo dijo.

Silencio.

—¿Volvió al instituto?

Kristin negó con la cabeza.

—No, Adam, no ha vuelto desde entonces.

14

El desconocido le había dado a Heidi la dirección de Find-YourSugarBaby.com, así como el usuario de su hija y su contraseña. Con el corazón en un puño, Heidi entró identificándose como Kimberly y vio todo lo que necesitaba ver para confirmar que cuanto le había dicho el desconocido era cierto.

El desconocido no le había contado aquello de forma desinteresada (ni por pura maldad). Tenía exigencias económicas, por supuesto. Diez mil dólares. Si no se los pagaba en tres días, las noticias sobre la «afición» de Kimberly se volverían virales.

Heidi salió de la página y se sentó en el sofá. Se planteó servirse una copa de vino, pero decidió no hacerlo. Luego lloró durante un buen rato. Cuando acabó, se fue al baño, se lavó la cara y volvió a sentarse en el sofá.

«Vale —pensó—. ¿Y ahora qué hago?».

Optó por lo más sencillo: no contárselo a Marty. No le gustaba tener secretos con su marido, pero aquella tampoco era una regla inquebrantable. Era parte de la vida, ¿no? Marty se volvería loco si descubriera lo que hacía su niña mientras se suponía que estudiaba en la Universidad de Nueva York. Marty tenía tendencia a reaccionar exageradamente, y Heidi ya lo veía subir al coche, conducir hasta Manhattan y llevarse a su hija a casa arrastrándola del cabello.

Marty no tenía por qué saber la verdad. En realidad, a Heidi tampoco le hacía falta saberla.

Malditos fueran esos dos desconocidos.

En cierta ocasión, cuando estaba en el instituto, Kimberly se emborrachó en una fiesta celebrada en casa de una compañera de clase. Como suele pasar, la intoxicación etílica la había llevado a ir demasiado lejos con un chico. No hasta el final. Pero demasiado lejos. Otra madre del pueblo, una entrometida bienintencionada, había oído hablar del incidente a su hija. Había llamado a Heidi por teléfono y le había dicho: «Odio ser yo quien te diga esto, pero si fuera al revés, yo querría saberlo».

Así que le contó el incidente a Heidi. Heidi se lo dijo a Marty, y este reaccionó de una manera absolutamente desproporcionada. La relación entre padre e hija no había vuelto a ser igual. ¿Qué habría pasado, se preguntó Heidi, de no haber llamado aquella entrometida? A fin de cuentas, ¿para qué sirvió? Para avergonzar a su hija. Para tensar la relación entre padre e hija. Heidi estaba convencida de que había influido enormemente en la decisión de Kimberly de irse a una universidad muy lejos de casa. Y quizás aquella estúpida llamada telefónica de aquella estúpida entrometida había llevado a Kimberly —y, en última instancia, a Heidi— hasta aquella terrible página web y a la terrible relación de su hija con tres hombres diferentes.

Heidi no se lo quería creer, pero las pruebas estaban ahí, en las comunicaciones «secretas» entre su joven hija y aquellos hombres mayores. Podía maquillarlo como quisiera, pero no había modo de negar el hecho de que su hija estaba prostituyéndose.

Tenía ganas de llorar otra vez. Tenía ganas de cerrar los ojos y olvidar lo que le habían contado tan tranquilamente aquellos dos desconocidos. Pero ya no tenía elección, ¿verdad? Le habían plantado el secreto ante las narices. No podía mirar hacia otro lado. Era una paradoja que perseguía a los padres y madres desde los orígenes de la humanidad: no quería saberlo, pero a la vez quería saberlo.

Cuando llamó a su hija al móvil, Kimberly le respondió con un entusiasmo inaudito.

—Hola, mamá.

—Hola, cariño.

—¿Va todo bien? Tienes una voz rara.

Al principio Kimberly lo negó. Era de esperar. Luego intentó que sonara a algo inocente. Aquello también era de esperar. Luego Kimberly intentó plantar cara, acusando a su madre de piratear su perfil y entrometerse en su vida privada. Eso también era de esperar.

Heidi mantuvo la voz firme, aunque por dentro el corazón se le resquebrajaba, lleno de dolor. Le habló a Kimberly del desconocido. Le contó lo que le había dicho y lo que había visto por sí misma. Con paciencia. Con calma. Al menos, por fuera.

Llevó un tiempo, pero ambas sabían qué destino debía tomar aquella conversación. Arrinconada, y una vez superada la conmoción, Kimberly empezó a abrirse. Iba mal de dinero, le explicó.

—No puedes ni imaginarte lo caro que es todo aquí.

Una compañera de clase le había hablado de la página web. «En realidad, no tienes que hacer nada con esos tíos», le había dicho. Solo buscaban jovencitas para que les hicieran compañía. Heidi estuvo a punto de soltar una carcajada al oír eso. Los hombres, Heidi lo sabía perfectamente, y Kimberly lo habría aprendido enseguida, nunca querían solo compañía. Aquella era la excusa para que picaran.

Heidi y Kimberly hablaron durante dos horas. Al final de la conversación, Kimberly le preguntó a su madre qué debía hacer.

—Corta con ellos. Hoy. Ahora.

Kimberly le prometió que haría eso exactamente. La siguiente pregunta era cómo proceder. Heidi le dijo que se tomaría unos días libres y que iría a pasarlos con ella a Nueva York. Kimberly se opuso.

—El semestre acaba en dos semanas. Esperemos a entonces.

A Heidi no le gustaba esa idea. Al final, acordaron retomar el tema a la mañana siguiente. Antes de colgar, Kimberly dijo:

—¿Mamá?

—¿Sí?

—Por favor, no se lo digas a papá.

Eso lo tenía claro, pero no se lo dijo a Kimberly. Cuando Marty llegó a casa, Heidi no le dijo nada. Marty hizo unas hamburguesas en la barbacoa del patio. Heidi sacó bebidas. Él le contó cómo le había ido el día. Ella también. El secreto estaba ahí, por supuesto. Se quedó aparcado en la mesa de la cocina, sentado en la vieja silla de Kimberly, sin decir palabra pero sin moverse de ahí.

Por la mañana, después de que Marty se fuera a trabajar, alguien llamó a la puerta.

—¿Quién es?

—¿Señora Dann? Soy el agente John Kuntz, del Departamento de Policía de Nueva York. ¿Puedo hablar con usted un...?

Heidi abrió la puerta de golpe y a punto estuvo de caerse al suelo.

—Oh, Dios mío. ¿Mi hija...?

—No, su hija está bien, señora —se apresuró a responder Kuntz, dando un paso adelante para sostenerla—. Vaya, lo siento. Supongo que tendría que habérselo dicho enseguida. Ya me imagino: tiene a su hija en la Universidad en Nueva York, y ve a un agente de la policía de Nueva York en la puerta... —Kuntz meneó la cabeza—. Yo también tengo hijos. Lo entiendo. Pero no se preocupe. Kimberly está bien. De salud, quiero decir. Hay otros factores...

—¿Factores?

Kuntz sonrió. Tenía un hueco algo excesivo entre los dientes. Llevaba el pelo repeinado de un lado al otro, cubriéndole la calva; daban ganas de coger unas tijeras, levantarle esos pelos y cortárselos al ras. Le calculó unos cuarenta y cinco años, con barriga, los hombros caídos y los ojos hundidos de alguien que no come bien o no duerme lo suficiente.

—¿Puedo entrar un momento? —dijo, mostrándole la placa. Heidi no era una experta, pero le pareció auténtica.

—¿De qué se trata?

—Yo diría que tal vez se haga una idea. —Kuntz hizo un gesto con la cabeza hacia la puerta—. ¿Puedo?

—Pues no —respondió Heidi, dando un paso atrás.

—No ¿qué?

—No tengo ni idea de qué se trata.

Kuntz entró y miró alrededor, como si estuviera allí para

comprar la casa. Se alisó unos cuantos pelos repeinados que habían iniciado una huida impulsados por la electricidad estática.

—Bueno, anoche llamó a su hija. ¿Es correcto?

Heidi no estaba muy segura de cómo responder. No importaba. Kuntz siguió adelante, sin esperar respuesta.

—Nos consta que su hija ha estado implicada en una actividad que podría ser ilegal.

—¿Qué quiere decir?

Él se sentó en el sofá. Ella se sentó en una silla, enfrente.

—¿Puedo pedirle un favor, señora Dann?

—¿Cuál?

—Es pequeño, pero creo que simplificaría muchísimo esta conversación. Vamos a dejar de fingir, ¿de acuerdo? Lo único que conseguimos es perder el tiempo. Su hija, Kimberly, se ha visto implicada en un caso de prostitución por internet.

Heidi se quedó inmóvil.

—¿Señora Dann?

—Creo que más vale que se marche.

—Estoy aquí para ayudarla.

—A mí me parece que eso es una acusación. Creo que debería llamar a un abogado.

Kuntz volvió a alisarse los pelos rebeldes.

—No lo ha entendido.

—¿Y eso?

—A nosotros no nos importa lo que haya hecho o no su hija. Es una tontería, y le garantizo una cosa: cuando es por internet, la línea que separa una relación de negocios y la prostitución es muy fina. Siempre lo ha sido. No tenemos ninguna intención de buscarle las cosquillas ni a su hija ni a usted.

—Entonces ¿qué es lo que quiere?

—Su cooperación. Eso es todo. Si Kimberly y usted cooperan, no vemos motivo por el que no podamos olvidarnos del papel que ha desempeñando su hija en todo este asunto.

—¿Su papel en qué?

—Vayamos paso por paso, ¿de acuerdo? —Kuntz se metió la mano en el bolsillo y sacó un pequeño cuaderno. Luego sacó uno de esos lápices cortos que usan los golfistas para apuntar los golpes. Chupó la punta del lápiz y se volvió hacia Heidi—. En primer lugar, ¿cómo descubrió la implicación de su hija con esa página web de jovencitas?

—¿Y eso qué importa?

Kuntz se encogió de hombros.

—Es solo una pregunta de rutina.

Heidi no dijo nada. El cosquilleo que sentía en la base del cuello había empezado a hacerse más intenso.

—¿Señora Dann?

—Creo que es mejor que hable con un abogado.

—Oh —dijo Kuntz, haciendo un gesto como el que pondría un profesor de pronto decepcionado por la actitud de su alumna favorita—. Entonces su hija nos mintió. Tengo que decirle que eso no causará muy buena impresión.

Heidi era consciente de que ese hombre esperaba una reacción. El silencio se hizo tan enorme que casi le faltaba el aire. No pudo soportarlo más, así que preguntó:

—¿Por qué cree que mi hija mintió?

—Muy sencillo. Kimberly nos dijo que usted se enteró de lo de la página web de un modo completamente legal. Nos dijo que a la salida de un restaurante se le acercaron dos personas (un hombre y una mujer) y le informaron de lo que estaba pasando. Pero si eso fuera cierto, no veo por qué no iba a decírnoslo. No hay nada de ilegal en esa actividad.

—No entiendo nada de esto. ¿Qué está haciendo usted aquí exactamente?

—Supongo que es normal que se lo pregunte. —Kuntz suspiró y se puso cómodo en el sofá—. ¿Sabe lo que es la Unidad de Delitos Informáticos?

—Supongo que tendrá algo que ver con delitos realizados por internet.

—Exacto. Yo trabajo en la UDI, esto es, la Unidad de Delitos Informáticos, que es una división relativamente nueva del Departamento de Policía de Nueva York. Perseguimos a quien usa internet con fines ilícitos (piratas, timadores y cosas por el estilo), y sospechamos que la persona o las personas que se le acercaron en el restaurante forman parte de una escurridiza organización mafiosa que seguimos desde hace mucho tiempo.

Heidi tragó saliva.

—Ya veo.

—Y me gustaría que nos ayudara a encontrar e identificar a quienquiera que se haya visto implicado en estos delitos. ¿Lo entiende ahora? Así que volvamos a empezar, ¿de acuerdo? ¿Se le acercaron o no dos personas en el aparcamiento de un restaurante?

El cosquilleo seguía ahí, pero esta vez respondió.

—Sí.

Kuntz sonrió, mostrando de nuevo sus dientes separados. Apuntó algo y volvió a mirarla.

—¿En qué restaurante?

Ella vaciló.

—¿Señora Dann?

—Hay algo que no entiendo —señaló Heidi lentamente.

—¿El qué, señora?

—Yo no hablé con mi hija hasta ayer por la tarde.

—Sí.

—¿Cuándo hablaron ustedes con ella?

—Anoche.

—¿Y cómo es que han venido tan rápido?

—Este asunto es de gran importancia para nosotros. He cogido el avión esta mañana.

—Pero ¿cómo pudo enterarse siquiera?

—¿Perdón?

—Mi hija no dijo que fuera a llamar a la policía. ¿Cómo iban a enterarse...?

No acabó la frase. Su mente recorrió varios caminos posibles. Y todos se le antojaban bastante oscuros.

—¿Señora Dann?

—Creo que debería irse.

Kuntz asintió. Volvió a peinarse los pelos de la cabeza, pasándoselos de una oreja a la otra. Luego dijo:

—Lo siento, pero no puedo hacerlo.

Heidi se puso en pie y se acercó a la puerta.

—Pues yo no voy a hablar con usted.

—Sí, sí que lo hará.

Sin levantarse siquiera, y con algo parecido a un suspiro, Kuntz sacó la pistola, apuntó con precisión a la rodilla de Heidi y apretó el gatillo. El arma hizo menos ruido del que cabía esperar, pero el impacto fue inmenso. Heidi cayó al suelo como una silla plegable rota. Él se abalanzó sobre ella y le tapó la boca para acallar sus gritos. Luego se agachó hasta situar los labios junto a su oreja.

—Si gritas, acabaré contigo muy despacio y luego empezaré con tu hija —le susurró—. ¿Lo entiendes?

El dolor era palpitante, y a punto estuvo de hacerle perder el sentido. Kuntz presionó el cañón de la pistola sobre la otra rodilla.

—¿Lo entiende, señora Dann?

Ella asintió.

—Estupendo. Ahora volvamos a intentarlo. ¿Cómo se llamaba el restaurante?

15

Adam estaba sentado en su despacho, recapitulando por enésima vez lo sucedido, cuando se le ocurrió una pregunta de lo más sencilla: si Corinne hubiera decidido desaparecer de verdad, ¿adónde habría ido?

Lo cierto era que no tenía ni idea.

Corinne y él eran de esas parejas tan unidas que la idea de que pudiera huir a algún sitio sin él o sin su familia le resultaba impensable. Seguramente podría llamar a alguna amiga. A alguna de las de la universidad. También tenía unos cuantos parientes. Pero no podía imaginársela sincerándose con ellos o durmiendo en su casa en una circunstancia como aquella. No se mostraba tan abierta con nadie... Bueno, con nadie más que con Adam.

Así que quizás estuviera sola.

Eso era lo que le parecía más probable. Estaría alojada en un hotel. Pero en cualquier caso —y esa era la clave—, hiciera lo que hiciese, eso requeriría medios, o sea, el uso de una tarjeta de crédito o de efectivo. Y eso significaba que habría cargos en la tarjeta o retiradas de efectivo registradas.

«Pues compruébalo, tonto».

Corinne y él tenían dos cuentas, ambas conjuntas. Tenían una tarjeta de débito vinculada a una y una Visa vincu-

142

lada a la otra. A Corinne no se le daban bien las finanzas. Todo eso lo gestionaba Adam, como parte de su división de las tareas de la casa. También se sabía todos los usuarios y las contraseñas.

Vamos, que podía ver cualquier cargo a la tarjeta o retirada de efectivo.

Se pasó los siguientes veinte minutos examinando la actividad de sus tarjetas y sus cuentas. Comenzó por el último movimiento: cualquier actividad de aquel día y del día anterior. Pero no había nada. Después retrocedió unos días, por si se registraba algún patrón. Corinne nunca solía recurrir al dinero en efectivo. Las tarjetas de crédito se le daban mejor, y además le daban puntos por cada compra. Eso le gustaba.

Ahí estaba todo: toda su vida económica o, bueno, todos sus gastos. Y no había sorpresas. Había ido al supermercado A&P, al Starbucks, a la Lax Shop. Había almorzado en el Baumgart's y había comprado comida para llevar en el Ho-Ho-Kus Sushi. Estaban las cuotas del gimnasio domiciliadas con la tarjeta, y algo que había comprado por internet al Banana Republic. Cosas normales. Había operaciones prácticamente a diario, al menos una vez al día.

Pero no ese día. Ni el día anterior.

Ningún cargo en absoluto.

¿Qué cabía pensar?

En primer lugar, Corinne no sería una eminencia a la hora de pagar facturas, pero tampoco era tonta. Si no quería que la localizara, habría pensado que podía hacerlo a través de los recibos de la tarjeta de crédito.

Muy bien. Pues entonces ¿qué podía hacer? Usar efectivo.

Comprobó los reintegros en cajeros automáticos. El último lo había hecho dos semanas antes, por valor de doscientos dólares.

¿Bastaba eso para fugarse?

Más bien no. Pensó en ello.

Si conducía durante horas, necesitaría comprar gasolina. ¿Cuánto efectivo podría llevar encima? Tampoco tenía pensado desaparecer. No podía saber que Adam iba a ponerla entre la espada y la pared con el embarazo falso, ni que aquel desconocido iba a presentarse...

¿O sí?

Paró de golpe. ¿Quizá había ahorrado dinero ante la posibilidad de que un día ocurriese algo así? Intentó pensar en retrospectiva. ¿La había sorprendido que le echara aquello en cara? ¿O se había mostrado más bien... resignada?

¿Sospecharía quizá que algún día su engaño podía salir a la luz?

No lo sabía. Se retrepó en la silla e intentó pensarlo, y se dio cuenta de que no podía estar seguro de nada. En su mensaje de texto, Corinne le había pedido —no, prácticamente le había rogado con su «DAME SOLO UNOS DÍAS. POR FAVOR»— que la dejara en paz. Quizá fuera lo más conveniente. Quizá fuera mejor dejar que se tranquilizara, dejarla hacer lo que estuviera haciendo y esperar. Eso era lo que le pedía específicamente con aquel mensaje, ¿no?

Por otra parte, también cabía la posibilidad de que hubiera salido a toda prisa del colegio con el coche y hubiera sufrido un terrible destino. Quizá conociera a aquel extraño. Quizás hubiera ido a verlo y se hubiera enfrentado a él. Él podría haberse enfadado y haberla secuestrado o algo peor. Solo que el desconocido no parecía de esos. Y en los mensajes que le había enviado le decía que necesitaba tiempo y que le diera unos días. Aun así... —a esas alturas, la cabeza le daba vueltas, contemplando cualquier posibilidad—, aquellos mensajes los habría podido enviar cualquiera.

Incluso un asesino.

Quizás alguien hubiera matado a Corinne, le hubiera cogido el teléfono y...

Bueno, bueno. Paremos un momento. No nos dejemos llevar.

Sentía el corazón golpeándole contra el pecho. Ahora que se le había metido en la cabeza aquella preocupación —solo había sido una idea, pero no le faltaba más que vocearla—, el miedo se había instalado en su interior, encajándose como una visita indeseada en casa. Volvió a mirar el mensaje:

QUIZÁ NECESITEMOS ALGO DE TIEMPO. TÚ CUIDA DE LOS NIÑOS. NO INTENTES CONTACTAR CONMIGO. TODO IRÁ BIEN.

Y luego:

DAME SOLO UNOS DÍAS. POR FAVOR.

Había algo raro en los mensajes, pero no sabía el qué. ¿Y si Corinne corría peligro? Se preguntó de nuevo si debía ir a la policía. Era lo primero que le había preguntado Kristin Hoy, ¿no? Le había preguntado si había llamado a la policía para denunciar la desaparición de su mujer. Solo que no había tal desaparición. Había enviado aquel mensaje.

A menos que no lo hubiera enviado ella.

Empezó a darle vueltas la cabeza. Vale, pongamos que iba a la policía. Entonces ¿qué? Tendría que acudir a la policía local. ¿Y qué les diría exactamente? Echarían un vistazo al mensaje y le dirían que le diera tiempo, ¿no? Y en el pueblo, por mucho que odiara admitir que eso le importara, los polis hablarían. Los conocía a casi todos. Len Gilman era el jefe de Policía de Cedarfield. Tal vez sería él quien le tomara la denuncia. Tenía un hijo de la edad de Ryan. Iban a la misma clase. Los cotilleos y los rumores sobre Corinne se extenderían..., bueno, como se extienden los cotilleos y los rumores. ¿Acaso le importaba? Lo fácil era decir que no, pero sabía que a Corinne sí le habría importado. Aquel era su pueblo. Había luchado mucho por volver allí y construirse una vida.

—Eh, colega.

Andy Gribbel entró en el despacho con su barba y su gran sonrisa. Llevaba gafas de sol pese a estar bajo techo, no tanto por imagen como, sobre todo, para tapar las ojeras producidas por una larga noche o por el uso de algún tipo de hierba.

—Eh —respondió Adam—. ¿Cómo fue el concierto la otra noche?

—Lo petamos —dijo Gribbel—. Lo petamos y la gente flipó.

Adam se retrepó en la silla, agradeciendo la interrupción.

—¿Con cuál empezasteis?

—*Dust in the Wind*. Kansas.

—Hummm —reaccionó Adam.

—¿Qué?

—¿Una balada lenta para empezar?

—Pues sí, pero funcionó que no veas. Local oscuro, luces tenues, buen ambiente... Y luego enlazamos, sin pausas, con *Paradise by the Dashboard Light*. Los pusimos a tope.

—Meat Loaf —asintió Adam—. Guay.

—¿Verdad?

—Un momento. ¿Desde cuándo tenéis una vocalista mujer?

—No la tenemos.

—Pero *Paradise* es un dúo hombre-mujer.

—Ya.

—Y bastante agresivo —añadió Adam—, con todo ese rollo de que si me amarás siempre, y él que le suplica que le deje consultarlo con la almohada.

—Lo sé.

—¿Y lo hacéis sin una vocalista mujer?

—Yo hago ambas partes —dijo Gribbel.

Adam irguió la espalda, tratando de imaginárselo.

—¿Tú solo haces el dúo hombre-mujer?

—Siempre.

—Debe de ser una interpretación cojonuda.

—Pues deberías oírme haciendo *Don't Go Breaking My Heart*. De pronto soy Elton, y al momento soy Kiki Dee. Se te saltarían las lágrimas. Y hablando del tema...

—¿Qué?

—Corinne y tú necesitáis salir alguna noche. Bueno, al menos tú. Si esas ojeras te siguen aumentando, vas a tener que pagar recargo por exceso de equipaje la próxima vez que cojas un vuelo.

Adam frunció el ceño.

—Eso está pillado por los pelos.

—Venga, hombre, no ha estado tan mal.

—¿Lo tenemos todo listo para el caso de Mike y Eunice Rinsky, mañana?

—Por eso quería verte.

—¿Algún problema?

—No, pero el alcalde *Gusanosvki* quiere hablar contigo sobre la expropiación de los Rinsky. Tiene una reunión o algo así a las siete y me ha preguntado si podrías pasar después. Te he enviado la dirección con un mensaje.

Adam le echó un vistazo al teléfono.

—Sí, vale, supongo que deberíamos ver qué dice.

—Se lo comunicaré a los suyos. Que disfrutes de la velada, colega.

Adam miró el reloj y se sorprendió al ver que ya eran las seis.

—Buenas noches.

—Avísame si lo de mañana sigue en pie.

—Lo haré.

Gribbel se fue y lo dejó solo. Adam se quedó inmóvil un momento, escuchando. Los sonidos eran distantes; la oficina emitía sus lentos estertores agónicos de última hora. «Vale, retrocede un momento. Analiza bien los datos. Repasa lo que sabes a ciencia cierta».

En primer lugar, sabía que Corinne había ido al colegio el día anterior. En segundo, que hacia la hora del almuerzo Kristin la había visto salir del aparcamiento en coche. En tercero... Vale, no había tercero, pero...

Peajes.

A poco que hubiera circulado en coche Corinne, habría quedado registrado en los peajes. El colegio estaba cerca del peaje de la Garden State Parkway, de modo que quedaría registrado en su sistema de pago automático. ¿Se habría acordado de retirar el mecanismo antes de llegar a los peajes? Probablemente no. El emisor era una de esas cosas que uno pega al parabrisas y te olvidas. A veces les había pasado lo contrario: Adam había alquilado algún coche y se había metido en el carril de pago automático, sin pensar que no estaba al volante de su coche.

En cualquier caso, valía la pena intentarlo.

Encontró la página web de E-ZPass haciendo una búsqueda en Google, pero para acceder necesitaba un número de cuenta y una contraseña. Él no los tenía —de hecho, era la primera vez que intentaba acceder a esa página web—, pero le llegarían los recibos a casa. Bueno, al menos eso. En cualquier caso, era hora de volver a casa.

Cogió la chaqueta y se fue corriendo al coche. Cuando se incorporaba a la interestatal 80, sonó el teléfono móvil. Era Thomas.

—¿Dónde está mamá?

Se quedó pensando en cómo actuar, pero no era el momento de dar detalles.

—Está fuera.

—¿Dónde?

—Luego te lo cuento.

—¿Vienes a cenar?

—Voy de camino. Hazme un favor. Saca unas hamburguesas del congelador para tu hermano y para ti. Las asaré a la parrilla cuando llegue.

—En realidad esas hamburguesas no me gustan demasiado.

—Lástima. Nos vemos en media hora.

Pasó de una emisora de radio a otra mientras conducía, buscando en vano una canción perfecta, que sería, tal como cantaba Stevie Nicks, «misteriosamente familiar» pero que no la pusieran tan a menudo como para que se hubiera convertido en un soniquete. En las raras ocasiones en que encontraba la canción deseada, siempre llegaba en el último verso, con lo que la búsqueda volvía a empezar.

Cuando embocó su calle, lo sorprendió ver el Dodge Durango de los Evans aparcado frente a su casa. Tripp Evans estaba saliendo del vehículo en el momento en que aparcaba al lado. Los dos hombres se saludaron estrechándose la mano y dándose una palmadita en la espalda. Ambos lle-vaban traje y la corbata aflojada, y de pronto pareció que de la reunión para la selección de jugadores de lacrosse en el American Legion Hall, solo tres días antes, había pasado una eternidad.

—Eh, Adam.

—Eh, Tripp.

—Perdona que haya pasado sin avisar.

—No pasa nada. ¿En qué puedo ayudarte?

Tripp era un hombretón de manos grandes, de esos que nunca parecen estar cómodos vestidos de traje. Los hombros le apretaban demasiado o las mangas le estaban demasiado largas... Siempre había algo, de modo que siempre se estaba recolocando algo, dejando claro que lo que le habría gustado en realidad era hacer pedazos el maldito traje. Adam veía muchos tipos así. En algún momento de sus vidas les habían colocado el traje, como si fuera una camisa de fuerza, y ahora no podían quitárselo de encima.

—Querría hablar con Corinne un momento —dijo Tripp.

Adam se quedó inmóvil, esperando que su rostro permaneciese inescrutable.

—Le he enviado unos cuantos mensajes —añadió Tripp—, pero... Bueno, no me ha contestado. Así que se me ha ocurrido pasar.

—¿Puedo preguntarte de qué se trata?

—En realidad no es nada importante —respondió, con una voz que para alguien tan directo como Tripp sonaba terriblemente forzada—. Es un asunto del lacrosse.

Quizá fueran imaginaciones de Adam, la locura de los últimos días. Pero era como si se estuviera generando cierta tensión en el aire, en el espacio que se interponía entre ellos.

—¿Qué tipo de asunto?

—Ayer había reunión de la comisión. Corinne no se presentó. Lo cual es raro, supongo. Quería contarle un par de cosas, eso es todo. —Miró hacia la casa como si esperara que apareciera en la puerta en cualquier momento—. No es urgente.

—Ahora no está —dijo Adam—. Vale, bien. Dile que he pasado. —Tripp se volvió y miró a Adam a los ojos. La tensión que flotaba en el aire parecía crecer cada vez más—. ¿Va todo bien?

—Sí —respondió Adam—. Todo bien.

—A ver si nos tomamos una cerveza un día de estos.

—Estaría bien.

Tripp abrió la puerta del coche.

—¿Adam?

—¿Sí?

—Quiero serte sincero —dijo Tripp—. Se te ve un poco nervioso.

—¿Tripp?

—¿Qué?

—Yo también quiero serlo. A ti también.

Tripp sonrió, tratando de restarle importancia.

—En realidad no es gran cosa.

—Ya, eso ya me lo has dicho antes. No te molestes, pero no te creo.

—Son cosas del lacrosse. De verdad. Espero que no sea nada, pero ahora mismo no puedo contarte más.

—¿Por qué no?

—Los miembros del consejo tenemos que mantener la confidencialidad.

—¿Lo dices en serio?

Lo decía. Era evidente que no iba a dar su brazo a torcer; pero, una vez más, si Tripp contaba la verdad, ¿qué demonios podía tener que ver la comisión de lacrosse con lo suyo?

Tripp Evans se metió en el coche.

—Dile a Corinne que me llame cuando pueda, ¿vale? Buenas noches, Adam.

16

Adam esperaba que el alcalde Gusherowski tuviera el aspecto de político curtido en los trapicheos —blandito, rubicundo, con una de esas sonrisas ensayadas y quizás un anillo en el meñique— y, en ese caso en particular, no quedó decepcionado. Adam se preguntó si Gusherowski siempre habría tenido aquel aspecto de político corrupto modelo o si, a lo largo de sus años de «servicio», había ido integrándolo en su ADN.

La Fiscalía Federal había imputado a tres de los últimos cuatros alcaldes de Kasselton. Rick Gusherowski había ocupado cargos en dos de esos gobiernos, y también había estado en el Ayuntamiento durante el tercero. Adam no quería juzgar al tipo solo por su aspecto o incluso por su historial; pero, en materia de corrupción entre los pequeños municipios de Nueva Jersey, sabía que los pequeños indicios solían reflejar chanchullos monumentales.

Cuando llegó, estaba disolviéndose la reunión del consejo municipal, que no había registrado una gran asistencia. La media de edad dc los asistentes parecía superar los ochenta años, pero eso bien podría deberse a que aquella reunión se celebraba en la recién inaugurada Residencia de Lujo Pine-Cliff, nombre que sin ningún género de dudas era el eufemismo de un geriátrico o residencia de ancianos.

El alcalde Gusherowski se acercó a Adam con un sonrisa falsa a medio camino entre presentador de la tele y teleñeco.

—¡Qué estupendo verte de nuevo, Adam! —dijo, estrechándole la mano con un entusiasmo exagerado y dando ese tironcito tan típico que los políticos solían interpretar que hacía sentir algo inferior o condicionado a su interlocutor—. ¿Puedo llamarte Adam?

—Claro, señor alcalde.

—No, no, nada de eso. Llámame Gush.

¿Gush? No, no, Adam no estaba dispuesto.

El alcalde abrió los brazos.

—¿Qué te parece este lugar? Bonito, ¿no?

A Adam le parecía un salón de reuniones de un hotel de negocios: impecable, neutro e impersonal. Asintió, evitando pronunciarse.

—Ven conmigo, Adam. Quiero enseñártelo un poco. —Embocó un pasillo con las paredes de color verde hoja—. Estupendo, ¿verdad? Todo es de última generación.

—¿Eso qué significa? —preguntó Adam.

—¿Eh?

—De última generación. ¿Cuál es la última generación?

El alcalde se frotó la barbilla, pensando a fondo.

—Bueno, para empezar, tienen televisores de pantalla plana.

—Como en casi todas las casas del país.

—También hay internet.

—También eso lo tiene casi cualquier casa, por no mencionar cafeterías, bibliotecas y McDonald's.

Gush (Adam ya casi se había acostumbrado al nombre) esquivó la pregunta y volvió a lucir sonrisa.

—Déjame que te enseñe nuestra unidad *deluxe*.

Usó una llave para abrir la puerta y abrió con la grandilocuencia de una de las azafatas de *El precio justo*.

Daba la impresión de que aquel tipo solo podía recordarle programas de la tele.

—¿Y bien?

Adam entró.

—¿Qué te parece? —preguntó Gush.

—Parece la habitación de un hotel de negocios.

A Gush le tembló la sonrisa por un momento.

—Todo es nuevo y de última... —Se interrumpió—. Moderno.

—No importa —dijo Adam—. Para serte sincero, no importaría ni aunque tuviera el equipamiento de un Ritz-Carlton. Mi cliente no quiere marcharse.

Gush asintió, con un gesto de infinita comprensión.

—Lo entiendo. De verdad. Todos queremos conservar nuestros recuerdos, ¿no es cierto? Pero a veces los recuerdos no nos dejan avanzar. Nos obligan a vivir en el pasado, en lugar de hacerlo en el presente.

Adam se lo quedó mirando.

—Y a veces, como miembros de la comunidad, tenemos que pensar en los demás. ¿Has estado en casa de los Rinsky?

—Sí.

—Es un asco —dijo Gush—. No en ese sentido... Yo crecí en ese barrio. Lo digo como alguien que se ha abierto paso saliendo de esas mismas calles.

Adam se veía venir el discursito sobre el hombre hecho a sí mismo. Casi fue una decepción ver que no llegaba.

—Tenemos la oportunidad de hacer grandes progresos, Adam. Tenemos la oportunidad de acabar con la lacra de la delincuencia y dar una nueva luz a un barrio de nuestra ciudad al que no le iría nada mal. Hablo de nuevas viviendas. De un verdadero centro comunitario. Restaurantes. Tiendas de calidad. Puestos de trabajo.

—He visto los planos —dijo Adam.

—Un gran avance, ¿no?

—Eso no me importa.

—¿Perdón?

—Yo represento a los Rinsky. Me preocupo por ellos. No me preocupan los márgenes de beneficio de la nueva tienda de Old Navy o de Home Depot.

—Eso no es justo, Adam. Ambos sabemos que la comunidad se beneficiaría si este proyecto se llevase a término.

—No, ambos no lo sabemos —puntualizó Adam—. En cualquier caso, no represento a la comunidad. Represento a los Rinsky.

—Y seamos sinceros: mira a tu alrededor. Serían más felices viviendo aquí.

—Lo dudo, pero podría ser —concedió Adam—. Lo que pasa es que, en Estados Unidos, el gobierno no decide lo que hace feliz al hombre. El gobierno no decide que una pareja que ha trabajado duro, se ha comprado su casa y ha creado una familia ahora sería más feliz viviendo en otro sitio.

La sonrisa regresó lentamente al rostro de Gush.

—¿Puedo ser franco por un momento, Adam?

—¿No lo has sido hasta ahora?

—¿Cuánto?

Adam juntó los dedos imitando el gesto de *El Padrino* y puso su mejor voz de mafioso.

—Mil millones de dólares.

—Lo digo en serio. Podría entrar en el juego y hacerlo tal como me ha pedido el promotor: negociar contigo e ir regateando en incrementos de diez mil dólares. Pero dejémonos de rodeos, ¿no te parece? Estoy autorizado para aumentar la oferta en otros cincuenta mil dólares.

—Y yo estoy autorizado para decirte que no.

—No estás siendo razonable.

Adam no se molestó en responder.

—Ya sabes que un juez nos dio la razón en nuestro caso de expropiación, ¿verdad?

—Lo sé.

—¿Y que el anterior abogado del señor Rinsky perdió la apelación? Por eso se fue.

—También lo sé.

Gush sonrió.

—Bueno, pues no me dejas opción.

—Claro que sí —dijo Adam—. No solo te debes al promotor, ¿no, Gush? Eres un hombre del pueblo. Así que construye tu centro comercial esquivando su casa. Cambia los planos. Se puede hacer.

—No —dijo Gush, que ya no sonreía—. No puedo.

—¿Así que los echarás a la calle?

—La ley está de mi parte. Y después de cómo os habéis comportado... —Gush se acercó lo suficiente para que Adam percibiera el olor del caramelo Tic Tac que tenía en la boca y susurró—: con mucho gusto.

Adam dio un paso atrás y asintió.

—Ya, me lo imaginaba.

—¿Así que entrarás en razón?

—O la seguiré buscando. —Adam saludó con un leve gesto de la mano y se volvió para marcharse—. Buenas noches, Gush. Volveremos a hablar muy pronto.

17

Esta vez al desconocido no le hacía ninguna gracia tener que hacerlo.

Pero Michaela Siegel, que se acercaba a pie, merecía saber la verdad antes de cometer un terrible error. El desconocido pensó en Adam Price. Pensó en Heidi Dann. Su visita los habría dejado destrozados, pero esta vez, en el caso de Michaela Siegel, sería mucho mucho peor.

O quizá no.

Quizá Michaela se sintiera aliviada. Quizá, tras el golpe inicial, la verdad la liberaría. Quizá la verdad le devolvería el equilibrio a su vida y volvería a ponerla en el camino justo, el que debía haber tomado, el que habría tomado.

Nunca sabes cómo reaccionará la gente hasta que le quitas la anilla a la granada, ¿no?

Era tarde, casi las dos de la madrugada. Michaela Siegel se despidió de sus ruidosos amigos con unos abrazos. Todos estaban algo bebidos después de una noche de celebración. El desconocido ya había intentado encontrarse con Michaela a solas dos veces. No le había salido bien. Esperaba que en ese momento se dirigiera al ascensor sola, y que pudiera iniciar el proceso.

Michaela Siegel. Veintiséis años. Estaba en su tercer año

de residencia en medicina interna en el hospital Mount Sinai, después de haberse licenciado en la facultad de medicina y cirugía de la Universidad de Columbia. Había empezado la residencia en el hospital Johns Hopkins; pero después de lo sucedido tanto ella como el director del hospital habían decidido que era mejor cambiar de centro.

Cuando se acercaba al ascensor, casi haciendo eses, el desconocido apareció a su lado.

—Enhorabuena, Michaela.

Ella se volvió con una sonrisa torcida. Era una mujer atractiva, eso él ya lo sabía, lo cual hacía que aquella intromisión resultara aún más incómoda. El desconocido se ruborizó al recordar lo que había visto, pero siguió adelante.

—Hummm —dijo ella.

—¿Hummm?

—¿Me trae una citación o algo así?

—No.

—Y no está intentando ligar conmigo, ¿verdad? Estoy comprometida.

—No.

—Ya me lo parecía —dijo Michaela, arrastrando ligeramente las palabras por efecto del alcohol—. No suelo hablar con extraños.

—Lo entiendo —dijo él, y, para no arriesgarse a perderla, soltó la bomba—. ¿Conoces a un hombre llamado David Thornton?

Su expresión cambió de golpe, como si le hubieran dado un bofetón. El desconocido ya se lo esperaba.

—¿Lo envía él? —preguntó.

De pronto ya no arrastraba las palabras.

—No.

—¿Quién es usted? ¿Algún tipo de pervertido o algo así?

—No.

—Pero ha visto...

—Sí —dijo él—. Solo dos segundos. No lo vi todo, no me regodeé ni nada por el estilo. Tan solo... Tenía que asegurarme.

Era evidente que en ese instante Michaela se enfrentaba al mismo dilema que tantos otros: ¿debía escuchar al lunático o mandarlo a paseo? La mayoría de las veces se imponía la curiosidad, pero nunca sabía cómo iba a ir. Michaela Siegel sacudió la cabeza y articuló el dilema en voz alta:

—¿Por qué sigo hablando con usted?

—Dicen que tengo cara de persona honrada.

Era cierto. Por eso era casi siempre él quien se encargaba de aquello. Eduardo y Merton tenían otras virtudes, pero si abordaran así a alguien, la reacción instintiva de la otra persona sería la de salir corriendo.

—Eso era lo que pensaba de David. Que tenía cara de persona honrada. —Ladeó la cabeza—. ¿Y usted quién es?

—Eso no es importante.

—¿Y por qué está aquí? Eso forma parte del pasado.

—No —dijo él.

—¿No?

—No forma parte del pasado. Ojalá.

—¿De qué demonios está hablando? —murmuró ella, asustada.

—David y tú rompisteis.

—Bueno, ¿y qué? —replicó—. Este fin de semana me caso con Marcus.

Y le enseñó el anillo de compromiso.

—No —dijo el desconocido—. Quiero decir... No estoy explicándome bien. ¿Te importa si voy paso a paso?

—No me importa la cara de honrado que tenga —respondió Michaela—. No quiero volver a sacar ese asunto.

—Lo sé.

—Lo he dejado atrás.

—No es así. Al menos, aún no. Por eso estoy aquí.

Michaela se lo quedó mirando.

—¿David y tú ya habíais cortado cuando...?

No sabía cómo decirlo, así que se limitó a mover las manos adelante y atrás.

—Puede decirlo —le animó Michaela, irguiendo la espalda—. Se llama porno por venganza. Se ve que es toda una moda.

—No es eso lo que pregunto —repuso el desconocido—. Estoy hablando del estado de vuestra relación antes de que colgara ese vídeo en la red.

—Lo vio todo el mundo, ¿sabe?

—Lo sé.

—Mis amigos. Mis pacientes. Mis profesores. Todo el mundo en el hospital. Mis padres...

—Lo sé —corroboró el desconocido, con voz suave—. ¿David Thornton y tú ya habíais roto?

—Habíamos tenido una enorme pelea.

—Eso no es lo que pregunto.

—No veo...

—¿Habías roto antes de que el vídeo se hiciera público?

—¿Qué importa eso ahora?

—Por favor —insistió el desconocido.

—No lo sé —dijo Michaela, encogiéndose de hombros.

—Tú aún le querías. Por eso te dolió tanto.

—No —rebatió ella—. Me dolió tanto porque fue una traición terrible. Me dolió tanto porque el hombre con quien estaba saliendo se conectó a una página web de porno por venganza y colgó una grabación nuestra haciendo... —Se detuvo—. ¿Puede imaginárselo? Nos peleamos, y él reacciona así.

—Él negó haberla colgado, ¿verdad?

—Por supuesto. No tuvo el valor...

—Te decía la verdad.

No estaban solos. Un tipo entró en un ascensor. Dos mujeres salieron a toda prisa a la calle. Había un conserje tras el mostrador de recepción. Todos estaban ahí, y en aquel momento era como si no hubiera nadie más.

La voz de Michaela sonó distante, hueca.

—¿De qué está hablando?

—David Thornton no colgó esa grabación en internet.

—¿Es amigo suyo o algo así?

—Nunca le he visto ni he hablado con él.

Michaela tragó saliva.

—¿Lo colgó usted?

—No, por supuesto que no.

—Entonces ¿cómo puede...?

—Por la dirección IP.

—¿Qué?

El desconocido dio un paso adelante, acercándose.

—La página web asegura que mantiene el anonimato de la dirección IP de los usuarios. Así nadie puede denunciar a la persona que cuelga los vídeos.

—Pero ¿usted lo sabe?

—Sí.

—¿Cómo?

—La gente se cree que una página web es anónima por el mero hecho de que lo digan. Eso es una mentira por definición. Tras cada página secreta de internet hay un ser humano controlando cada movimiento. En realidad, nada es secreto ni anónimo.

Silencio.

Ya estaban ahí. El desconocido esperó. No tardaría mucho. Ya se le veía aquel temblor en la boca.

—¿Y de quién era esa dirección IP?

—Creo que ya lo sabes.

Su cara se retorció en una mueca de dolor. Cerró los ojos.

—¿Fue Marcus?

El desconocido no respondió ni sí ni no. No hacía falta.

—Eran buenos amigos, ¿no? —dijo el desconocido.

—Desgraciado...

—Incluso compañeros de piso, creo. No conozco los detalles exactos. Pero David y tú os peleasteis. Marcus vio la oportunidad y la aprovechó. —El desconocido se metió la mano en el bolsillo y sacó un sobre—. Aquí mismo tengo la prueba.

Michaela levantó una mano para frenarlo.

—No necesito verla.

El desconocido asintió y se guardó el sobre.

—¿Por qué me cuenta esto? —preguntó.

—Es lo que hacemos.

—Faltan solo cuatro días para la boda. —Levantó la mirada—. ¿Ahora qué hago?

—Eso no es cosa mía —respondió él.

—Sí, claro, por supuesto —replicó ella con amargura—. Usted... Tú solo abres vidas ajenas de un tajo. Pero volver a cerrarlas..., eso no es cosa tuya.

El desconocido guardó silencio.

—Supongo que habrás pensado... ¿qué? ¿Que ahora volveré con David? ¿Que le diré que sé la verdad y le pediré perdón? Y luego, ¿qué? ¿Me cogerá entre sus brazos y viviremos felices para siempre? ¿Es así como piensas que irá la cosa? ¿Convirtiéndote en el paladín de nuestro amor?

Lo cierto es que eso se le había pasado por la cabeza al desconocido, aunque sin la parte en que quedaba como un héroe. Pero la idea de deshacer un entuerto, la idea de restaurar el equilibrio, la idea de volver a ponerla en el camino que había emprendido en su vida... Sí, esperaba que la cosa fuera por ahí.

—Pero hay un problema, señor Desvelador de Secretos. —Michaela dio un paso, cada vez más cerca de él—. Aunque salía con David, Marcus ya me gustaba. Qué paradoja, ¿no? No era necesario que Marcus hiciera algo así. Habríamos acabado juntos. Puede ser, no lo sé, pero puede ser que Marcus se sienta culpable por lo que hizo. Culpable. Quizás esté tratando de compensarlo, y por eso se porta tan bien conmigo.

—Ese no es un motivo para portarse bien con la gente.

—Oh, ¿así que ahora me ofreces consejos para afrontar la vida? —le espetó—. ¿Sabes cuáles son las opciones que me dejas? Puedo hacer saltar toda mi vida en pedazos o vivir una mentira.

—Aún eres joven y atractiva.

—Y estoy enamorada. De Marcus.

—¿Aun con esto? ¿Aunque sea capaz de hacerte algo así?

—La gente es capaz de hacer todo tipo de cosas en nombre del amor —dijo, ya con un tono de voz más sereno. Ya había pasado el momento de la rabia. Se volvió y pulsó el botón del ascensor—. ¿Vas a contarle esto a alguien más?

—No.

—Pues buenas noches.

—¿De modo que sigues decidida a casarte con él?

Las puertas del ascensor se abrieron. Michaela entró y se volvió, dándole la cara.

—No has revelado ningún secreto —dijo—. Tan solo has creado otro.

18

Adam paró cuando llegó al límite del término municipal de Cedarfield. Sacó el teléfono y le envió otro mensaje a Corinne:

ESTOY PREOCUPADO. LOS CHICOS ESTÁN PREOCUPADOS. POR FAVOR, VUELVE A CASA.

Apretó el botón de enviar y metió la marcha. Adam empezó a preguntarse, y no era la primera vez, cómo había acabado viviendo en el pueblo de Cedarfield. Era una idea sencilla, y sin embargo las implicaciones evidentes del asunto empezaban a pesarle. ¿Había sido una elección consciente? No lo creía. Habrían podido decidir vivir en cualquier sitio, pero ¿qué tenía de malo Cedarfield? Era, en muchos sentidos, el botín de guerra de la batalla que llamamos «el sueño americano». Cedarfield tenía casas pintorescas con grandes jardines. Tenía un centro urbano con encanto, con restaurantes variados y tiendas, e incluso un cine. Había instalaciones deportivas a la última, una biblioteca moderna y un estanque con patos. El año anterior la revista *Money*, nada menos, una autoridad casi bíblica, había situado Cedarfield en el puesto 27 de los «mejores lugares para vivir» del país. Según el

Departamento de Educación de Nueva Jersey, formaba parte del Grupo J de Distribución Socioeconómica, el más alto de las ocho categorías. Sí, el gobierno hace esa clasificación de municipios, es cierto. El motivo de esa clasificación no está tan claro.

Para ser justos, había que admitir que Cedarfield era un lugar estupendo para criar a los hijos, aunque uno lo hiciera más bien por egoísmo. Había quien lo consideraba el ciclo de la vida, pero para Adam era más bien como una existencia repetitiva, como darse champú y aclararse una y otra vez: muchos de sus vecinos y amigos —buena gente, de confianza, por quienes sentía un gran aprecio— habían crecido en Cedarfield, se habían alejado cuatro años para ir a la universidad, habían vuelto, se habían casado y habían criado a sus hijos en Cedarfield. Estos, a su vez, se criaban allí y se iban durante cuatro años a la universidad, con la esperanza de regresar, casarse y criar a sus hijos también allí.

No tenía nada de malo, ¿verdad?

Al fin y al cabo, Corinne, que había pasado los primeros diez años de su vida en Cedarfield, no había tenido la suerte de seguir esa trayectoria común. Cuando estaba en cuarto de primaria y ya tenía aquel pueblo y sus valores bien grabados en su ADN, el padre de Corinne había muerto en un accidente de coche. Solo tenía treinta y siete años, presumiblemente demasiado joven para preocuparse por cosas como su propia mortalidad o por asegurar su economía. Tenía un seguro miserable, y al poco tiempo la madre de Corinne tuvo que vender la casa e irse a vivir con Corinne y su hermana mayor, Rose, a un apartamento en un bloque de ladrillo con jardín en Hackensack, un lugar mucho menos elegante.

Durante los primeros meses, la madre de Corinne recorrió una y otra vez los dieciséis kilómetros que separaban Hackensack y Cedarfield para que Corinne pudiera seguir viendo a sus viejos amigos. Pero luego empezó el colegio y seguramente los amigos de Corinne empezarían a estar ocupados con entrenamientos y clases de danza que Corinne ya no se podía permitir, y aunque la distancia física era la misma, la distancia social que los separaba se volvió infranqueable. Las relaciones de su infancia fueron quebrándose hasta desaparecer por completo.

La hermana de Corinne, Rose, actuó con arreglo a los patrones típicos, rindiendo poco en el colegio, rebelándose contra su madre, experimentando con un popurrí de drogas recreativas y relaciones sin futuro. Corinne, por otra parte, canalizó su gran dolor y su resentimiento en lo que casi todo el mundo consideraría una salida positiva. Creció centrándose en los estudios y en la vida, decidida a triunfar en todas sus empresas. Corinne agachó la cabeza, hincó los codos, hizo caso omiso de las tentaciones típicas de los adolescentes y se juró que volvería victoriosa al lugar donde había tenido un padre y había sido una niña feliz. Corinne se pasó las dos décadas siguientes como una niña con la cara pegada al cristal que la separaba de una vida mejor hasta que, por fin, la ventana se abrió o —probablemente— reventó.

Corinne y Adam se habían comprado una casa que guardaba un parecido sospechoso con la casa en que había crecido Corinne. Si a Adam aquello no le hizo gracia al principio, lo cierto era que no lo recordaba, pero quizás en aquella época compartieran la misma lucha. Cuando te casas, también te casas con las esperanzas y los sueños de tu pareja. El de ella era regresar triunfante a un lugar que la había dejado de lado. Seguramente le había hecho ilusión ayudar a su mujer a hacer realidad aquella odisea en la que había invertido veinte años.

Aún había luz en el Hard-core Gym, cuyo nombre respondía a su espíritu (su lema: «No eres un tío duro si no trabajas duro»). Adam echó un vistazo rápido al aparcamiento y localizó el coche de Kristin Hoy. Marcó el número del móvil de Thomas —no valía la pena llamar a casa: ninguno de los dos respondería— y esperó. Thomas respondió al tercer tono con su «¿Hola?» habitual, apenas audible.

—¿Todo bien en casa?

—Sí.

—¿Qué estás haciendo?

—Nada.

—¿Y por «nada» qué entiendes?

—Jugando al *Call of Duty*. Acabo de empezar.

—Vale. ¿Has hecho los deberes? —preguntó Adam, siguiendo la costumbre. Era una pregunta rutinaria entre padre e hijo, como el hámster que da vueltas a la rueda: no conducía a nada, pero le parecía obligatoria.

—Casi todos.

No se molestó en decirle que acabara los que le faltaban. Era inútil. Que hiciera lo que le diera la gana. Más valía aflojar un poco.

—¿Dónde está tu hermano?

—No lo sé.

—Pero está en casa, ¿no?

—Supongo.

Hermanos.

—Asegúrate de que está bien. Yo vuelvo enseguida.

—Vale. ¿Papá?

—¿Qué?

—¿Dónde está mamá?

—Está fuera —le repitió.

—¿Dónde?

—Es algo de la escuela. Hablamos de eso cuando vuelva, ¿vale?

La pausa fue larga.

—Sí, vale.

Aparcó junto al Audi descapotable de Kristin y entró. El gorila hinchado de detrás del mostrador miró a Adam de arriba abajo y quedó claro que lo encontró flojo. Tenía cejas de cromañón, los labios paralizados en una sonrisa desdeñosa, y llevaba una especie de camiseta sin mangas. Adam se temía que le llamara «colega».

—¿Sí?

—Estoy buscando a Kristin Hoy.

—¿Socio?

—¿Qué?

—¿Eres socio?

—No, soy un amigo. Mi mujer es socia. Corinne Price.

Él asintió como si eso lo explicara todo. Luego preguntó:

—¿Está bien?

La pregunta sorprendió a Adam.

—¿Por qué no iba a estarlo?

El tipo tal vez intentara encogerse de hombros, pero las bolas de bolera que le rodeaban la base del cuello apenas se movieron.

—Ha escogido un mal momento para dejar de venir. Hay competición el viernes que viene.

Adam sabía que Corinne no competía. Tenía un buen cuerpo, sí, pero era impensable que se pudiera enfundar una de esas mallas exiguas y se pusiera a hacer posturitas. No obstante, había asistido a los campeonatos nacionales con Kristin el año anterior.

El gorila señaló —de hecho, se le hincharon los músculos al hacerlo— hacia una esquina del fondo del gimnasio.

—Sala B.

Adam empujó la puerta de cristal. En algunos gimnasios reina el silencio. En otros hay música a tope. Y en otros, como en ese, se oyen los ecos de gruñidos primitivos y el entrechocar de grandes pesas metálicas. Todas las paredes estaban cubiertas de espejos: era el único lugar donde posar y mirarse para regodeo personal no solo resultaba aceptable, sino que además era lo esperado. Olía a sudor, a desinfectante y a lo que se imaginaba que olerían los anuncios de las colonias Axe.

Encontró la sala B, llamó con suavidad y abrió. Tenía el aspecto de un estudio de yoga, con puertas de madera clara, una barra de equilibrios y, sí, montones de espejos. Una mujer supermusculada se paseaba en bikini, bamboleándose, con unos tacones escandalosamente altos.

—Para —le gritó Kristin.

La mujer lo hizo. Kristin se le acercó, con un bikini rosa mínimo y con unos tacones igual de altos. No se paseaba, no vacilaba. Caminaba con seguridad, pisando firme, como si el suelo estuviera en deuda con ella.

—Tienes que sonreír con más decisión. Parece como si no hubieras llevado nunca tacones.

—No suelo llevarlos —repuso la mujer.

—Bueno, pues vas a tener que practicar. Lo juzgarán todo: cómo entras, cómo sales, cómo caminas, la pose, la sonrisa, la confianza en ti misma, tu actitud, tu expresión facial. Tienes solo una oportunidad para dar esa primera impresión.

Puedes perder la competición en el primer paso. Vale, sentaos todas.

Otras cinco mujeres supermusculadas se sentaron en el suelo. Kristin se puso delante de ellas, caminando adelante y atrás. Sus músculos se tensaban y relajaban a cada paso.

—Todas deberíais seguir adelgazando —dijo Kristin—. Treinta y seis horas antes de la competición os cargáis de carbohidratos. Así evitaréis que los músculos se aplanen y les daréis ese volumen natural que buscamos. Ahora mismo deberíais estar comiendo un noventa por ciento de proteínas. Todas tenéis el régimen específico que os dimos, ¿verdad?

Todas asintieron.

—Seguidlo como si fuera la Biblia. Deberíais beber unos seis litros de agua al día. Eso es el mínimo. Luego empezaremos a reducir la cantidad a medida que se acerque el día. El día antes de los nacionales solo unos sorbos de agua, y nada el día de la competición. Tengo pastillas por si alguna sigue reteniendo agua. ¿Alguna pregunta?

Una mano.

—¿Sí?

—¿Ensayaremos el pase con traje de noche?

—Claro. Recuerden, señoras. La mayoría se cree que es un concurso de culturismo. No lo es. El de la WBFF es un concurso de fitness. Tendréis que posar y competir con las posturas que hemos ensayado. Pero los jueces buscan una Miss América, una modelo de Victoria's Secret, de la Fashion Week y, sí, de la *MuscleMag*, todo en uno. Harriet os ayudará a coordinar los vestidos de noche. Ah, y acordaos de lo que necesitáis para el viaje. Traed cola para el tanga, cinta adhesiva para la parte de arriba del bikini, cola E6000, pezoneras, vendas para las rozaduras, cola para los zapatos (siempre hay algún accidente de última hora con alguna correa), bronceador, guantes para aplicar el bronceador, crema blanqueadora para las palmas de las manos y las plantas de los pies, tiras blanqueadoras para los dientes, gotas para los ojos irritados...

Fue entonces cuando vio a Adam por el espejo. Su expresión cambió de pronto. La monitora que preparaba a las chicas para el campeonato nacional de la WBFF desapareció, y en su lugar apareció la amiga y la profesora colega. Adam pensó en lo asombroso que era cómo cambiaba la gente de roles.

—Trabajad las poses de salida —dijo Kristin, ya con los ojos puestos en Adam—. Cuando salgáis, hacéis una de cara, una de espaldas y os vais. Ya está. Bueno, os dejo con Harriet. Ahora vuelvo.

Kristin se dirigió hacia él sin más preámbulos, cruzando la sala de nuevo con sus tacones altos, que la hacían casi tan alta como él.

—¿Alguna novedad? —le preguntó.

—La verdad es que no.

Kristin se lo llevó a un rincón.

—Entonces ¿qué pasa?

No debería resultarle incómodo hablar con una mujer vestida con un bikini minúsculo y unos tacones altísimos. Pero lo era. Cuando Adam tenía dieciocho años había pasado dos semanas en España, en la Costa del Sol. Allí había muchas mujeres en topless, y Adam se vanagloriaba de ser lo suficientemente maduro para no mirar. No las miraba, pero se sentía un poco raro. Ahora experimentaba esa misma sensación.

—Parece que os preparáis para un evento —dijo Adam.

—No es cualquier evento; son los campeonatos nacionales. Si se me permite ser egoísta por un momento, la verdad es que Corinne ha escogido el peor momento para marcharse. Es mi compañera de viaje. Sé que tal como están las cosas no parece algo importante, pero es mi primera exhibición desde que soy profesional, y... Vale, es una tontería pensar ahora en eso, pero es algo que ocupa una pequeña parte de mis pensamientos. No obstante, estoy preocupada más que ninguna otra cosa. Esto no es normal en ella.

—Ya —dijo Adam—. Por eso quería preguntarte algo.

—Dime.

No sabía cómo hacerlo, así que se lanzó a la piscina.

—Es sobre el embarazo de hace dos años.

Bingo.

Sus palabras pillaron a Kristin Hoy por sorpresa, como una ola inesperada en la playa. Ahora era Kristin la que se bamboleaba de un modo ridículo sobre sus tacones altos.

—¿Qué hay de eso?

—Pareces sorprendida —dijo.

—¿Qué?

—Cuando he mencionado su embarazo. Es como si hubieras visto un fantasma o algo así.

Kristin miró a todas partes, pero evitando mirarlo a él.

—Supongo que me ha sorprendido. Quiero decir... que desaparece, y por algún motivo te pones a preguntarme por algo que ocurrió hace dos años. No veo la relación.

—Pero ¿recuerdas su embarazo?

—Por supuesto. ¿Por qué?

—¿Cómo te lo dijo?

—¿Que estaba embarazada?

—Sí.

—Oh, no lo recuerdo. —Pero lo recordaba. Estaba claro. Kristin le estaba mintiendo—. ¿Qué importa cómo me lo contara?

—Necesito que lo pienses. ¿Recuerdas algo raro?

—No.

—¿Nada raro en absoluto en ese embarazo?

Kristin se puso las manos en la cintura. La piel le brillaba con una fina capa de sudor o quizá por el bronceador.

—¿Adónde quieres llegar?

—¿Qué me dices de cuando abortó? —probó Adam—. ¿Cómo actuó?

Curiosamente, aquellas dos preguntas parecieron centrarla de algún modo. Kristin se tomó su tiempo, respirando lentamente, como si meditara, haciendo subir y bajar las prominentes clavículas.

—Es curioso.

—¿Sí?

—Me pareció que su reacción fue moderada.

—¿Y eso?

—Bueno, lo he estado pensando. Lo cierto es que lo superó muy bien. Me ha hecho pensar (al principio, quiero decir) que Corinne reaccionó demasiado bien después del aborto.

—No te sigo.

—Una persona tiene que pasar la fase de duelo, Adam. Una persona necesita expresar y sentir. Si no expresas y sientes, creas toxinas que van a parar al torrente sanguíneo.

Adam intentó no hacer una mueca ante aquella teoría de pacotilla.

—Tuve la impresión de que Corinne estaba bloqueando su dolor —prosiguió—. Y cuando haces eso, no solo creas toxinas, sino también tensión interna. Al final, explotas por algún sitio. Así que después de que te fueras, me quedé pensando. Quizá Corinne hubiera enterrado el dolor por la pérdida del bebé y lo llevara dentro. Quizá lo reprimió, pero ahora, dos años más tarde, esa coraza que se construyó haya cedido.

Adam se la quedó mirando.

—Al principio.

—¿Qué?

—Has dicho que eso lo pensaste «al principio». Así que en algún momento has cambiado de opinión.

Ella no respondió.

—¿Por qué?

—Corinne es mi amiga, Adam.

—Eso ya lo sé.

—Tú eres el marido de quien está intentando alejarse, ¿no? Quiero decir, si es que me estás contando la verdad y no le ha pasado nada.

—¿Lo dices en serio?

—Sí. —Kristin tragó saliva—. Uno pasea por esas calles donde vivimos todos. Vemos las preciosas casas y los cuidados jardines y los bonitos muebles de exterior en el patio. Pero ninguno de nosotros sabe lo que pasa en realidad detrás de esas fachadas, ¿no?

Adam no respondió.

—Por lo que yo sé, Adam, podrías haberla maltratado.

—Oh, venga ya...

Kristin levantó la mano.

—No digo que lo hicieras. Es solo un ejemplo. No se puede saber.

Tenía lágrimas en los ojos, y Adam se preguntó por el

marido de Kristin, Hank, y por qué, con ese físico, a veces llevaba manga corta o iba tapada. Él había pensado alguna vez que sería por pudor, pero quizá fuera otra cosa.

De todos modos, tenía razón. Quizá vivieran en una comunidad aparentemente plácida y unida, pero cada casa era una isla con sus propios secretos.

—Tú sabes algo de esto —dijo Adam.

—No, no sé nada. Y ahora tengo que volver con las chicas, de verdad —le aseguró, volviéndose. Adam estuvo a punto de alargar la mano y cogerla del brazo, pero no lo hizo.

—Tú lo sabías, ¿verdad?

Sin darse la vuelta, Kristin meneó la cabeza.

—Corinne nunca me dijo nada.

—Pero tú lo sabías.

—Yo no sabía nada —susurró—. Ahora deberías irte.

19

Ryan estaba en la puerta de atrás, esperándolo.

—¿Dónde está mamá?

—Está fuera —respondió Adam.

—¿Qué quiere decir «fuera»?

—Está de viaje.

—¿Dónde?

—Es algo del colegio. Volverá pronto.

—Necesito mi equipación deportiva, ¿recuerdas? —dijo Ryan con una voz que era un gemido de pánico.

—¿Has mirado en tu cajón?

—¡Sí! —El gemido de pánico se había convertido en un grito—. ¡Eso ya me lo preguntaste ayer! ¡He mirado en el cajón y en la cesta de la ropa sucia!

—¿Y en la lavadora y la secadora?

—¡También he mirado! ¡En las dos! ¡He mirado en todas partes!

—Vale —dijo Adam—. Cálmate.

—¡Pero necesito el equipo! Si no traes el equipo, el entrenador Jauss te hace correr más vueltas y te pierdes un partido.

—No hay problema. Vamos a buscarlo.

—¡Tú nunca encuentras nada! ¡Tiene que venir mamá! ¿Por qué no responde a mis mensajes?

—Estará fuera de cobertura.

—¡No lo entiendes! ¡No lo...!

—¡No, Ryan, eres tú quien no lo entiende! —gritó Adam, y oyó cómo su voz resonaba en la casa. Ryan se calló de pronto. Adam no—. ¿Tú crees que tu madre y yo estamos en este mundo solo para serviros? ¿Es eso lo que crees? Bueno, pues hay algo que deberías aprender, colega. Tu madre y yo también somos seres humanos. Vaya sorpresón, ¿verdad? También tenemos vida. Nos ponemos tristes, como tú. Nos preocupamos por nuestras cosas, como tú. No estamos aquí solo para servirte o para responder a todas tus peticiones. ¿Ahora lo entiendes?

Los ojos de Ryan se llenaron de lágrimas. Adam oyó pasos. Se volvió y vio a Thomas en lo alto de las escaleras, mirando a su padre, incrédulo.

—Lo siento, Ryan. No quería... —Ryan salió corriendo escaleras arriba—. ¡Ryan!

Ryan pasó corriendo junto a su hermano. Adam oyó el portazo al cerrarse la puerta del dormitorio. Thomas seguía en lo alto de las escaleras, mirándolo.

—He perdido los nervios —se justificó Adam—. Estas cosas pasan.

Thomas se quedó un momento en silencio. Luego dijo:

—¿Papá?

—¿Qué?

—¿Dónde está mamá?

Adam cerró los ojos.

—Ya te lo he dicho. Está en una salida de esas de profesores.

—Acaba de volver de una salida de profesores.

—Hay otra.

—¿Dónde?

—Atlantic City.

Thomas meneó la cabeza.

—No.

—¿Qué quieres decir con «no»?

—Que yo sé dónde está —respondió Thomas—. Y no es en Atlantic City, ni mucho menos.

20

—Ven aquí, por favor —dijo Adam.

Thomas vaciló antes de bajar las escaleras y entrar en la cocina. Ryan seguía en su habitación con la puerta cerrada. Quizá fuera lo mejor. Así todos tendrían la posibilidad de calmarse. Pero, en ese momento, Adam tenía que saber qué significaba lo que le había dicho Thomas.

—¿Sabes dónde está tu madre?

—Más o menos.

—¿Qué quiere decir «más o menos»? ¿Te ha llamado?

—No.

—¿Te ha enviado algún mensaje o algún correo electrónico?

—No —repitió Thomas—. Nada de eso. Pero tú sabes que no está en Atlantic City.

Adam asintió.

—¿Y eso cómo lo sabes?

En ocasiones veía que Thomas se movía de determinada manera o hacía un gesto y entonces se daba cuenta de que era un eco de sí mismo. No tenía ninguna duda de que Thomas fuera hijo suyo. El parecido era demasiado grande. ¿Albergaba dudas sobre Ryan? Nunca las había tenido, pero en algún rincón secreto y oscuro de su corazón todos los hombres tienen ese recelo. Solo que nunca lo manifiestan. Rara vez les llega a sus conciencias. Pero está ahí, durmiendo en ese rincón oscuro, y ahora el desconocido había hurgado en ese temor y lo había sacado a la luz.

¿Explicaba eso el estúpido arrebato de Adam?

Había perdido los papeles con Ryan, y sí, dadas las circunstancias, era más que comprensible tal como se estaba portando el chaval con lo de su equipamiento deportivo. Pero ¿había algo más?

—¿Thomas?

—Mamá se cabreará.

—No, no lo hará.

—Le prometí que no lo haría nunca —dijo Thomas—. Pero es que siempre me responde a los mensajes. No entiendo lo que pasa. Así que he hecho algo que no debería haber hecho.

—No pasa nada —dijo Adam, intentando que la desesperación no se le notara en la voz—. Tú dime qué ha pasado.

Thomas soltó un gran suspiro y ordenó sus pensamientos.

—Vale, ¿te acuerdas de que antes de que te fueras te he preguntado dónde estaba mamá?

—Sí.

—Y... No sé, has puesto una voz... Era raro. Primero, que no me dijeras dónde estaba mamá; luego, que mamá no respondiera a mis mensajes... —Levantó la vista—. ¿Papá?

—¿Qué?

—Cuando has dicho todo eso de que mamá estaba en una convención de profesores, ¿decías la verdad?

Adam se lo pensó, pero no mucho.

—No.

—¿Sabes dónde está mamá?

—No. Nos peleamos, supongo.

Su hijo asintió con la cabeza, mostrando quizá demasiada comprensión.

—Y entonces ¿mamá... se fue y te dejó?

—No lo sé, Thomas. Eso es lo que estoy intentando descubrir.

Thomas asintió de nuevo.

—Así que tal vez mamá no querría que te dijera dónde está.

Adam se sentó y se frotó la barbilla.

—Es una posibilidad —admitió.

Thomas apoyó las manos en la mesa. Llevaba una pulsera de silicona, de esas que se pone la gente en apoyo de causas benéficas, aunque esta decía CEDARFIELD LACROSSE. Se puso a estirar la pulsera, haciéndola restallar contra la muñeca.

—Pero hay un problema —añadió Adam—. Yo no sé lo que ha ocurrido, ¿vale? Si tu madre se ha puesto en contacto contigo y te ha dicho que no me digas dónde está... Bueno, tendría que asumirlo. Pero no creo que lo haya hecho. No creo que quisiera poneros a ti o a Ryan en esa posición.

—No lo ha hecho —dijo Thomas sin dejar de mirarse la pulsera.

—Vale.

—Pero me obligó a prometer que no la usaría.

—¿Que no usarías qué?

—Esa app.

—Thomas. —El chico levantó la vista—. No tengo ni idea de qué estás hablando.

—Hicimos un trato, ¿sabes? Mamá y yo.

—¿Qué tipo de trato?

—Que ella solo usaría la app en caso de emergencias, pero no para espiarme. Y yo no podía usarla.

—¿Qué quiere decir en caso de emergencia?

—En caso de que yo desapareciera o de que no pudiera encontrarme de ningún modo.

Adam empezó a notar que la cabeza le daba vueltas otra vez. Frenó y trató de centrarse.

—Quizá deberías explicarme de qué va esa app.

—Es un localizador de teléfonos. Se supone que sirve para encontrarlos, por si alguien te los roba.

—Vale.

—Así que te enseña dónde está el teléfono, en un mapa. Todos los teléfonos tienen una app así, pero esto es una mejora. Así que si nos ocurriera algo a nosotros, o si mamá no pudiera encontrarnos a mí o a Ryan, podría buscarnos con la app y sabría exactamente dónde estamos.

—¿Desde el teléfono?

—Exacto.

Adam le tendió la mano.

—Déjame ver.

Thomas vaciló.

—Pero esa es la cuestión. Se suponía que no debía usarla.

—Pero la has usado, ¿no?

El chico bajó la cabeza y asintió.

—¿La has abierto y has visto dónde está tu madre?

Asintió otra vez.

Adam le puso la mano en el hombro a su hijo.

—No estoy enfadado —dijo—. Pero ¿podrías dejarme ver la app?

Thomas sacó el teléfono. Movió los dedos con agilidad sobre la pantalla. Cuando acabó, le entregó el teléfono a su padre. Adam lo miró. En el mapa salía Cedarfield. Brillaban tres puntitos parpadeantes en el mismo sitio. Uno era azul; otro, verde, y otro, rojo.

—Así que estos puntos... —dijo Adam.

—Somos nosotros.

—¿Nosotros?

—Exacto. Ryan, tú y yo.

Adam notó cómo la sangre le latía con fuerza en las sienes. Cuando habló, fue como si su voz procediera de muy muy lejos.

—¿Yo?

—Claro.

—¿Hay un punto que me representa a mí?

—Sí. Tú eres el verde.

Se le quedó la boca seca.

—O sea que, en otras palabras, si tu madre quería podía rastrear... —No acabó la frase. No hacía falta—. ¿Cuánto tiempo lleva esta app en nuestros teléfonos?

—No lo sé. Tres o cuatro años.

Adam se sentó y abrió los ojos de golpe. Tres o cuatro años. Durante tres o cuatro años, Corinne había tenido la posibilidad de abrir una app y ver exactamente dónde estaban sus hijos en todo momento, pero también, sobre todo, su marido.

—¿Papá?

Él siempre admitía su escasa pericia en lo relativo a aquella tecnología que había esclavizado a las masas, que nos obligaba a olvidarnos los unos de los otros y a prestarle una atención obsesiva. Que él supiera, su teléfono no tenía ninguna app innecesaria. Ni juegos, ni Twitter, ni Facebook, ni compras, ni resultados, ni previsiones meteorológicas... Nada de eso. Tenía las apps que venían con el teléfono: correo electrónico, mensajes de texto, llamadas... Cosas así. Le había pedido a Ryan que le instalara un GPS que le indicara las mejores rutas para el coche, teniendo en cuenta el tráfico.

Pero eso era todo.

—¿Y por qué no puedo ver a mamá en esta cosa? —preguntó Adam.

—Tienes que ampliar el mapa.

—¿Cómo?

Thomas volvió a cogerle el teléfono, apoyó dos dedos en la pantalla y los juntó. Le devolvió el teléfono a su padre. Ahora Adam veía todo el estado de Nueva Jersey y, al oeste, Pennsylvania. Había un punto naranja en la parte izquierda de la pantalla. Adam lo tocó con un dedo y la pantalla volvió a mostrar una zona reducida del mapa.

¿Pittsburgh?

Adam había ido una vez a Pittsburgh en coche, para pagar la fianza de un cliente y sacarlo de la cárcel. Había tardado más de seis horas.

—¿Por qué no parpadea el punto? —preguntó Adam.

—Porque no está activo.

—¿Qué quieres decir?

Thomas contuvo el suspiro que soltaba cada vez que tenía que explicarle a su padre algo relacionado con la tecnología.

—Cuando he consultado la app, hace unas horas, aún se movía. Pero luego, hace más o menos una hora... Bueno, mamá estaba ahí.

—¿Así que se ha parado ahí?

—No lo creo. Mira, si aprietas aquí... —Se acercó y tocó la pantalla. Apareció la imagen de un teléfono móvil con la palabra «Corinne»—. Te muestra la batería que te queda aquí, a la izquierda. ¿Lo ves? Antes, cuando he mirado, el teléfono solo tenía un cuatro por ciento. Ahora está apagado, de modo que el punto ha dejado de parpadear.

—¿Así que aún sigue donde está el punto?

—No lo sé. Solo muestra dónde estaba en el momento en que se le acabó la batería.

—¿Y ya no puedes ver dónde está?

Thomas meneó la cabeza.

—No, hasta que mamá cargue el teléfono. Ahora tampoco sirve de nada enviarle mensajes o llamarla.

—Porque está sin batería.

—Exacto.

Adam asintió.

—Pero si volvemos a consultar la app, ¿podremos ver cuándo ha recargado el móvil?

—Eso es.

Pittsburgh. ¿Por qué demonios iba a ir Corinne a Pittsburgh? A Adam no le constaba que conociera a nadie de allí. Por lo que él sabía, ella no había estado nunca en esa ciudad. No recordaba siquiera que le hubiera hablado de ella, ni que tuviera amigos o parientes allí.

Amplió la imagen en el lugar donde estaba el punto naranja. La dirección que constaba era South Braddock Avenue. Apretó un botón para obtener una fotografía por satélite. Corinne había estado cerca de un centro comercial o algo parecido. Había un supermercado, una tienda de todo a un dólar, un Foot Locker y un GameStop. Quizás hubiera pasado por allí a comprar algo de comer, provisiones o algo así.

O quizás hubiera quedado allí con el desconocido.

—¿Thomas?

—¿Sí?

—¿Esta app está en mi teléfono?

—Tiene que estarlo. Si alguien puede verte, tú también puedes verle.

—¿Puedes enseñarme dónde está?

Adam le entregó el teléfono. Su hijo arrugó la frente y empezó a mover los dedos de nuevo.

—La he encontrado —anunció, por fin.

—¿Y cómo es que no la he visto nunca?

—Estaba en la última página, agrupada con un puñado de apps que tal vez no uses nunca.

—Así que si la abro ahora mismo —dijo Adam—, ¿puedo tener controlado el teléfono de mamá?

—Sí, pero ya te he dicho que ahora está sin batería.

—Pero ¿y si la carga?

—Sí, podrás verlo. Solo necesitas la contraseña.

—¿Y cuál es?

Thomas vaciló.

—¿Thomas?

—QuieroaMiFamilia —dijo—. Todo junto. Y tienes que poner en mayúsculas la Q, la M y la F.

21

«Oh, sí, toma ya, en toda la boca».

Bob Baime —o, para Adam, Gastón— metió otra canasta ganando la posición con un reverso. Sí, Big Bob estaba a tope esa noche. *On fire.*

Era una ronda de partidillos de baloncesto urbano en el campo de la iglesia luterana de Bethany. Un grupo de padres jugaba dos noches por semana. Los jugadores cambiaban, y los había de diversos niveles. Algunos eran muy buenos —uno había jugado en la Universidad de Duke y los Celtics lo habían seleccionado en primera ronda del *draft* antes de quedar en la cuneta a causa de una lesión de rodilla—, pero otros eran paquetes que apenas sabían caminar.

Pero aquel día, Bob Baime, Big Bob Baime, era el hombre de la noche, el jugador de referencia, la máquina de hacer baloncesto. Bajo los tableros era el rey de los rebotes. Usaba sus 122 kilos para coger la posición y quitar de en medio a quien fuera. Derribó al Figura del baloncesto universitario, quien le lanzó una mirada, pero Big Bob Baime se la aguantó, desafiante.

El Figura meneó la cabeza y subió al ataque.

«Sí, capullo, muévete, para que no te patee el culo».

Señoras y caballeros, Big Bob Baime había vuelto. Aquel

Figura del baloncesto universitario con su estúpida protección en la rodilla solía ganarle la partida. Pero no esa noche. No, no, de ningún modo. Bob estaba aguantando el tipo. Desde luego, su viejo habría estado orgulloso de él. Su viejo, que durante la mayor parte de su infancia le había llamado Betty en lugar de Bobby, que le llamaba inútil y flojo o, peor aún, nenaza, maricón o incluso niñata. Su padre, el cabrón, el chulo de barrio, había sido director deportivo del instituto de Cedarfield durante treinta años. Si uno buscaba «vieja escuela» en el diccionario, encontraba una foto de Robert Baime padre. Había sido duro crecer con un tipo así en casa, pero, desde luego, al final los palos habían dado sus frutos.

Lástima. Lástima que su viejo no pudiera ver lo grande que había llegado a ser su único hijo. Bob ya no vivía en la zona cutre del pueblo, donde los profesores y los obreros luchaban por sobrevivir. No, se había comprado una gran casa con mansarda en el elegante barrio del Club de Campo. Melanie y él conducían sendos Mercedes. La gente los respetaba. Le habían invitado a formar parte del exclusivo Club de Golf de Cedarfield, lugar al que su padre había ido solo una vez, y de invitado. Bob tenía tres hijos, grandes deportistas los tres, aunque Pete en ese momento estaba pasando por un bache en el lacrosse, pues se arriesgaba a que no le dieran una beca: Thomas Price le estaba quitando la posición. Aun así, todo había ido bien.

Y ahora volvería a ir bien.

Lástima que su padre tampoco hubiera visto aquel episodio. Que no hubiera visto a su hijo perder el trabajo, porque entonces habría visto justo el tipo de hombre que era Bob: un superviviente, un ganador, un hombre de los que se crecen en las adversidades. Estaba a punto de cerrar aquel capítulo

190

horrible de su vida y de convertirse en Big Bob, el ganador, una vez más. Hasta Melanie lo veía. Melanie, su esposa, la antigua capitana de las animadoras. Solía mirarlo con algo cercano a la admiración, pero desde su despido se había convertido en un incordio, y se metían con él por haber sido tan generoso en el pasado, por haber despilfarrado y no haber guardado ahorros por si un día perdía el trabajo. Sí, los buitres se le habían echado encima. El banco estaba dispuesto a ejecutar la hipoteca de la casa. El tipo del concesionario le había planteado la recompra de los dos Mercedes S coupé.

Bueno, ¿quién iba a reír el último ahora?

El padre de Jimmy Hoch, agente de colocación de altos vuelos de Nueva York, le había convocado a una entrevista ese mismo día y, por decirlo así, Bob Baime la había clavado. Había triunfado como la Coca-Cola. El entrevistador había acabado comiendo de su mano. Sí, aún no le habían llamado —Bob no dejaba de echar miradas al teléfono, en el banquillo—, pero no tardarían mucho. Iban a darle aquel trabajo, quizás incluso le ofrecieran mejores condiciones y luego, bueno, estaría oficialmente en activo otra vez. No veía la hora de contarle a Melanie lo de la entrevista. Por fin volvería a hacerle caso; a lo mejor se pondría aquel modelito rosa que tanto le gustaba.

El partido seguía; Bob cogió el balón, saltó hasta el aro y marcó la canasta ganadora.

Sí, sí. Bob había vuelto, y estaba mejor que nunca. Ojalá se hubiera sentido así la otra noche, cuando el remilgado de Adam Price se había puesto a buscar problemas a la elección de Jimmy Hoch para el equipo de lacrosse. A decir verdad, los tres chavales de los que se hablaba eran malísimos. Los tres se pasaban la vida calentando banquillo. ¿A quién le importaba una décima en la puntuación que les habían asignado un puñado de evaluadores aburridos que solo prestaban atención a los jugadores buenos? No iba a mandar al garete aquella entrevista de trabajo redonda. No es que fuera tan importante. Tampoco es que el padre de Jimmy Hoch le hubiera pedido nada a cambio, pero en la vida había que saber cubrirse las espaldas mutuamente. El deporte era una lección de vida, ¿no? Eso los chavales también debían aprenderlo.

El teléfono sonó cuando el equipo de Bob estaba a punto de saltar a la cancha para un nuevo partido.

Cogió el teléfono enseguida, y la mano le tembló cuando vio el número en la pantalla.

Goldman.

Ahí estaba.

—Bob, ¿estás listo?

—Empezad el partido sin mí, colegas. Tengo que responder esta llamada.

Bob se fue hasta el pasillo para hablar más tranquilamente. Se aclaró la garganta y sonrió, porque si sonríes de verdad, ese tono de confianza se transmite por la línea telefónica.

—¿Diga?

—¿Señor Baime?

—Al habla.

—Soy Jerry Katz, de Goldman.

—Sí, hola, Jerry. Me alegro de hablar con usted.

—Me temo que no tengo buenas noticias, señor Baime.

Bob sintió que el alma se le caía a los pies. Jerry Katz dijo algo más sobre lo competitivo del mercado y lo agradable que había sido la charla que habían tenido, pero las palabras empezaron a mezclarse, fundiéndose en un murmullo confuso apenas audible. Jerry, aquel idiota flacucho, seguía parloteando. En el pecho de Bob se instaló una sombra negra y, en aquel momento, le vino un recuerdo a la mente. Pensó de nuevo en la otra noche, cuando Adam le había plantado cara abiertamente con respecto a la selección de Jimmy Hoch. Aquello le había sorprendido mucho, y ahora se daba cuenta. En primer lugar, ¿a él qué más le daban los jugadores que eligiera Bob? Él ni siquiera era auxiliar de entrenamiento. Su hijo estaba en el equipo. ¿Qué le importaba a él Jimmy Hoch?

Pero sobre todo, ahora que pensaba en ello: ¿cómo se había recuperado tan rápidamente Adam de la noticia devastadora que había recibido solo unos minutos antes en el bar de la American Legion?

Jerry seguía hablando. Bob seguía sonriendo. Sonreía y sonreía. Sonreía como un idiota, y cuando dijo por fin: «Bueno, le agradezco que me haya llamado para comunicármelo», estuvo seguro de que transmitía mucha seguridad, sobre todo para lo idiota que se sentía.

Colgó.

—Bob, ¿has acabado?

—Venga, tío, te necesitamos.

Y así era. Quizá, pensó Bob, eso era lo que le había pasado la otra noche a Adam. Del mismo modo que Bob podía volver a la cancha y liberar su rabia, quizás Adam lo hubiera atacado por la elección de Jimmy porque él también necesitaba una válvula de escape.

¿Cuál sería la reacción de Adam, se preguntó Bob, si supiera toda la verdad sobre su esposa? No ese asunto de la traición que creía saber ahora. Sino toda la verdad.

«Bueno —pensó Bob mientras volvía al trote a la pista—, no tardaré en descubrirlo, ¿o sí?».

22

Eran las dos de la madrugada cuando Adam recordó algo
—o, para ser más precisos, a alguien—.

Suzanne Hope de Nyack, Nueva York.

Era la que había desvelado la existencia de la página web
de Fake-A-Pregnancy a Corinne. Ahí era donde había empezado todo, ¿no? Corinne conoce a Suzanne. Suzanne finge
un embarazo. Corinne, por algún motivo, decide hacer lo
mismo. Quizás. Y entonces aparece el desconocido.

Abrió el motor de búsqueda en su teléfono móvil e introdujo «Suzanne Hope Nyack, Nueva York». Suponía que aquello no iba a funcionar, que si había sido capaz de fingir un embarazo, probablemente le hubiera dado un nombre falso o una
dirección falsa, pero casi de inmediato encontró coincidencias.

Las Páginas Blancas mostraban a una Suzanne Hope de
Nyack, en Nueva York, de entre treinta y treinta y cinco años.
Había un número de teléfono y una dirección. Adam estaba
a punto de tomar nota cuando recordó algo que Ryan le había enseñado unas semanas antes: que si apretaba dos botones del teléfono a la vez se guardaba un pantallazo. Lo intentó, comprobó que tenía la imagen guardada en el carrete y
vio que era legible.

Apagó el teléfono e intentó dormir otra vez.

El atestado salón del viejo Rinsky olía a detergente barato y a pipí de gato. No cabía un alfiler, pero eso solo quería decir que habría unas diez personas. Aun así, era todo lo que necesitaba Adam. Localizó al tipo calvo que solía escribir sobre deportes en el *The Star-Ledger*. Estaba la reportera que le gustaba del *Record* de Bergen. Según el gran paralegal de Adam, Andy Gribbel, también habían acudido el *Asbury Park Press* y el *New Jersey Herald*. Las grandes cadenas aún no estaban interesadas, pero News 12 New Jersey había enviado una unidad de cámara.

Bastaría.

Adam se acercó a Rinsky.

—¿Está seguro de que le parece bien?

—¿Está de broma? —respondió el viejo, arqueando una ceja—. Lo que tengo que intentar es no pillarle el gusto.

Tres de los reporteros estaban apretujados en el sofá cubierto de plástico. Otro estaba apoyado en el piano vertical, junto a la pared. En la pared más alejada había un reloj de cuco en forma de casita de madera. Había más figuritas de porcelana sobre la mesa. La alfombra, antaño de pelo largo, tenía las fibras enredadas y se había convertido en algo parecido a la hierba artificial.

Adam echó un vistazo al teléfono por última vez. Seguía sin haber noticias de Corinne en el rastreador. O no había cargado el teléfono o... No valía la pena pensar en eso ahora. Los reporteros lo miraban entre expectantes y escépticos, entre «a ver qué es lo que nos ofreces» y «esto es una pérdida de tiempo». Adam dio un paso adelante. El señor Rinsky se quedó donde estaba.

—En 1970 —empezó Adam, sin más preámbulos—, Michael J. Rinsky volvió a casa después de servir a su país en los campos de batalla más hostiles de Vietnam. Volvió aquí, a su hogar, y se casó con su novia del instituto, Eunice Schaeffer. Luego, con el dinero que se había ganado en el ejército, Mike Rinsky se compró una casa.

Adam hizo una pausa. Luego prosiguió:

—Esta casa. —Los reporteros tomaron nota—. Mike y Eunice tuvieron tres hijos y los criaron en esta misma casa. Mike consiguió trabajo en la policía local, al principio como agente de calle, y fue ascendiendo hasta llegar a jefe de Policía. Eunice y él han sido destacados miembros de esta comunidad durante muchos años. Colaboraron como voluntarios en el albergue para pobres, en la biblioteca municipal, en el programa de baloncesto infantil o en los desfiles del 4 de julio. Durante los últimos cincuenta años, Mike y Eunice han influido en la vida de mucha gente de este pueblo. Han trabajado duro. Cuando Mike acababa su jornada de trabajo, volvía a esta misma casa a descansar. Reconstruyó la caldera del sótano. Sus hijos crecieron, se graduaron y se fueron. Mike siguió trabajando y, después de treinta años, consiguió liquidar la hipoteca. Ahora es propietario de esta casa, la casa en la que nos encontramos ahora.

Adam miró a sus espaldas. Como si siguiera sus indicaciones —bueno, en realidad seguía sus indicaciones—, el viejo dejó caer los hombros, puso cara larga y abrazó una fotografía de Eunice contra el pecho.

—Y entonces —prosiguió Adam—, Eunice Rinsky enfermó. No invadiremos su intimidad entrando en detalles. Pero Eunice adora esta casa. Le reconforta. Ahora los sitios desconocidos la asustan, y solo consigue relajarse en el lugar donde ella y su querido marido criaron a Mike júnior, a Danny y a Bill. Y ahora, después de toda una vida de trabajo y de sacrificio, el gobierno quiere quitarles su casa (¡su casa!), sin más.

Los reporteros dejaron de escribir. Adam quería que asimilaran aquel dato, así que se volvió, cogió la botella de agua y se refrescó la garganta. Cuando volvió a hablar, la voz le tembló y se le empezó a quebrar de la rabia mal controlada.

—El gobierno quiere echar a Mike y a Eunice de la única casa que han conocido nunca, de modo que un rico promotor pueda derribarla y construir una Gap. —No era estrictamente cierto, pensó Adam, pero se le acercaba—. Este hombre —Adam se volvió y señaló al viejo Rinsky, que estaba muy metido en su papel, dando una imagen de aún mayor fragilidad—, este héroe y patriota americano, solo quiere conservar la casa por la que trabajó tanto. Eso es todo. Y quieren quitársela. Yo les pregunto: ¿les parece eso algo que se pueda hacer en Estados Unidos de América? ¿Se dedica nuestro gobierno a quitarle sus propiedades a la gente trabajadora para dárselas a los ricos? ¿Echamos a la calle a los héroes de guerra y a las ancianas? ¿Les quitamos su casa después de que se hayan pasado toda una vida para pagarla? ¿Demolemos sus sueños sin más, para crear un nuevo centro comercial?

Ahora todos miraban al viejo Rinsky. Hasta Adam estaba a punto de echarse a llorar. Sí, se había saltado algunos detalles —que a los Rinsky les habían ofrecido más de lo que valía la casa, por ejemplo—, pero no se trataba de ofrecer un relato equilibrado. Un abogado se pone del lado de su cliente. La otra parte ya daría su versión, cuando respondiera. El sesgo se presuponía. Así era como funcionaba el sistema.

Alguien tomó una fotografía del viejo Rinsky. Luego otro. Se levantaron varias manos para hacer preguntas. Un reportero gritó, preguntándole al viejo Rinsky cómo se sentía. Él hizo su papel, mostrándose desvalido y frágil, no tan enfadado como perplejo. Se encogió de hombros y, con el retrato de su esposa entre las manos, se limitó a decir:

—Eunice quiere pasar sus últimos días aquí.

«Juego, set y partido», pensó Adam.

Que el otro bando le diera la vuelta a los hechos como quisiera. Ellos tenían el elemento emocional, la mejor historia, y eso era lo que quería la prensa: no la historia más verídica, sino la mejor. ¿Qué conmovería más al público? ¿Una gran empresa de construcción que echaba a un héroe de la guerra y a su mujer enferma de su casa, o un viejo tozudo que se oponía a la modernización del municipio rechazando una oferta económica y un traslado a una vivienda mejor?

No había color.

Media hora más tarde, cuando los periodistas ya se habían ido, Gribbel sonrió y le tocó a Adam en el hombro.

—Es el alcalde Gush. Para ti.

—Hola, señor alcalde.

—¿Crees que eso va a funcionar? Acaban de llamarme del programa *Today*. Quieren venir mañana para hacerme una entrevista en exclusiva. He dicho que aún no. —Era un farol, pero bastante bueno—. ¿Sabes cuánto dura una noticia hoy en día? —añadió—. No tenemos más que esperar.

—Oh, no creo —dijo Adam.

—¿Por qué no?

—Porque de momento hemos decidido mantener el caso en un ámbito impersonal, empresarial. Pero nuestro próximo paso será llevarlo un paso más allá.

—¿Y eso qué quiere decir?

—Quiere decir que revelaremos que el alcalde que tanto esfuerzo está poniendo en echar a una pareja de ancianos de su casa quizá tenga algo personal contra un policía honrado que lo detuvo en cierta ocasión, aunque luego le dejara libre.

Silencio. Luego:

—Era un chaval.

—Sí, estoy seguro de que eso quedará muy bien en la prensa.

—No sabes con quién te estás metiendo, colega.

—Creo que me hago una idea bastante precisa —respondió Adam—. ¿Gush?

—¿Qué?

—Construye tu nuevo complejo rodeando la casa. Se puede hacer. Ah, y que pases un buen día.

Todo el mundo se había ido ya de casa de los Rinsky.

Adam oyó el repiqueteo de un teclado en la mesa del desayuno, junto a la cocina. Cuando entró, le sorprendió la cantidad de tecnología que le rodeaba. Había dos ordenadores de pantalla grande y una impresora láser sobre la mesa de fórmica. Una pared estaba forrada de corcho, y había colgados con tachuelas recortes de periódicos, fotografías y artículos de internet impresos.

Rinsky tenía puestas unas gafas de leer. El reflejo de la pantalla les daba un tono aún más profundo a sus ojos azules.

—¿Qué es todo esto? —preguntó Adam.

—Me entretengo —dijo Rinsky, retrepándose en la silla y quitándose las gafas—. Es mi afición.

—¿Navegar por internet?

—No exactamente. —Señaló hacia atrás—. ¿Ve esta fotografía?

Era la imagen de una chica con los ojos cerrados y que debía de tener entre dieciocho y veinte años.

—¿Está muerta?

—Desde 1984 —dijo Rinsky—. Encontraron su cuerpo en Madison, en el estado de Wisconsin.

—¿Estudiante?

—Lo dudo —dijo—. Una estudiante debería ser fácil de identificar. A esta no la ha identificado nadie.

—¿No ha sido identificada?

—Algunos, como yo, nos dedicamos a estudiar estas desapariciones. Compartimos información.

—¿Resuelven casos archivados?

—Bueno, lo intentamos —respondió, sonriendo tímidamente—. Como le he dicho, es una afición. Tiene entretenido a un viejo poli.

—Pues tengo una pregunta rápida para usted.

Rinsky le indicó que siguiera.

—Necesito localizar a una testigo para un caso. Prefiero hacer estas cosas en persona.

—Siempre es mejor —admitió Rinsky.

—Ya, pero no estoy seguro de si estará en casa o no, y no quiero avisarla antes, ni enviarle un mensaje para que sea ella quien venga a verme.

—¿Quiere sorprenderla?

—Exacto.

—¿Cómo se llama?

—Suzanne Hope —respondió Adam.

—¿Tiene su número de teléfono?

—Sí, Andy me lo buscó en internet.

—Vale. ¿A qué distancia vive?

—Tal vez a unos veinte minutos en coche.

—Deme el número. —Rinsky le tendió la mano y agitó los dedos—. Le enseñaré una hábil técnica de polis que puede usar, pero le agradeceré que no se la comente a nadie.

Adam le dio el teléfono. Rinsky se bajó las gafas de vista, apoyándolas en la punta de la nariz, cogió uno de aquellos teléfonos negros que Adam no había visto desde su infancia y marcó el número.

—No se preocupe —dijo—. Tengo el número oculto.

El teléfono sonó dos veces y luego respondió una voz de mujer.

—¿Diga?

—¿Suzanne Hope?

—¿Quién llama?

—Trabajo para el servicio de limpieza de chimeneas ACME.

—No me interesa, bórreme de su listado.

Clic.

Rinsky se encogió de hombros y sonrió.

—Está en casa.

23

Tardó en llegar veinte minutos exactos.

Aparcó junto a uno de esos tristes bloques de apartamentos ajardinados con monótonas paredes de ladrillo que solían comprarse como primera vivienda las parejas jóvenes, pero también los padres divorciados arruinados o que querían permanecer cerca de sus hijos. Encontró el apartamento 9B y llamó a la puerta con los nudillos.

—¿Quién es?

Era una voz femenina. No había abierto la puerta.

—¿Suzanne Hope?

—¿Qué quiere?

Eso no lo había previsto. Por algún extraño motivo, había pensado que le abriría la puerta, que le invitaría a entrar y que así podría explicarle el motivo de su visita, aunque aún no tenía muy claro cuál era ese motivo. Suzanne Hope era una posible pista, pero esa pista pendía de un hilo muy fino, un tenue vínculo con lo que podía haber hecho que Corinne huyera. Esperaba poder tirar del hilo con suavidad y aclarar algo.

—Me llamo Adam Price —dijo, acercándose a la puerta cerrada—. Soy el marido de Corinne.

Silencio.

—¿La recuerda? ¿Corinne Price?

—No está aquí —dijo la voz que suponía perteneciente a Suzanne Hope.

—No esperaba que estuviera aquí —respondió, aunque ahora que lo pensaba quizás había albergado una mínima esperanza de que encontrar a Corinne resultara así de fácil.

—¿Qué es lo que quiere?

—¿Podemos hablar un momento?

—¿De qué?

—De Corinne.

—No es asunto mío.

Hablar a través de una puerta resultaba muy frío, desde luego, pero estaba claro que Suzanne Hope aún no estaba convencida de abrirle. No quería presionarla demasiado y acabar perdiendo aquella ocasión.

—¿Qué es lo que no es asunto suyo? —preguntó.

—Usted y Corinne. Los problemas que puedan tener.

—¿Qué le hace pensar que tenemos problemas?

—¿Por qué iba a estar aquí si no?

Desde luego. Punto para Suzanne Hope.

—¿Sabe dónde está Corinne?

Al otro lado del camino de cemento, a la derecha, un cartero miraba a Adam con desconfianza. No era de extrañar. Había pensado en los padres divorciados que se presentarían en aquel lugar, pero por supuesto habría también madres divorciadas. Adam le hizo un gesto con la cabeza al cartero y le sonrió para mostrarse afable e inofensivo, pero no parecía que aquello funcionara demasiado.

—¿Y por qué iba a saberlo yo? —preguntó la voz.

—Porque ha desaparecido —respondió Adam—. Estoy tratando de encontrarla.

Pasaron varios segundos. Adam dio un paso atrás y bajó

las manos para ofrecer un aspecto lo menos amenazador posible. Al final, la puerta se abrió y apenas dejó un resquicio. Había una cadena de seguridad, pero al menos ahora le veía parte del rostro a Suzanne Hope. Seguía queriendo entrar y sentarse a hablar con ella cara a cara, implicarla, desarmarla, distraerla, lo que hiciera falta. Pero si una cadenita le daba más seguridad a Suzanne Hope, adelante.

—¿Cuándo fue la última vez que vio a Corinne? —le preguntó.

—Hace mucho tiempo.

—¿Cuánto?

Adam vio que miraba a la derecha. No comulgaba necesariamente con la idea de que pudiera detectarse a los mentirosos por el modo de mover los ojos, pero sabía que cuando alguien levantaba la vista y miraba a la derecha solía indicar que aquella persona estaba recordando cosas visualmente, a diferencia de cuando se mira a la izquierda, que es cuando se están construyendo ideas. Por supuesto, aquello era una generalización, y eso no daba ninguna seguridad. Además, construir visualmente no significaba mentir. Si le pides a alguien que piense en una vaca azul, eso implica una construcción visual, pero no una mentira ni un engaño.

En cualquier caso, no le parecía que estuviera mintiendo.

—Hará unos dos o tres años.

—¿Dónde?

—En un Starbucks.

—Así que no la ha visto desde que...

—Desde que descubrió que yo mentía sobre mi embarazo —respondió ella, acabando la frase—. Así es.

Adam no se esperaba aquella respuesta.

—¿No hubo ninguna llamada telefónica?

—Ninguna llamada telefónica, ningún correo, ninguna carta... Nada. Siento no poder ayudarle.

El cartero seguía moviéndose, entregando el correo, echándole miradas a Adam. Este se puso la mano sobre los ojos para protegerse del sol.

—Corinne siguió su ejemplo, ¿sabe?

—¿Qué quiere decir?

—Ya sabe lo que quiero decir.

A través de la abertura de la puerta, la vio asentir.

—La verdad es que me hizo un montón de preguntas.

—¿Qué tipo de preguntas?

—Dónde había comprado el vientre falso, cómo había conseguido las ecografías... Cosas así.

—Así que usted le recomendó la página Fake-A-Pregnancy.com.

Suzanne Hope puso la mano izquierda sobre el marco de la puerta.

—Yo no le «recomendé» nada —objetó, algo molesta.

—No quería decir eso.

—Corinne preguntó, y yo le hablé de ello. Eso es todo. Pero sí, mostraba mucha curiosidad. Como si fuéramos almas gemelas.

—No la sigo.

—Yo pensaba que me juzgaría. La mayoría lo habría hecho. ¿Quién iba a culparlos? Una tía rara que finge que está embarazada. Pero fue como si fuéramos almas gemelas. Me conmovió.

«Fantástico», pensó Adam, pero se guardó el sarcasmo para sí.

—Si me permite la pregunta... ¿Hasta qué punto le mintió a mi esposa?

—¿Qué quiere decir?

—Bueno, para empezar... —señaló la mano apoyada en el marco— no lleva alianza.

—Vaya, es usted un Sherlock Holmes de carne y hueso, ¿no?

—¿Estaba usted casada?

—Sí.

Adam notó la tristeza en su voz, y por un momento pensó que Suzanne retiraría aquella mano del marco y le cerraría la puerta en las narices.

—Lo siento —se disculpó—. No quería...

—Era culpa suya, de todos modos.

—¿El qué?

—Que no pudiéramos tener hijos. Así que cabía pensar que se lo hubiese tomado mejor, ¿no? Era Harold el que tenía pocos espermatozoides. Malos nadadores. Nunca le culpé. El problema era suyo, pero no era culpa suya, no sé si me explico.

—Sí, está claro —respondió él—. ¿Así que nunca ha estado embarazada?

—Nunca —repuso ella, y estaba claro que aquello le dolía.

—Le dijo a Corinne que había tenido un niño que había nacido muerto.

—Pensé que así quizá me entendiera mejor. O bueno, no que me entendiera, sino más bien lo contrario. Que simpatizaría más conmigo. Pero tenía tantas ganas de estar embarazada... Y quizás eso fuera culpa mía. Harold lo vio. Aquello lo agotó. Quizás. O quizá nunca me quisiera. Ya no lo sé. Pero yo siempre quise tener hijos. Incluso de niña deseaba una gran familia. Mi hermana Sarah, que juraba que nunca tendría ninguno, tiene tres. Y recuerdo lo feliz que estaba cuando se quedó embarazada. Estaba radiante. Supongo que quería experimentarlo. Sarah me decía que estar embarazada la hacía sentir importante, que siempre le preguntaran para cuándo esperaban el niño, que le desearan suerte y todo eso. Así que un día lo hice.

—¿Fingir que estaba embarazada?

Suzanne asintió tras la puerta.

—En realidad era como una broma. Quería ver lo que era. Y Sarah tenía razón. La gente me abría la puerta. Se ofrecían para llevarme la compra y me cedían el sitio para aparcar. Me preguntaban cómo estaba, y parecía que realmente les importara. La gente se engancha a las drogas, ¿no? Necesitan el subidón, y he leído que eso se debe a la secreción de dopamina. Bueno, pues eso fue lo que me pasó a mí. Para mí fue un subidón de dopamina.

—¿Aún lo hace? —preguntó, aunque no sabía qué importancia podía tener aquello. Suzanne Hope le había indicado la página web a su mujer. Eso ya se lo imaginaba. En realidad, no iba a sacar nada más de ella.

—No —confesó—. Como todos los adictos, lo dejé cuando toqué fondo.

—¿Le importa que le pregunte cuándo fue eso?

—Hace cuatro meses. Cuando Harold lo descubrió y me dejó tirada como un trapo.

—Lo siento.

—No lo sienta. Es lo mejor. Ahora estoy en terapia, y aunque aún tengo esta enfermedad (es algo mío, no de los demás), Harold no me quería. Ahora lo tengo claro. Quizá no me haya querido nunca, no lo sé. O quizás es que empezó a estar resentido conmigo. Cuando un hombre no puede tener hijos ve amenazada su hombría. Así que a lo mejor es eso. De todos modos, yo buscaba sentirme realizada por otros medios. Nuestra relación se había vuelto tóxica.

—Lo siento —repitió Adam.

—No pasa nada. No ha venido hasta aquí para oírme hablar de eso. Por lo menos me alegro de no haber pagado el dinero. El que aquel tipo le contara mi secreto a Harold tal vez fuera lo mejor que me podía pasar.

En algún punto del pecho, Adam sintió un escalofrío que se extendió hasta llegarle a la punta de los dedos. Tuvo la impresión de que su propia voz procedía de algún otro lugar, de un punto muy lejano.

—¿Qué tipo?

—¿Qué?

—Ha dicho que un tipo le contó su secreto a su marido —dijo Adam—. ¿Qué tipo?

—Oh, Dios mío. —Suzanne Hope abrió por fin la puerta y le miró, angustiada—. A usted también se lo ha dicho.

24

Adam se sentó en el sofá frente a Suzanne Hope. El apartamento tenía las paredes blancas y muebles blancos, y aun así su aspecto era oscuro y deprimente. Había ventanas, pero no entraba mucha luz natural. No había manchas visibles ni basura, y sin embargo daba una sensación de sucio. La decoración, si es que se podía llamar así, tenía menos gracia que la de un motel de carretera.

—¿Así fue como se enteró del falso embarazo? —le preguntó Suzanne—. ¿Ese tipo también le visitó a usted?

Adam se quedó inmóvil. Aún sentía el escalofrío. Suzanne Hope tenía el cabello recogido en lo que en principio quizás hubiera sido un moño. Un clip de carey sostenía el pelo que seguía en su sitio. En la muñeca derecha lucía un montón de pulseras, al estilo gitano, que tintineaban a cada movimiento del brazo. Tenía los ojos muy grandes y parpadeaba mucho. Eran unos ojos que tal vez le hubieran dado un aspecto muy entusiasta y animado en su juventud, pero que ahora la hacían parecer alguien que se espera un mazazo en cualquier momento.

Adam se inclinó hacia delante.

—Ha dicho que no pagó.

—Así es.

—Dígame qué sucedió.

—¿Quiere una copa de vino? —le ofreció Suzanne, y se puso en pie.

—No.

—Probablemente yo tampoco debería tomarlo.

—¿Qué pasó, Suzanne?

Ella miró hacia la cocina con gesto de desasosiego. Adam recordó una regla de los interrogatorios, o quizás incluso de la vida: el alcohol desinhibe. Hace hablar a la gente. Aunque los científicos no se ponen de acuerdo al respecto, Adam estaba convencido de que también era una droga de la verdad. En cualquier caso, si aceptaba su ofrecimiento, tal vez le contara más.

—Quizás un poco —dijo.

—¿Blanco o tinto?

—Da igual.

Ella se dirigió a la cocina con un paso animado que parecía fuera de lugar en aquel apartamento tan deprimente. Cuando llegó a la nevera dijo:

—Trabajo a media jornada en los almacenes Kohl's. Me gusta. Me hacen precio interno, y la gente es agradable.

Sacó dos copas y abrió la botella.

—Un día, al llegar la pausa del mediodía, salí a almorzar. Tienen unas mesas como de pícnic detrás. Salí y me encontré a un tipo que llevaba una gorra de béisbol. Me estaba esperando.

Gorra de béisbol. Adam tragó saliva.

—¿Qué aspecto tenía?

—Joven, blanco, flaco. Tenía pinta de cerebrito. Sé que suena raro, sobre todo si se tiene en cuenta lo que ocurrió después, pero parecía agradable. Hablaba como si fuéramos amigos. Aquella sonrisa me tranquilizó al principio.

Sirvió el vino.

—Bueno, ¿y qué pasó? —preguntó Adam.

—De pronto me dice: «¿Tu marido lo sabe?». Yo me quedo de piedra y respondo: «¿Perdón?», o algo así. Y él responde: «¿Sabe tu marido que fingiste que estabas embarazada?».

Suzanne cogió una de las copas y dio un buen sorbo. Adam se puso en pie y se le acercó. Ella le entregó la otra copa y simuló un brindis acercando la suya. Él la imitó.

—Adelante.

—Me preguntó si mi marido estaba al corriente de mi mentira. Yo le pregunté quién era. No me lo dijo. Respondió no sé qué de que era el desconocido que revela la verdad, algo así. Que tenía pruebas de que había mentido al afirmar que estaba embarazada. Al principio pensé que me habría visto en el Bookends o en el Starbucks, ya sabe, como Corinne. Pero yo no lo había visto nunca, y había algo en su modo de hablar... que no me cuadraba.

Suzanne Hope dio otro sorbo. Adam también. El vino tenía un sabor asqueroso.

—De pronto me suelta que quiere cinco mil dólares. Dice que si pago se irá y que no lo volveré a ver en la vida, aunque (y esto es lo más raro) me advierte que no puedo volver a mentir.

—¿Qué quería decir?

—Eso fue lo que dijo. Que ese era el trato. «Me pagas los cinco mil dólares y dejas de fingir el embarazo, y yo desaparezco para siempre». Pero si persistía en mi engaño (esa fue la palabra que usó, «engaño»), le diría la verdad a mi marido. También me prometió que no tendría que pagar nunca más.

—¿Y usted qué le respondió?

—Lo primero que le pregunté fue cómo podía confiar en

él. Si le daba el dinero, ¿cómo podía saber que no iba a pedirme más?

—¿Y qué respondió?

—Me volvió a sonreír de aquel modo y dijo que eso ellos no lo hacían, que no era su modo de operar. Y fíjese, sé que es raro, pero le creí. Quizá fuera su sonrisa, quizá no. No lo sé. Pero creo que estaba siendo sincero conmigo.

—Pero no pagó, ¿no?

—¿Cómo lo sabe? Ah, ya: se lo he dicho antes. Es curioso: al principio empecé a pensar en cómo podía reunir todo ese dinero. Y de pronto, cuando me detuve a pensarlo, me dije: «Un momento, ¿qué es lo que he hecho de malo? Les he mentido a un puñado de desconocidos». No era como si hubiese engañado a Harold, ¿verdad?

Adam dio otro sorbo aguantando la respiración.

—Exacto.

—Quizá, no sé, quizá pensé que era un farol. Quizá no me importara. O, qué narices, a lo mejor quería que se lo contara a Harold. «La verdad os hará libres», ¿no? Al fin y al cabo, quizá fuera eso lo que quería. Harold lo vería como un grito de socorro. Me prestaría más atención.

—Pero no fue eso lo que ocurrió.

—Ni por asomo —respondió—. No sé cuándo ni cómo se lo contó a Harold. Pero lo hizo. Le pasó un enlace de internet, o algo así, para que pudiera ver todo el material que había comprado a través de esa página para fingir embarazos. Harold se puso furioso. Pensé que aquello le abriría los ojos y que vería mi dolor, pero en realidad surtió el efecto contrario. Sacó a relucir todas sus inseguridades. Todas esas cosas sobre la hombría se le subieron a la cabeza. Es complicado. Se supone que un hombre debe ser capaz de plantar su semilla, y si su semilla no funciona, le afecta en lo más hondo. Menuda estupidez.

Dio otro sorbo al vino y le miró fijo a los ojos.

—Pero me sorprende —añadió Suzanne.

—¿Qué es lo que le sorprende?

—Que Corinne tomara la misma decisión que yo. Yo me imaginaba que ella habría pagado.

—¿Qué le hace pensar eso?

Suzanne se encogió de hombros.

—Que ella le quería mucho. Que tenía mucho que perder.

25

¿Podría ser tan sencilla la cosa?

¿Podría tratarse de un mero chantaje que había ido mal? El desconocido había ido al encuentro de Suzanne Hope y le había pedido dinero a cambio de su silencio. Ella se había negado a pagar. Y él le había contado a su marido lo del embarazo fingido.

¿Era eso lo que había pasado con Corinne y Adam?

Por una parte tenía sentido. A los Hope los habían chantajeado. ¿Por qué no iban a hacerles lo mismo a Corinne y a él? Pides dinero, no te lo dan, y lo cuentas. Así es como funciona el chantaje. Pero mientras emprendía el camino de vuelta a casa, intentando asimilar la realidad de lo que acababa de oír, Adam tuvo la impresión de que ahí había algo raro. No sabría decir qué era. Por algún motivo había algo en la tan evidente teoría del chantaje que le olía mal.

Corinne era lista y resuelta. Se preocupaba por las cosas, planificaba. Si el desconocido la hubiera amenazado con chantajearla y hubiera decidido no pagar, Corinne, la estudiante perfecta, se habría preparado para afrontar las consecuencias. Sin embargo, cuando Adam le había soltado a bocajarro lo de la visita del desconocido, parecía descolocada. No tenía una respuesta preparada. Había intentado ganar tiempo. Adam no tenía dudas de que la había pillado por sorpresa.

¿Por qué? Si la hubieran chantajeado, ¿no habría sospechado al menos de que el desconocido acabaría hablando con Adam?

Por otra parte estaba su reacción: ¿huir? ¿Qué sentido tenía? Había huido enseguida, de repente, prácticamente sin contactar ni con él ni con la escuela, y —lo más sorprendente— sin darles ninguna explicación a sus hijos.

Eso no cuadraba con Corinne.

Ahí pasaba algo más. Adam se retrotrajo a la noche en el American Legion Hall. Pensó en el desconocido. Pensó en la joven rubia que lo acompañaba. Pensó en lo tranquilo y preocupado que se había mostrado el desconocido. No parecía disfrutar en absoluto mientras le contaba a Adam lo que había hecho Corinne —no había nada en él que indicara un perfil psicópata o sociópata—, pero tampoco parecía que aquello fueran para él meros negocios.

Por centésima vez, Adam echó un vistazo a la app de localización de teléfonos, esperando que Corinne hubiera cargado el teléfono desde su llegada a Pittsburgh. Se preguntó una vez más por qué había decidido quedarse allí o si tan solo había pasado de largo. Apostó por esa última opción. También estaba seguro de que en algún momento se le habría ocurrido que uno de los chicos podía localizarla con la app, así que tal vez había decidido apagar el móvil o desconectar la app de algún modo.

Vale, si Corinne había emprendido un viaje desde Cedarfield pasando por Pittsburgh, ¿adónde se dirigiría?

No tenía ni idea. Pero había en todo aquello algo que tenía muy mala pinta. Sí, ya, una observación brillante. Aun así, Corinne le había dicho que no la siguiera. ¿Debería hacerle caso? ¿Quedarse esperando a ver cómo iba la cosa? ¿O acaso la amenaza era demasiado evidente para no hacer nada?

¿Debía pedir ayuda? ¿Contactar con la policía? ¿No hacer nada?

Adam no sabía qué decisión tomar —ambas opciones planteaban numerosos problemas—, pero de pronto, cuando embocó su calle, se encontró con otro problema. En el momento en que paraba frente a su casa, observó que había tres hombres en la acera, frente a su jardín. Uno era su vecino, Cal Gottesman, que se subía las gafas con el dedo, como siempre. Los otros dos eran Tripp Evans y Bob Baime, Gastón.

«¿Qué narices...?».

Por un momento, por una fracción de segundo, Adam se esperó lo peor: a Corinne le había pasado algo grave. Pero no. No serían esos tipos quienes se lo dijeran. Sería Len Gilman, el jefe de Policía del pueblo, que también tenía a dos chavales en el programa de lacrosse.

De pronto, como si le hubieran leído el pensamiento, apareció por la esquina un coche patrulla con las palabras DEPARTAMENTO DE POLICÍA DE CEDARFIELD en los laterales, y se paró junto a los tres hombres. En el asiento del conductor iba Len Gilman.

Adam sintió el corazón en un puño.

Echó el freno y abrió la puerta del coche. Gilman hizo lo mismo. Cuando Adam se puso en pie, sintió que las rodillas le fallaban. Avanzó tambaleándose un poco y se dirigió al punto donde se habían congregado los cuatro hombres, en la acera frente a su casa.

Los cuatro le miraban con gesto muy serio.

—Tenemos que hablar —comenzó Len Gilman.

26

La jefa de Policía de Beachwood, en Ohio, Johanna Griffin, nunca había estado en el escenario de un homicidio. Pero había visto muchos cadáveres, por supuesto.

Mucha gente llamaba a la policía cuando encontraba a un ser querido muerto por causas naturales. Lo mismo pasaba con las sobredosis de droga o los suicidios, de modo que sí, Johanna había visto unos cuantos muertos. También había visto accidentes de carretera con mucha sangre. Dos meses antes, un camión articulado había atravesado la mediana y, después de impactar contra un Ford Fiesta, había decapitado al conductor y aplastado el cráneo de su esposa como si de una taza de porexpán se tratase.

La sangre y las tripas no afectaban mucho a Johanna. Pero aquello sí.

¿Por qué? En primer lugar, porque era un asesinato. Le costaba incluso pronunciar la palabra. «Asesinato». Lo dices en voz alta y sientes el escalofrío. No se podía comparar con nada. Una cosa era perder la vida por una enfermedad o en un accidente. Pero que te la arrebataran de manera intencionada, que otro ser humano decidiera acabar con tu existencia..., eso resultaba ofensivo a muchos niveles. Era una obscenidad. Era más que un delito. Era jugar a ser Dios del modo más vil.

Aun así, Johanna tenía que vivir con ello.

Johanna trató de controlar la respiración, pero notaba que el aire le entraba en el cuerpo a grandes bocanadas. Bajó la vista y miró el cadáver. Heidi Dann le devolvía la mirada sin parpadear. Tenía un orificio de bala en la frente. Una segunda bala —o quizá fuera la primera, pensándolo bien— le había reventado la rótula. Heidi se había desangrado sobre la alfombra oriental que le había comprado por cuatro chavos a un tipo llamado Ravi, que las vendía directamente en el camión que solía instalar frente al Whole Foods. Aunque sin mucho empeño, Johanna había ido más de una vez en busca de Ravi, pero él siempre volvía, con buenos precios y una gran sonrisa en la cara.

El novato que la acompañaba, un chaval llamado Norbert Pendergast, hacía esfuerzos para no parecer demasiado nervioso. Fue a la altura de Johanna y le dijo:

—La policía del condado viene de camino. Nos van a quitar el caso, ¿verdad?

Se lo quitarían. Johanna lo sabía. En aquella zona, la policía local se ocupaba sobre todo de infracciones de tráfico, licencias de bicicletas y quizás alguna disputa doméstica. Los delitos importantes, como los asesinatos, los gestionaba la policía del condado. De modo que sí, al cabo de unos minutos llegarían los chicarrones de la capital, marcando paquete para dejarle claro a todo el mundo que ahora eran ellos los responsables. Podía parecer melodramático, pero era así: Johanna quedaría relegada, en su propio pueblo. Se había criado allí. Conocía el terreno. Y conocía a la gente. Sabía, por ejemplo, que a Heidi le encantaba bailar y que jugaba estupendamente al bridge, y que tenía una risa traviesa y contagiosa. Sabía que Heidi disfrutaba experimentando con colores de esmalte de uñas extraños, que sus programas de televisión preferidos de siempre eran *El show de Mary Tyler Moore* y *Breaking Bad* (sí, así era Heidi), y que había comprado la alfombra oriental sobre la que se había desangrado a Ravi, frente al Whole Foods, por cuatrocientos dólares.

—¿Norbert?

—¿Sí?

—¿Dónde está Marty? —preguntó Johanna.

—¿Quién?

—El marido.

—Está en la cocina —respondió Norbert, señalando hacia atrás.

Johanna se ajustó los pantalones por la cintura —por mucho que lo intentara, los pantalones del uniforme nunca le ajustaban bien— y se dirigió a la cocina. Marty ladeó levemente su pálido rostro al oírla entrar, como si hubieran tirado de él con una cuerda. Sus ojos eran dos canicas rotas en pedazos.

—¿Johanna? —dijo con una voz hueca, fantasmagórica.

—Lo siento muchísimo, Marty.

—No lo entiendo...

—Vamos paso a paso. —Johanna retiró la silla de la cocina que Marty tenía enfrente (sí, la que solía usar Heidi) y se sentó—. Tengo que hacerte unas preguntas, Marty. ¿Te parece bien?

Los marcapaquete de la policía del condado pasarían mucho tiempo investigando a Marty como sospechoso. Él no lo había hecho. Johanna lo sabía muy bien, pero no serviría de nada tratar de explicárselo, porque lo cierto era que lo sabía..., bueno, porque lo sabía. Los marcapaquete se reirían y le hablarían del porcentaje de asesinatos de ese tipo cometidos por los maridos. Bueno, allá ellos. Total, que todo podía ser. A lo mejor tenían razón (que no la tenían), pero, en cualquier caso, los marcapaquete podían investigar en esa dirección. Ella buscaría por otra parte.

Marty asintió, aún aturdido.

—Sí, vale.

—Así que acabas de llegar a casa, ¿no?

—Sí. Estaba en un congreso en Columbus.

No hacía falta confirmarlo. Los marcapaquete podían encargarse de ello.

—¿Y qué ha pasado luego?

—He aparcado frente al garaje. —Su voz, más que distante, parecía proceder de muy lejos—. He abierto la puerta con mi llave. He llamado a Heidi. Sabía que estaría en casa, porque su coche estaba ahí. He entrado en el salón y...

El rostro de Marty se retorció en una mueca casi inhumana, y luego se hundió, dejándose llevar por un llanto muy humano.

En otras circunstancias, Johanna le habría dado tiempo al cónyuge de la difunta para que se recuperara, pero los marcapaquete de la policía del condado estaban a punto de llegar.

—¿Marty?

Él intentó recobrar la compostura.

—¿Echas algo de menos?

—¿Qué?

—¿Te parece que os hayan robado algo?

—No lo creo. No veo que falte nada. Pero la verdad es que no he mirado.

El robo era improbable, y Johanna lo sabía. En primer lugar, en la casa no había nada de valor. Y en segundo lugar,

Heidi seguía llevando en el dedo el anillo de pedida, que Johanna sabía que había pertenecido a su abuela y que era su posesión más valiosa. Y un ladrón sin duda se habría llevado algo así.

—¿Marty?

—¿Sí?

—¿Quién es la primera persona que te viene a la cabeza?

—¿Qué quieres decir?

—¿Quién podría haberlo hecho?

Marty se paró a pensar. Luego su rostro se retorció de nuevo.

—Ya conoces a mi Heidi, Johanna. —«Conoces». Aún usaba el presente—. No tiene ni un solo enemigo.

Johanna sacó su cuaderno. Lo abrió por una página en blanco y se lo quedó mirando, con la esperanza de que nadie se diera cuenta de que tenía los ojos húmedos.

—Piensa, Marty.

—Estoy pensando —dijo, y se le escapó un gemido—. Oh, Dios mío, tendré que decírselo a Kimberly y a los chicos. ¿Cómo voy a decírselo?

—Si quieres, puedo ayudarte con eso.

Marty aceptó la oferta al vuelo, como si fuera un salvavidas.

—¿Lo harías?

Era un buen tipo, pensó Johanna, pero desde luego no estaba a la altura de alguien como Heidi. Heidi era especial. Era de esas personas que siempre conseguían que quienes la rodeaban se sintieran especiales. En pocas palabras, era mágica.

—Los niños te adoran, ya lo sabes. Y Heidi también te adoraba. Querría que fueras tú quien lo hiciera.

Johanna mantuvo la mirada fija en la página en blanco.

—¿Ha pasado algo últimamente?

—¿Qué? ¿Quieres decir algo así?

—Quiero decir cualquier cosa. ¿Habéis recibido amenazas por teléfono? ¿Se ha peleado Heidi con alguien en Macy's? ¿Alguien le ha hecho una corbata con el coche? ¿Ha discutido con alguien que a lo mejor se saltara la fila en el restaurante? Lo que sea.

Él meneó la cabeza lentamente.

—Venga, Marty. Piensa.

—Nada —dijo. Luego levantó la cabeza y la miró, angustiado—. No hay nada.

—¿Qué está pasando aquí?

Aquella voz autoritaria venía de atrás, y Johanna supo que se le había acabado el tiempo. Se puso en pie y se encontró delante a dos marcapaquete de la policía del condado. Se presentó. Ellos la miraron como si fuera a robar el menaje de la casa, y luego le comunicaron que a partir de aquel momento se ocuparían ellos.

Y lo hicieron. Johanna no se opondría. Tenían experiencia en casos así, y Heidi se merecía lo mejor. Johanna salió y dejó que los agentes de homicidios hicieran su trabajo.

Lo cual, desde luego, no significaba que ella no fuera a hacer el suyo.

27

—¿Están en casa tus hijos? —preguntó Len Gilman.

Adam negó con la cabeza. Los cinco estaban de pie, en la acera. Len Gilman no tenía aspecto de policía, aunque sabía poner el tono de voz de un agente de la ley. Le recordó a Adam uno de esos moteros de edad avanzada que siguen poniéndose la cazadora de cuero y se reúnen en bares de carretera. El poblado bigote gris de Gilman tenía manchas de nicotina amarillas. Solía llevar camisas de manga corta, incluso cuando vestía de uniforme, y tenía los brazos peludos como un oso.

Por un momento no se movió nadie. Solo eran cinco padres del barrio reunidos en la acera un jueves por la noche.

Aquello no tenía sentido, pensó Adam, y quizás eso fuera bueno.

Si Len Gilman estuviera allí en calidad de agente de policía para darle la peor noticia, ¿por qué iban a estar presentes Tripp, Gastón y Cal?

—Quizá podríamos entrar —propuso Len— para hablar.

—¿Qué es lo que pasa?

—Es mejor que hablemos en privado.

Adam sintió la tentación de decir que estaban solos, en la acera frente a su jardín, donde nadie más podía oírles, pero

Len ya había echado a caminar, y Adam no quería hacer nada que retrasara aún más la conversación. Los otros tres hombres esperaron a que él se pusiera en marcha. Gastón tenía la cabeza gacha y los ojos fijos en el césped. Cal parecía agitado, pero ese era su estado habitual. Tripp parecía distante.

Adam siguió a Len, y los otros tres siguieron a este. Cuando llegaron a la puerta, Len se echó a un lado y dejó que Adam abriera con la llave. Jersey, la perra, fue directa a ellos, repiqueteando en la madera del suelo con las uñas, pero quizá notara que algo no iba bien, porque su saludo fue breve y silencioso. Jersey enseguida se hizo cargo de la situación y se volvió a la cocina sin hacer ruido.

La casa se sumió en un silencio que parecía deliberado, como si hasta las paredes y los muebles conspiraran para mantener aquella quietud. Adam no hizo cumplidos. No le preguntó a nadie si quería sentarse o tomar algo. Len Gilman se dirigió al salón, como si fuera el dueño de la casa o como un policía cómodo en su papel.

—¿Qué está pasando? —preguntó Adam.

Len habló por todos:

—¿Dónde está Corinne?

Adam tuvo dos reacciones simultáneas. La primera, alivio. Si le hubiera pasado algo, Len sabría dónde estaba. Así que cualquiera que fuera la situación, aunque fuera algo malo, no era la peor. En segundo lugar, miedo. Porque sí, Corinne parecía estar sana y salva por el momento, pero cualquiera que fuera el propósito de aquella visita, por la demostración de fuerza y por el tono de voz de Len, estaba claro que pasaba algo gordo.

—No está en casa —dijo Adam.

—Sí, eso ya lo vemos. ¿Te importaría decirnos dónde está?

—¿Os importaría decirme por qué queréis saberlo?

Len Gilman miró a Adam fijamente. Los otros hombres se quedaron allí, inmóviles.

—¿Por qué no nos sentamos?

Adam estuvo a punto de protestar, de decir que aquello era su casa y que sería él quien les dijera cuándo o dónde sentarse, pero en aquel momento le pareció inútil, una pérdida de tiempo. Len se dejó caer con un suspiro en el sillón que solía ocupar Adam. Adam observó que probablemente fuera un movimiento consciente para imponer su autoridad pero, una vez más, no valía la pena discutir por algo tan irrelevante. Los otros tres hombres se sentaron en el sofá como los tres monitos que no hablan, no oyen y no ven. Solo Adam se quedó en pie.

—¿Qué demonios está pasando? —repitió.

Len Gilman se frotó el gran mostacho como si fuera una mascota.

—Ante todo, quiero dejarte algo claro desde el principio: estoy aquí como amigo y como vecino. No he venido como jefe de Policía.

—Vaya, eso me anima.

Len hizo caso omiso al sarcasmo y prosiguió.

—Así que, como amigo y como vecino, tengo que decirte que estamos buscando a Corinne.

—Y como amigo y como vecino, por no mencionar como marido preocupado, tengo que preguntarte por qué.

Len Gilman asintió. Ganaba tiempo, mientras pensaba en cómo jugar sus cartas.

—Sé que Tripp pasó ayer por aquí.

—Sí.

—Mencionó que teníamos una reunión de la comisión de lacrosse.

Len Gilman no dijo nada más, haciendo eso que hacen los polis cuando esperan con la esperanza de que el interrogado diga algo. Adam conocía aquella técnica perfectamente de su experiencia como colaborador en la oficina del fiscal. También sabía que los que aceptaban el reto, los que decidían competir con el poli, a ver quién aguantaba más, solían ser los que ocultaban algo. Adam no ocultaba nada. Además, quería ver adónde llegaban, así que respondió:

—Exacto.

—Corinne no acudió a la reunión. No se presentó.

—¿Y qué? ¿Necesita un justificante de sus padres?

—No te hagas el listillo, Adam —dijo Len. Y tenía razón. El sarcasmo estaba fuera de lugar.

—¿Eres miembro de la comisión, Len? —preguntó Adam.

—Soy miembro independiente.

—¿Y eso qué significa?

Len sonrió y abrió los brazos.

—Que me maten si lo sé. Tripp es el presidente. Bob es el vicepresidente. Y Cal es el secretario.

—Ya, lo sé. Y me alegro por ellos —dijo, sin poder contenerse. Error. No era el momento—. Pero sigo sin entender por qué estáis buscando a Corinne.

—Y nosotros no entendemos por qué no la encontramos —rebatió Len, abriendo sus robustos brazos—. Es todo un misterio, ¿no? Le hemos enviado mensajes de texto. De correo electrónico. La hemos llamado al móvil y a casa. Hasta me he pasado por el colegio. ¿Eso lo sabías?

Adam se mordió la lengua.

—Corinne no estaba. No se había presentado. Y no, no tenían ningún justificante de sus padres. Así que hablé con Tom. —Tom Gorman era el director del colegio. Él también vivía en el pueblo, y tenía tres hijos. Allí todos se conocían—. Dice que Corinne es la profesora más cumplidora de todo el distrito, pero que de pronto ha dejado de presentarse. Estaba preocupado.

—¿Len?

—¿Sí?

—¿Puedes evitarme todas esas monsergas y decirme por qué estáis tan interesados en encontrar a mi mujer?

Len miró hacia los tres monos del sofá. Bob tenía el rostro petrificado. Cal estaba ocupado limpiándose las gafas. Eso dejaba como única opción a Tripp Evans. Tripp se aclaró la garganta y dijo:

—Parece que hay algún descuadre en las cuentas del lacrosse.

Bum.

O quizá lo contrario de bum. En la casa se hizo un silencio aún más profundo. Adam casi se oía los latidos de su propio corazón. Encontró la butaca que tenía detrás y se sentó en ella.

—¿De qué estáis hablando?

Por supuesto, sabía de qué estaban hablando. ¿O no? De pronto, Bob recuperó la voz.

—¿De qué crees que estamos hablando? —dijo, casi irritado—. De que falta dinero en la cuenta.

Cal asintió, por hacer algo.

—¿Y creéis...? —Adam no acabó la frase. En primer lugar, era evidente lo que pensaban. En segundo, no se veía capaz ni de articular una acusación tan ridícula.

Pero ¿era ridícula?

—No nos adelantemos —dijo Len, adoptando el papel del razonable del grupo—. Ahora mismo solo queremos hablar con Corinne. Tal como te he dicho antes, estoy aquí como amigo y como vecino, y quizá como miembro de la comisión. Yo, y todos. Somos amigos de Corinne. Y amigos tuyos. Queremos mantener esto en privado.

Todos asintieron.

—¿Y eso qué significa?

—Significa —respondió Len, acercando la cabeza, con gesto conspiratorio— que si se arreglan las cuentas, se acaba el problema. La cosa se queda aquí. Nadie hará preguntas. Si los desajustes se solventan, si el balance vuelve a cuadrar, bueno, a nosotros no nos importa el cómo ni el por qué. Todos seguimos con lo nuestro.

Adam se quedó en silencio. Todas las organizaciones son iguales. Encubrimientos y mentiras. En aras del bien general, y todo eso. Sintió asco. Por encima incluso del miedo y la confusión. Pero ahora eso no importaba. Tenía que ir con sumo cuidado. A pesar del mantra repetido por Len Gilman, eso del amigo, vecino y miembro de la comisión, no dejaba de ser poli. Estaba ahí para recabar información. Adam tenía que decidir con cuidado cuánta le daba.

—Ese desajuste... —comentó Adam—. ¿Qué dimensiones tiene?

—Grandes —respondió Len Gilman.

—¿Más o menos...?

—Lo siento, pero eso es confidencial.

—No creeréis en serio que Corinne haría algo...

—Ahora mismo —lo atajó Len Gilman— solo queremos hablar con ella. —Adam guardó silencio—. ¿Dónde está?

No podía decírselo, por supuesto. Ni siquiera podía intentar explicárselo. Su experiencia como abogado se impuso. ¿Cuántas veces había advertido a sus clientes que no hablaran? ¿Cuántas condenas había conseguido porque algún idiota había intentado exculparse dando demasiadas explicaciones?

—¿Adam?

—Creo que más vale que os vayáis, chicos.

28

Dan Molino intentó contener las lágrimas al ver a su hijo Kenny situándose en la línea de salida para la carrera de las cuarenta yardas.

Kenny estaba en su último año de instituto y era una de las mayores promesas del fútbol americano del estado. Había hecho una gran temporada, llamando la atención y granjeándose el respeto de los ojeadores de los grandes equipos, y ahí estaba ahora, calentando para la última prueba combinada. Dan estaba de pie en las gradas, sintiendo aquella emoción ya vivida antes, ese subidón que siente un padre al ver al grandullón de su hijo —Kenny ya pesaba 130 kilos— preparándose para colocar los pies sobre los tacos de salida. Dan también era un tiarrón —1,88 metros, 108 kilos—, y en tiempos también había jugado como *linebacker* en la liga estatal, pero le faltaba un poco de velocidad y de volumen para pasar a la liga nacional. Ya hacía veinte años que había creado su propio negocio de transporte de muebles, y ahora tenía dos camiones y nueve hombres trabajando para él. Los grandes almacenes solían tener su propia flota de transporte. La especialidad de Dan eran las pequeñas tiendas familiares, aunque daba la impresión de que cada vez había menos. Las grandes cadenas las estaban asfixiando, igual que los gigantes como UPS y FedEx lo estaban asfixiando a él.

Aun así, Dan se ganaba la vida. Poco antes, algunas de esas grandes cadenas de tiendas de colchones habían decidido reducir sus flotas. Les salía más barato contratar a gente del lugar, como Dan. Y eso le venía bien. Así que, a fin de cuentas, no estaba haciendo el negocio de su vida, pero no le iba mal.

Carly y él tenían una bonita casa en Sparta, junto al lago. Tenían tres hijos. Ronald era el menor. Tenía doce años. Karen estaba cursando su primer año de instituto, en plena pubertad, y los chicos empezaban a darse cuenta. Dan esperaba poder soportarlo. Y luego estaba Kenny, su primogénito, en su último año antes de la universidad, donde quizá pudiera entrar en algún equipo importante. El de la Universidad de Alabama y el de la Ohio State ya se habían mostrado interesados.

Ojalá Kenny hiciera una gran carrera.

Mientras observaba a su hijo, Dan sintió que se le humedecían los ojos. Le pasaba siempre. Era algo embarazoso, pero no podía evitarlo. Había empezado a llevar gafas de sol a los partidos del instituto, pero eso no ayudaba mucho en pista cubierta cuando Kenny recibía algún premio, como cuando le nombraron el jugador más valioso en la cena del equipo: Dan estaba ahí sentado y de pronto pasó; los ojos se le llenaron de lágrimas y se le escaparon una o dos. Si alguien se daba cuenta, Dan decía que era una alergia, un resfriado o cosas así. Quizás hasta se lo creyeran. A Carly le encantaba; cuando lo veía le llamaba «mi osito sensible» y le daba un abrazo. Quizás hubiera cometido muchos errores en su vida, pero cuando Dan había elegido a Carly Applegate como compañera para afrontar la vida, había hecho la mejor carrera de su vida.

Lo cierto era que Dan no creía que Carly hubiera tenido tanta suerte. En su tiempo, Eddie Thompson había mostrado interés por ella. La familia de Eddie había entrado en el negocio de McDonald's cuando aún estaba en sus primeras fases, y había hecho una fortuna. Ahora Eddie y su esposa, Melinda, aparecían constantemente en el periódico local, en algún acto de beneficencia o cosas así. Carly nunca decía nada, pero Dan sabía que eso le daba rabia. O quizá fuera solo una impresión suya. Ya no estaba seguro. Lo único que sabía Dan era que cuando veía a sus hijos haciendo algo especial, como jugar al fútbol o ganar un premio, los ojos se le llenaban de lágrimas. Era de lágrima fácil, e intentaba ocultarlo pero Carly sabía la verdad, y en el fondo le encantaba.

Ese día, Dan llevaba gafas de sol. Por supuesto.

En las otras pruebas, ante la atenta mirada de los ojeadores de los grandes equipos, Kenny había obtenido muy buenos resultados: en el salto vertical, en el siete contra siete y en esa pista americana con trincheras y todo. Aun así, con las cuarenta yardas podía dar el golpe definitivo. Podía ser su billete de entrada a un futuro espléndido en la universidad. Ohio State, Penn State, Alabama, quizás incluso —bueno, ni siquiera se atrevía a pensar en ello— Notre Dame. El ojeador de Notre Dame estaba allí, y Dan había observado que iba tomando notas sobre Kenny.

Solo una carrera más. Si bajaba de los 5,2, Kenny lo tenía hecho. Eso era lo que decían. Si esa cifra era algo peor, los ojeadores perderían interés, por brillantes que hubieran sido sus marcas en todo lo demás. Querían 5,2 o menos. Si Kenny lo conseguía, si Kenny conseguía hacer su mejor tiempo...

—Tú lo sabes, ¿verdad?

Aquella voz desconocida le descolocó por un momento, pero Dan supuso que no le estaban hablando a él. Sin embargo, cuando echó una mirada de reojo, vio que el desconocido le estaba mirando directamente a las gafas de sol.

«Pequeñajo», pensó Dan, pero también era cierto que a Dan todo el mundo le parecía pequeño. No bajito. Pequeño. Manos pequeñas, brazos finos, casi frágil. El tipo que le miraba destacaba en aquel entorno, porque quedaba claro que no era el suyo. No había nada en él que lo relacionara con el fútbol. Era menudo. Como un ratoncito de biblioteca. Con una gran gorra de béisbol demasiado calada. Y con esa leve sonrisa amistosa.

—¿Me hablas a mí? —dijo Dan.

—Sí.

—Ahora mismo me pillas ocupado.

Dan se volvió lentamente en dirección al campo. El tipo seguía sonriendo. En la pista, Kenny estaba situando los pies en los tacos de salida. Dan observó y esperó la llegada de las inevitables lágrimas.

Pero por esta vez mantuvo los ojos secos.

Dan se volvió un momento, por si acaso. El tipo seguía allí, mirándolo y sonriendo.

—¿A ti qué te pasa?

—Puede esperar a que acabe la carrera, Dan.

—¿Qué es lo que puede esperar? ¿Cómo sabes mi...?

—Shhh, a ver cómo queda.

En el campo, alguien gritó:

—En sus marcas, listos...

Y sonó el disparo. Dan giró la cabeza como un rayo en dirección a su hijo. Kenny salió bien, y estaba pateando el carril como un camión a toda velocidad. Dan sonrió. A ver quién se le ponía delante, pensó. Kenny aplastaría a cualquiera que lo intentara, como una brizna de hierba.

La carrera no duró más que unos segundos, pero a Dan le parecieron una eternidad. Uno de los nuevos conductores de Dan, un chaval que trabajaba para pagar el préstamo universitario, le había enviado un artículo que decía que el tiempo se vuelve más lento cuando estás viviendo una experiencia nueva. Bueno, aquello era nuevo. Quizá por eso pasaban tan despacio los segundos. Dan observaba cómo su hijo batía su mejor marca personal en las cuarenta yardas y, con ello, se hacía un hueco en un sitio especial, un sitio al que Dan no habría podido llegar nunca. Cuando Kenny cruzó la línea de llegada con un tiempo récord de 5,07, Dan supo que las lágrimas harían su aparición.

Solo que no aparecieron.

—Gran marca —observó el pequeñajo—. Debes de estar orgulloso.

—Por supuesto —dijo Dan, mirando al desconocido de frente. A la mierda con él. Era uno de los mejores momentos (quizás el mejor) de la vida de Dan, y no iba a permitir que un capullo se lo estropeara—. ¿Nos conocemos?

—No.

—¿Eres un ojeador?

El desconocido sonrió.

—¿Tengo pinta de ojeador, Dan?

—¿Cómo sabes mi nombre?

—Sé muchas cosas. Toma.

El extraño le entregó un sobre acolchado.

—¿Qué es esto?

—Ya lo sabes, ¿no?

—No sé con quién demonios te crees que...

—Cuesta creer que nadie te haya planteado esto antes.

—¿Plantearme el qué?

—Bueno, mira a tu hijo.

Dan se volvió hacia el campo. Kenny tenía aquella enorme sonrisa en el rostro y miraba a la grada en busca de la aprobación de su padre. Ahora sí afloraron las lágrimas. Dan le saludó con la mano, y su hijo, que no salía de fiesta por la noche, que no bebía ni fumaba marihuana ni frecuentaba malas compañías, que aún —sí, aunque nadie se lo creyera era así— prefería salir con su padre, ver un partido juntos o alguna peli en Netflix, le devolvió el saludo.

—El año pasado pesaba... ¿cuánto? Ciento cuatro kilos, ¿no? —dijo el desconocido—. ¿Ha ganado veinticinco kilos y nadie lo ha notado?

Dan frunció el ceño, aunque sentía que el corazón se le encogía en el pecho.

—Se llama pubertad, capullo. Se llama entrenar duro.

—No, Dan. Se llama estanozolol. Es una ayuda ergogénica.

—¿Una qué?

—Una droga para mejorar el rendimiento. Más conocida para el hombre de la calle como esteroides.

Dan se volvió y miró al pequeñajo a la cara, muy fijamente. El tipo se limitó a sonreír.

—¿Qué es lo que has dicho?

—No me lo hagas repetir, Dan. Está todo en el sobre. Tu hijo recurrió al mercado negro. ¿Te suena Silk Road? ¿La internet profunda? ¿La economía sumergida de la red? No sé si contaba con tu beneplácito o si tu hijo lo pagó de su bolsillo, pero tú lo sabías, ¿verdad? —Dan no movió un músculo—.

¿Qué crees que dirán todos esos ojeadores cuando se haga público?

—Eso no son más que sandeces. Te lo estás inventando. No es más que...

—Diez mil dólares, Dan.

—¿Qué?

—No quiero entrar en detalles ahora mismo. Encontrarás todas las pruebas en ese sobre. Kenny empezó con estanozolol, pero también ha tomado oximetolona y nandrolona. Verás cada cuánto las compraba, el método de pago que usó y hasta la dirección IP del ordenador de tu casa. Kenny empezó a tomarlas en su primer año, así que todos esos trofeos, esas victorias, esas estadísticas... Bueno, si la verdad sale a la luz, se esfumarán, Dan. Todas esas palmaditas de felicitación cuando entras en el pub de O'Malley, todos esos buenos deseos, todos esos vecinos que tienen en tan buena consideración al chaval que has criado... ¿Qué van a pensar cuando descubran que el chico ha hecho trampas? ¿Qué van a pensar de Carly?

Dan puso un dedo sobre el pecho del pequeñajo.

—¿Me estás amenazando?

—No, Dan. Te estoy pidiendo diez mil dólares. En un pago único. Sabes que podría pedir mucho más, con lo que cuesta hoy en día la universidad. Así que considérate un tipo con suerte.

Entonces, a su derecha sonó la voz que tanto le había emocionado otras veces.

—¿Papá?

Kenny se acercaba corriendo, con una expresión de alegría y esperanza en el rostro. Dan se quedó paralizado y miró a su hijo, incapaz de reaccionar.

—Ahora os dejo, Dan. Toda la información está en el sobre que te acabo de dar. Revísala cuando llegues a casa. Lo que pase mañana depende de ti, pero de momento —el desconocido hizo un gesto en dirección a Kenny, que se acercaba—, ¿por qué no disfrutas de este momento tan especial con tu hijo?

29

El American Legion Hall estaba cerca de la relativa animación del centro de Cedarfield. Eso lo convertía en un lugar tentador para aparcar cuando las limitadas plazas de aparcamiento con parquímetro de las calles se llenaban. Para evitarlo, los directivos de la American Legion habían contratado a un tipo del lugar, John Bonner, para «vigilar» el aparcamiento. Bonner había crecido en el pueblo —incluso había sido capitán del equipo de baloncesto en el último año de instituto—, pero en algún momento habían aparecido problemas de salud mental que habían acabado por cambiarle la vida. Ahora, Bonner era lo más parecido a un sintecho que había en Cedarfield. Se pasaba las noches en el Centro Pines de Salud Mental y los días deambulando por el pueblo, murmurando sobre diversas conspiraciones políticas en las que incluía al actual alcalde y a generales de la Guerra de Secesión. A algunos de los antiguos compañeros de clase de Bonner les daba pena e intentaban ayudarle. A Rex Davies, presidente de la American Legion, se le ocurrió la idea de darle aquel trabajo a Bonner para que no se pasara el día por la calle.

Adam sabía que Bonner se tomaba su trabajo en serio. Muy en serio. Con su tendencia natural hacia la obsesión compulsiva, tomaba notas en un cuaderno que contenía una potente mezcla de vagas digresiones paranoides y datos extraordinariamente específicos sobre las marcas, los colores y las matrículas de cada vehículo que entraba en el aparcamiento. Cuando dejabas el coche para algo que no tuviera que ver con la American Legion, te arriesgabas a que Bonner te diera una reprimenda, a veces explayándose incluso, o que te dejara aparcar de manera ilegal, que se asegurara de que realmente ibas al supermercado o a la tienda de decoración de enfrente en lugar de ir a la asociación, y que luego llamara a su antiguo compañero Rex Davies, quien, por cierto, era propietario de una tienda de cosmética y de un servicio de remolcaje.

En la vida nunca se sabe.

Bonner echó una mirada de sospecha a Adam al verlo entrar en el aparcamiento. Llevaba, como siempre, una americana con demasiados botones, como si estuviera en una representación de la guerra de Secesión, y una camisa de cuadros rojos y blancos. Tenía los bajos de los pantalones raídos, y calzaba unos Chucks sin cordones.

Era evidente que Adam ya no podía quedarse esperando a que Corinne regresara. Había dejado tras ella demasiadas mentiras y engaños, pero cualquiera que fuera el lío terrible que se había montado en los últimos días, había empezado allí, en el American Legion Hall, cuando aquel desconocido le había hablado de aquella maldita página web.

—Hola, Bonner —saludó, sin tener muy claro si Bonner le había reconocido o no.

—Eh —respondió este.

Adam echó el freno y salió del coche.

—Tengo un problema.

Bonner frunció unas cejas tan pobladas que a Adam le recordaron los hámsteres de Ryan.

—¿Eh?

—Espero que puedas ayudarme.

—¿Te gustan las «alitas de búfalo»?

Adam asintió.

—Claro. —Se suponía que antes de su enfermedad, Bonner era un genio, pero ¿no es eso lo que se dice siempre de las personas con problemas de salud mental?—. ¿Quieres que vaya a buscarte unas cuantas al Bub's?

Bonner parecía atónito.

—¡Las del Bub's son una mierda!

—Ya, perdona.

—¡Bah!, vete de aquí —dijo, agitando una mano en el aire—. Tú no sabes nada, tío.

—Lo siento. De verdad. Oye, necesito tu ayuda.

—Mucha gente necesita mi ayuda. Pero no puedo estar en todas partes, ¿no?

—Pero puedes estar aquí, ¿verdad?

—¿Eh?

—En este aparcamiento. Puedes ayudarme con un problema que tengo con este aparcamiento. Puedes estar aquí.

Bonne bajó tanto sus frondosas cejas que Adam no le veía los ojos.

—¿Un problema? ¿En mi aparcamiento?

—Sí. Mira, estuve aquí la otra noche.

—Para la selección de los equipos de lacrosse —dijo Bonner—. Lo sé.

Aquel recuerdo repentino podría haber agitado a Adam, pero por algún motivo no lo hizo.

—Exacto. Bueno, lo que pasa es que se ve que vino alguien de fuera del pueblo y me golpeó la puerta del coche con la suya.

—¿Qué?

—La verdad es que el golpe es bastante grande.

—¿En mi aparcamiento?

—Sí. Unos chicos jóvenes, de fuera, creo. Llevaban un Honda Accord de color gris.

Bonner se puso rojo de la rabia al pensar en aquella injusticia.

—¿Tienes la matrícula?

—No. Esperaba que tú pudieras ayudarme en eso. Para que pueda presentar una denuncia. Salieron a eso de las diez y cuarto.

—Ah, sí. Los recuerdo. —Bonner sacó su enorme cuaderno y se puso a pasar páginas a toda prisa—. Fue el lunes.

—Sí.

Pasó más páginas, a una velocidad cada vez más frenética. Adam miraba a Bonner desde detrás. Todas las páginas del cuaderno estaban llenas de arriba abajo, de izquierda a derecha, con letras minúsculas. Bonner no dejaba de pasar páginas a un ritmo furioso.

De pronto, Bonner se paró.

—¿Lo has encontrado?

En el rostro de Bonner apareció una sonrisa de satisfacción.

—Eh, Adam.

—¿Qué?

Bonner se giró, enfocando la sonrisa en su dirección. Luego volvió a fruncir las cejas como hámsteres y preguntó:

—¿Llevas encima doscientos dólares?

—¿Doscientos?

—Porque me estás mintiendo.

Adam intentó mostrarse perplejo.

—¿De qué me estás hablando?

Bonner cerró el cuaderno de un golpetazo.

—Porque yo estaba aquí, ¿sabes? Si le hubieran dado un golpe a tu coche, lo habría oído.

Adam estaba a punto de replicar, pero Bonner le mostró la palma de la mano.

—Y antes de que me digas que era tarde, que había ruido o que no fue más que un rayón, no olvides que tu coche está ahí mismo. No tiene ningún golpe. Y antes de que me digas que ibas en el coche de tu mujer o de que me digas otra mentira —Bonner levantó el cuaderno, sin dejar de sonreír—, tengo aquí los detalles de aquella noche.

Pillado. Pillado en una torpe mentira por Bonner.

—Así que, tal como lo veo yo —prosiguió Bonner—, quieres la matrícula de ese tipo por otro motivo. Ese tipo y la rubia tan mona que iba con él. Sí, sí, los recuerdo porque al resto de vosotros ya os he visto un millón de veces. Eran de fuera. No eran de aquí. Me pregunté qué hacían aquí. —Volvió a sonreír—. Ahora lo sé.

Adam pensó en una docena de cosas que habría podido alegar, pero optó por lo más sencillo.

—¿Doscientos dólares, dices?

—Es un precio justo. Ah, y no acepto cheques. Ni monedas de veinticinco centavos.

30

—El coche es de alquiler —dijo Rinsky.

Estaban en el despachito de alta tecnología que el viejo tenía instalado en la cocina. Rinsky iba vestido todo de beis: pantalones de pana beis, camisa de franela beis y chaqueta beis. Eunice estaba junto a la mesa de la cocina, vestida como para una fiesta en el jardín, tomando un té. Estaba maquillada como si la hubieran pintado a pistola. Al entrar Adam, le había dicho: «Buenos días, Norman». Él se había planteado la posibilidad de corregirla, pero Rinsky se lo había impedido: «No lo haga. Se llama terapia de validación. Déjela».

—¿Alguna idea de quién alquiló el coche? —preguntó Adam.

—Lo tengo aquí mismo —dijo Rinsky, mirando la pantalla—. Dieron el nombre de Lauren Barna, pero es un alias. He investigado un poco y esa Lauren en realidad es una mujer llamada Ingrid Prisby. Vive en Austin, en Texas. —Llevaba las gafas de cerca fijadas a una cadena. Se las dejó caer sobre el pecho y se volvió—. ¿Le suena de algo el nombre?

—No.

—Puede que tarde un poco, pero podría investigar.

—Eso me ayudaría.

—No hay problema.

Y ahora, ¿qué? No podía coger un avión a Austin, sin más. ¿Qué iba a hacer? ¿Coger el número de teléfono de aquella mujer y llamarla? ¿Y qué es lo que le diría exactamente? «Hola, me llamo Adam Price, y tú y un tipo con una gorra de béisbol vinisteis a contarme un secreto sobre mi mujer...».

—¿Adam?

Levantó la vista. Rinsky juntó las manos cruzando los dedos, apoyándolas sobre el regazo.

—No tiene que contarme de qué va todo esto. Lo sabe, ¿verdad?

—Lo sé.

—Pero tenga claro que cualquier cosa que me diga no saldrá de esta casa. Eso también lo sabe, ¿verdad?

—Lo siento, pero es usted el que goza de ese privilegio legal —dijo Adam—, no yo.

—Ya, pero yo soy un viejo. Tengo mala memoria.

—Oh, eso lo dudo.

Rinsky sonrió.

—Como quiera.

—No, no. De hecho, si no es abusar demasiado, me gustaría mucho saber su opinión sobre todo esto.

—Soy todo oídos.

Adam no tenía claro hasta dónde le contaría a Rinsky, pero al poli se le daba bien escuchar. En su tiempo debía de haber sido un «poli bueno» de Óscar, porque Adam no conseguía cerrar la boca. Acabó contándoselo todo, desde el momento en que el desconocido había entrado en el American Legion Hall hasta el final.

Cuando acabó, los dos hombres permanecieron en silencio. Eunice estaba bebiéndose su té.

—¿Cree que debería decírselo a la policía? —preguntó Adam.

Rinsky frunció el ceño.

—Usted ha sido fiscal, ¿no?

—Sí.

—Pues lo sabe mejor que yo.

Adam asintió.

—Es el marido —le dijo, como si eso lo explicara todo—. Se acaba de enterar de que su mujer lo traicionó de un modo horrible. Ahora está desaparecida. Dígame, señor fiscal, ¿qué pensaría usted?

—Que le he hecho algo.

—Eso sería lo primero. Lo segundo sería que su esposa... ¿Cómo se llamaba?

—Corinne.

—Eso, Corinne. Lo segundo sería que Corinne ha robado dinero de esa asociación deportiva o lo que sea para poder escapar y alejarse de usted. También tendría que contarle a ese policía local lo de su falso embarazo. ¿Está casado?

—Sí.

—Pues todo el pueblo hablaría de ello antes de que llegara a enterarte. No es que eso importe mucho, en comparación con lo demás. Pero afrontemos el hecho: los polis pensarán que ha matado a tu mujer o que es una ladrona.

Rinsky había confirmado sus sospechas, palabra por palabra.

—Entonces ¿qué hago?

Rinsky se subió las gafas para ponérselas bien.

—Enséñeme ese mensaje que le envió su mujer antes de marcharse.

Adam lo encontró. Le pasó el teléfono a Rinsky y leyó el mensaje una vez más desde detrás del anciano:

QUIZÁ NECESITEMOS UN TIEMPO SEPARADOS. TÚ CUIDA DE LOS NIÑOS. NO INTENTES CONTACTAR CONMIGO. TODO IRÁ BIEN.

Y luego:

DAME SOLO UNOS DÍAS. POR FAVOR.

Rinsky lo leyó, se encogió de hombros y se quitó las gafas.

—¿Qué puede hacer? Lo único que sabemos es que su mujer quiere pasar un tiempo separada de usted. Le ha pedido que no contacte con ella. Así que eso es lo que va a hacer.

—No puedo quedarme de brazos cruzados.

—No, no puede. Pero si la policía le pregunta..., bueno, ahí tienes su respuesta.

—¿Y por qué iba a preguntarme eso la policía?

—Ahí me ha pillado. Pero bueno, mientras tanto, estás haciendo todo lo que puede. Ha conseguido esa matrícula y ha recurrido a mí. Ha hecho bien ambas cosas. Lo más probable es que Corinne vuelva a casa muy pronto, por su cuenta. Pero en cualquier caso tiene razón: hay que encontrarla antes. Investigaré, a ver qué encuentro sobre esta Ingrid Prisby. Quizá sea una buena pista.

—Vale, gracias. Se lo agradezco.

—¿Adam?

—Sí.

—Lo más probable es que Corinne haya robado ese dinero. Lo sabe, ¿no?

—Si lo hizo, tendría un motivo.

—Quizá lo necesitara para huir. O para pagar a alguien que la estuviera chantajeando.

—O quizás haya algo en lo que aún no hemos pensado.

—Sea lo que sea —dijo Rinsky—, no querrá darle a la policía algo que la incrimine.

—Ya.

—¿Ha dicho que estaba en Pittsburgh?

—Eso fue lo que vimos en la app de localización, sí.

—¿Conoce a alguien allí?

—No.

Miró a Eunice. Ella le sonrió y levantó la taza de té. Una escena doméstica perfectamente normal a los ojos de un observador externo, pero para quien supiera sus circunstancias...

De pronto, Adam recordó algo.

—¿Qué pasa?

—La mañana antes de su desaparición bajé las escaleras. Los chicos estaban desayunando en la cocina, pero Corinne estaba en el patio trasero hablando por teléfono. Cuando me vio, colgó.

—¿Alguna idea de con quién hablaba?

—No, pero lo puedo consultar en internet.

El viejo Rinsky se puso en pie y le indicó con un gesto que se sentara ante el ordenador. Adam lo hizo y abrió la página web de Verizon. Introdujo el número telefónico y la contraseña. Se la sabía de memoria, no porque tuviera una gran memoria, sino porque para cosas así Corinne y él siempre usaban la misma contraseña, a veces con alguna modificación. La palabra que usaban era BARISTA, todo en mayúsculas. ¿Por qué? Porque habían decidido pensar en una contraseña mientras estaban en una cafetería italiana y de pronto vieron que al que hacía los cafés le llamaban «barista». La palabra era perfecta, porque no tenía nada que ver con ellos. En los casos en que la contraseña tuviera que ser más larga, se convertía en BARISTABARISTA. Si era necesario que contuviera algún número, no solo letras, era BARISTA77.

Así de fácil.

Adam acertó con la contraseña a la segunda: BARISTA77.

Hizo clic en varios enlaces hasta que llegó a la lista de últimas llamadas salientes. Con un poco de suerte, quizá descubriera que había llamado a alguien en las últimas horas, o la noche anterior. Pero no. De hecho, la última llamada que había hecho era la que buscaba, una llamada realizada a las 7:53 de la mañana, el día de su huida.

La llamada solo había durado tres minutos.

Estaba hablando en el patio trasero, en voz baja, y colgó en cuanto vio que él se acercaba. Adam la había presionado, pero Corinne se había negado a decirle con quién hablaba. Pero ahora...

Los ojos de Adam fueron directos a aquel número de teléfono del listado. Se quedó paralizado, con la vista fija en la pantalla.

—¿Reconoce el número? —preguntó el viejo Rinsky.

—Sí, lo reconozco.

31

Kuntz tiró ambas pistolas al río Hudson. Tenía muchas más: eso no era problema.

Cogió la línea A del metro hasta la calle Ciento sesenta y ocho. Salió en Broadway y caminó tres manzanas hasta la entrada del hospital antaño llamado Columbia Presbyterian. Ahora era el hospital infantil Morgan Stanley de la New York-Presbyterian.

Morgan Stanley. Ya, cuando uno piensa en asistencia médica infantil, el primer nombre que le viene a la cabeza es el del magnate Morgan Stanley, propietario de tantas multinacionales.

Pero todo es cuestión de dinero. El dinero manda.

Kuntz no se molestó en enseñar la identificación. Los guardias de seguridad de la entrada lo conocían a la perfección por sus frecuentes visitas. También sabían que había sido policía. Algunos, quizá la mayoría, sabían incluso por qué se había visto obligado a dejarlo. Había salido en los periódicos. Los chupatintas lo habían crucificado —no contentos con hacerle perder el trabajo y su medio de vida, reclamaban que lo encarcelaran por asesinato—, pero los compañeros le habían apoyado. Sabían que era una conspiración en su contra.

Sabían la verdad.

El caso había salido en los periódicos. Habían detenido a un negro enorme. Lo habían pillado robando algo en un supermercado en la calle Noventa y tres, y cuando el dueño, coreano, le pidió explicaciones, aquella mole lo tumbó de un empujón y le dio una patada. Kuntz y su pareja, Scooter, lo acorralaron. Al tipo no pareció importarle. «No vais a llevarme a ningún sitio. Solo necesitaba un par de paquetes de cigarrillos», les gruñó, y se dispuso a marcharse. Sin más. Con dos polis delante; acababa de cometer un delito e iba a hacer como si nada. Cuando Scooter se le plantó delante, la mole le propinó un empujón y siguió caminando.

Así que Kuntz lo tumbó de un disparo.

¿Cómo iba a saber que aquel tiarrón tenía problemas de salud? En serio. ¿De verdad se supone que hay que dejar que un delincuente se largue sin más? ¿Qué hay que hacer cuando un matón de barrio no escucha? ¿Intentar convencerlo con buenas palabras? ¿Hacer algo que ponga en peligro tu vida o la de tu compañero?

¿Qué capullo ha dictado esas normas?

En pocas palabras: el tipo murió y los progres de la prensa tuvieron un orgasmo. Aquella zorra lesbiana de la tele por cable prendió la mecha. Llamó a Kuntz asesino racista. Sharpton empezó con las manifestaciones. Lo típico. No importaba lo limpio que estuviera el expediente de Kuntz ni las distinciones por sus méritos en el trabajo o las horas de voluntariado con chavales negros en Harlem. No importaban sus propios problemas personales, entre ellos tener un hijo de diez años con cáncer de huesos. Nada de eso importaba una mierda.

Ahora era un asesino racista, tan despreciable como la chusma a la que había metido en la cárcel durante tantos años.

Kuntz cogió el ascensor hasta el séptimo piso. Saludó con un cabeceo a las enfermeras y, sin perder un segundo, se fue a la habitación 715. Barb estaba sentada en la misma silla. Se volvió hacia él y esbozó una sonrisa fatigada. Tenía ojeras y estaba despeinada como si se hubiera pasado la noche en la calle. Pero cuando le sonrió, Kuntz no vio otra cosa que aquella sonrisa.

Su hijo dormía.

—Eh —susurró.

—Eh —respondió Barb, también en voz baja.

—¿Cómo está Robby?

Barb se encogió de hombros. Kuntz se acercó a la cama de su hijo y se lo quedó mirando. Se le rompía el corazón. Era lo que le hacía seguir adelante.

—¿Por qué no vas un poco a casa? —le propuso a su mujer—. Descansa un poco.

—Dentro de un rato —respondió Barb—. Siéntate y habla conmigo.

A menudo se oye decir que los medios son como parásitos, pero pocas veces era más cierto que en el caso de John Kuntz. Se le habían echado encima y lo habían devorado; no habían dejado ni los huesos. Había perdido el trabajo. Había perdido la pensión de jubilación. Y lo peor de todo era que ya no podía permitirse pagar el mejor tratamiento posible a su hijo. Eso había sido lo más duro. Un padre puede ser muchas cosas —poli, bombero o jefe indio—, pero, sobre todo, tiene que mantener a su familia. Un padre no se queda de brazos cruzados observando cómo sufre su hijo, sin hacer todo lo posible por aliviar su dolor.

Pero justo cuando había tocado fondo, John Kuntz había encontrado la salvación.

¿No es así siempre?

Un amigo de un amigo le había puesto en contacto con un joven universitario llamado Larry Powers, que había desarrollado una nueva app para teléfonos móviles que facilitaba la búsqueda de almas caritativas que hacían reparaciones en casa. Algo así. Bricolaje de Beneficencia, era la idea. Lo cierto era que a Kuntz no le importaba mucho el beneficio económico de la app. Su trabajo era la seguridad personal y de la compañía —proteger a los empleados clave y todos sus secretos comerciales—, y a eso se dedicaba ahora.

Se le daba bien.

Por lo que le habían dicho, se trataba de una empresa emergente, así que de momento pagaban una miseria. Aun así era algo, un trabajo, un modo de mantenerse a flote. También era una especie de promesa. Le habían dado acciones. Era arriesgado, sí, pero así es como se labran las fortunas. Con un poco de suerte, había mucho que ganar.

Y así había sido.

La app había tenido un éxito inesperado, y ahora, tres años más tarde, el Bank of America había dado su aprobación a la oferta pública de venta y, si las cosas iban bien (no estupendamente: bastaba con que fueran bien), en un par de meses, cuando la empresa saliera a bolsa, el paquete de acciones de John Kuntz valdría unos diecisiete millones de dólares.

Le costaba asimilar una cifra así. Diecisiete millones de dólares.

Podía olvidarse de volver al trabajo. De la beneficencia. Con esa cantidad, podría pagarle a su hijo los mejores médicos del mundo. Tendría atención domiciliaria y lo mejor de todo. Podría llevar a sus otros hijos —Kari y Harry— a buenos colegios, a centros de calidad, y quizás un día podría ponerles algún negocio. Contrataría ayuda doméstica para que Barb no tuviera que encargarse de la casa, quizás incluso se la llevaría de vacaciones. A las Bahamas, a lo mejor. Ella siempre miraba los anuncios de ese hotel Atlantis, y no habían ido a ningún sitio desde aquel crucero Carnival, hacía ya seis años.

Diecisiete millones de dólares. Todos sus sueños estaban a punto de hacerse realidad.

Pero una vez más alguien intentaba arrebatárselo todo.

A él y a su familia.

32

Adam pasó con el coche frente al MetLife Stadium, donde jugaban tanto los New York Giants como los New York Jets. Dejó el coche en el aparcamiento de un edificio de oficinas unos cuatrocientos metros más allá. El edificio, como todo lo que lo rodeaba, estaba sobre lo que antes había sido una ciénaga. El olor era el típico de Nueva Jersey, y uno de los motivos de la imagen errónea que se tenía del estado. Era una mezcla de olor a ciénaga (obviamente), a los productos químicos que habrían usado para drenar la ciénaga y de algo parecido al hachís, que no acababa de desaparecer.

Algo muy raro.

El bloque de oficinas, de los años setenta, parecía inspirado en *Con ocho basta*. Había mucho marrón, y esos suelos de linóleo que quizás habían añadido más tarde. Adam llamó a la puerta de una oficina de la planta baja que daba al muelle de carga.

Tripp Evans le abrió.

—¿Adam?

—¿Por qué te llamó mi esposa?

Era raro ver a Tripp fuera de su hábitat natural. En el pueblo era un tipo popular, querido por la gente, alguien importante en su pequeño mundo. Sin embargo, en ese lugar tenía un aspecto de lo más ordinario. Adam conocía a grandes rasgos la historia de Tripp. Cuando Corinne era una niña, en Cedarfield, el padre de Tripp tenía una tienda de deportes, la Evans Sporting Goods, en el centro del pueblo, donde ahora estaba el Rite Aid. Durante treinta años, la tienda de Evans fue el lugar donde todos los chavales del pueblo compraban su equipamiento deportivo. También vendía los chándales y el material para los equipos del instituto. Abrieron dos tiendas más en los pueblos vecinos. Cuando Tripp acabó la carrera, volvió a casa y se encargó del marketing del negocio. Publicaba boletines dominicales e ideaba actos especiales para que la tienda cobrara protagonismo. Pagó a atletas profesionales de la región para que fueran a firmar autógrafos y a saludar a los clientes. Eran buenos tiempos.

Y entonces, al igual que en muchos otros negocios familiares, todo se torció.

Apareció el Herman's World of Sporting Goods. Luego abrieron el Modell's en la carretera, y el Dick's, y unos cuantos más. Los negocios familiares perdieron fuelle hasta desaparecer. Pero a Tripp no le fue mal. Su experiencia le ayudó a conseguir trabajo en una empresa de publicidad de Madison Avenue, mientras que el resto de su familia lo pasaba bastante mal. Hacía unos años, Tripp había abierto su propia empresa, allí, entre los pantanos de Jersey, tal como cantaba Bruce Springsteen.

—¿Quieres que hablemos? —propuso Tripp.

—Por supuesto.

—Hay una cafetería aquí al lado. Vamos a dar un paseo.

Adam estuvo a punto de protestar —no tenía ningunas ganas de pasear—, pero Tripp ya se había puesto en marcha.

Tripp Evans vestía una camisa crema de manga corta tan

fina que se veía la camiseta debajo. Sus pantalones eran de un marrón propio de un director de escuela de enseñanza media. Los zapatos que llevaba parecían demasiado grandes para sus pies; no eran ortopédicos, pero sí de una de esas marcas de calzado cómodo «semiformal». En el pueblo, Adam estaba acostumbrado a ver a Tripp con su equipo de entrenamiento, que desde luego era más cómodo: un polo con el logotipo del equipo de lacrosse de Cedarfield, unos pantalones chinos, una gorra de béisbol con la visera rígida y el silbato colgando del cuello.

La diferencia era pasmosa.

La cafetería en cuestión era el clásico *diner* americano: no le faltaba ni la camarera con el lápiz clavado en el moño. Ambos pidieron café. Café sin más. No era de esos locales que sirven *macchiatos* o *lattes*.

Tripp apoyó las manos sobre la pringosa mesa.

—¿Quieres decirme qué está pasando?

—Mi mujer te llamó.

—¿Cómo lo sabes?

—He comprobado el registro de llamadas.

—Que has comprobado... —Las cejas de Tripp se dispararon hacia arriba—. ¿Lo dices en serio?

—¿Por qué te llamó?

—¿Tú qué crees? —contraatacó Tripp.

—¿Era por eso del dinero robado?

—Por supuesto que era por eso del dinero robado. ¿Qué otra cosa podía ser?

Tripp se quedó esperando una respuesta. Adam no se la dio.

—¿Y qué te dijo?

La camarera llegó con los cafés y los dejó sobre la mesa con brusquedad. Unas gotitas se derramaron en los platos.

—Me dijo que necesitaba más tiempo. Le dije que ya había esperado demasiado.

—¿Y eso qué quiere decir?

—Que los otros miembros de la comisión se estaban impacientando. Algunos querían exigírselo de un modo más enérgico. Unos pocos incluso querían acudir directamente a la policía y poner una denuncia formal.

—¿Y cuánto tiempo hacía que duraba la cosa? —preguntó Adam.

—¿El qué? ¿La investigación?

—Sí.

Tripp se echó azúcar en el café.

—Un mes, más o menos.

—¿Un mes?

—Sí.

—¿Y cómo es que nunca me has dicho nada?

—Estuve a punto de hacerlo. El día de elección de los equipos, en el American Legion Hall. Cuando te pusiste como loco con Bob pensé que quizá ya lo supieras.

—No tenía ni idea.

—Sí, eso ya lo veo.

—Podrías haberme dicho algo, Tripp.

—Podría —concedió—. Salvo por una cosa.

—¿Cuál?

—Que Corinne me pidió que no lo hiciera.

Adam se quedó inmóvil por un momento.

—Solo quiero asegurarme de que lo entiendo.

—Pues a ver si me explico. Corinne sabía que estábamos buscando al ladrón, y dejó claro que no quería que te lo dijéramos —dijo Tripp—. Lo has entendido perfectamente.

Adam se dejó caer sobre el respaldo.

—¿Y qué te dijo Corinne la mañana en que la llamaste?

—Me pidió más tiempo.

—¿Y se lo concediste?

—No. Le dije que se le había acabado el tiempo. Ya le había dado demasiadas largas a la comisión.

—Cuando dices «la comisión», te refieres a...

—A todos. Pero sobre todo a Bob, a Cal y a Len.

—¿Cómo respondió Corinne?

—Me pidió... No, sería más exacto decir que me rogó que le diera otra semana. Dijo que tenía una manera de demostrar que era completamente inocente, pero que necesitaba más tiempo.

—¿La creíste?

—¿Quieres que te diga la verdad?

—A ser posible.

—No, ya no podía creerla.

—¿Y qué pensaste?

—Pensé que trataba de buscar la manera de recuperar el dinero. Sabía que no queríamos presentar una denuncia. Solo queríamos el dinero. De modo que sí, supuse que se estaba poniendo en contacto con parientes o amigos, o que estaría haciendo algo para reunir el dinero.

—¿Y por qué no me lo quería decir a mí?

Tripp no respondió. Se limitó a dar un sorbo al café.

—¿Tripp?

—No puedo darte una respuesta.

—Esto no tiene sentido.

Tripp siguió bebiendo su café.

—¿Cuánto tiempo hace que conoces a mi mujer, Tripp?

—Ya lo sabes. Ambos crecimos en Cedarfield. Ella era dos años menor que yo, del mismo año que mi Becky.

—Entonces, sabes que ella no haría una cosa así.

Tripp se quedó mirando la taza.

—Eso pensé durante un tiempo.

—¿Y qué te hizo cambiar de opinión?

—Venga, Adam. Tú eras fiscal. Yo no creo que Corinne se dedicara a robar. Ya sabes cómo es. Cuando oyes hablar de la anciana que roba del cepillo de la iglesia, o del miembro de una comisión deportiva que hace un desfalco, no es que se lo hayan propuesto. Se presenta la ocasión, y lo hacen. Pero luego le van cogiendo gusto.

—Corinne no es así.

—Nadie es así. Eso es lo que pensamos. Siempre nos sorprende, ¿no?

Adam se veía venir que Tripp iba a soltarle una perorata filosófica. Por un momento se planteó interrumpirlo, pero luego pensó que quizá valiese la pena dejarlo. Cuanto más hablara Tripp, más sabría del asunto.

—Digamos que, por ejemplo, te quedas hasta tarde programando los entrenamientos de lacrosse. Estás trabajando realmente duro, y quizás estés en un *diner* como este, y pidas un café, como el que tenemos en la mano tú y yo, y quizá se te haya olvidado la cartera en el coche, y entonces piensas: «¿Qué demonios? De todos modos, esto debería pagarlo la organización». Es un gasto legítimo, ¿no?

Adam no respondió.

—Y luego, unas semanas más tarde, un árbitro no se presenta a un partido en, pongamos, Toms River, y pierdes tres horas de tu tiempo sustituyéndolo, así que, oye, lo mínimo que podría hacer la organización es pagarte la gasolina de vuelta. Luego quizá sea una cena porque estás lejos de casa y el partido se ha alargado. Luego tienes que pagar las pizzas de los entrenadores cuando por culpa de la reunión de la comisión se os está pasando a todos la hora de la cena. Luego tienes que contratar a unos cuantos adolescentes del pueblo para que arbitren los partidos de los más pequeños, así que te aseguras de que tu hijo adolescente esté entre los contratados. Oye, ¿por qué no? ¿Quién mejor que él? ¿Por qué no iba a beneficiarse tu familia de todo este trabajo voluntario que estás haciendo?

Adam se limitó a esperar.

—Y la cosa va a más. Así es como empieza. Y un día te estás retrasando en el pago de una letra del coche y te enteras de que tu organización tiene un gran superávit. Gracias a ti. Así que coges dinero prestado. Tampoco es gran cosa, y ya lo devolverás. ¿Y a quién estás perjudicando? A nadie. Eso es lo que te quieres creer.

Tripp paró y le miró a los ojos.

—Eso no lo dirás en serio —dijo Adam.

—Por supuesto que sí, amigo mío. —Tripp echó un vistazo al reloj, dejó unos dólares sobre la mesa y se puso en pie—. Y ¿quién sabe? Quizá todos estemos equivocados con respecto a Corinne.

—Tú, desde luego, sí.

—No sabes cuánto me alegraría que así fuera.

—Solo te pidió un poco más de tiempo —le rogó Adam—. ¿No puedes dárselo?

Tripp soltó un suspiro silencioso y se subió ligeramente los pantalones.

—Lo puedo intentar.

33

Audrey Fine dijo por fin algo relevante. Y eso llevó a Johanna a su primera pista significativa.

La jefa de Policía Johanna Griffin tenía razón sobre los polis del condado. Se habían lanzado a la caza del marido y estaban acosando a Marty Dann por el asesinato de su esposa, Heidi. Ni siquiera los había disuadido el hecho de que el pobre Marty tuviera una coartada sólida como una piedra para la hora del asesinato. Al menos, por el momento. Se habían puesto en modo caza y captura desde el principio, y ahora estaban hurgando en los registros de llamadas del pobre Marty, en sus mensajes de texto y de correo electrónico. Preguntaban por su conducta reciente en las oficinas del TTI Floor Care, buscaban entre sus contactos, adónde iba a tomar copas o a almorzar, ese tipo de cosas, con la esperanza de encontrar alguna conexión entre Marty y el posible matón.

El almuerzo era la clave.

Pero no el lugar donde había almorzado Marty. Ahí era donde se equivocaban los polis del condado, una vez más.

El lugar donde había comido Heidi.

Johanna sabía que Heidi iba a almorzar con las chicas una vez por semana. Incluso había ido ella misma un par de veces. A Johanna le había parecido un lujo innecesario al principio, una pérdida de tiempo y dinero. Y había algo de eso. Pero también eran mujeres que querían mantener los vínculos con otras mujeres. Mujeres que habían decidido alargar un poco más sus almuerzos para poder compartir su tiempo con las amigas y conectar, fuera del trabajo y de la familia.

¿Qué tenía de malo?

Esa semana, el almuerzo lo habían celebrado en el Red Lobster. Habían asistido Audrey Fine, Katey Brannum, Stephanie Keiles y Heidi. Ninguna había observado nada particular. Según todas ellas, Heidi, veinticuatro horas antes de que la asesinaran en su casa, se había mostrado tan animada como siempre. Resultaba difícil hablar con esas otras mujeres. Todas estaban destrozadas. Todas tenían la sensación de haber perdido a su amiga más cercana, a la única persona en la que podían confiar, la más fuerte del grupo de amigas. Johanna tenía la misma sensación. Sí, Heidi era mágica. Era una de esas personas que de algún modo consiguen que los demás se sientan mejor con ellos mismos.

¿Cómo podía ser que una bala se llevara a un espíritu como el suyo, sin más?

Johanna habló con todo el grupo, las escuchó a todas, pero no sacó nada en claro. Estaba a punto de dejarlo y probar con alguna otra pista, algo que los polis del condado hubieran pasado por alto, cuando Audrey recordó algo.

—Heidi se quedó hablando con una pareja joven en el aparcamiento.

Johanna ya estaba sumida en sus pensamientos, en sus recuerdos. Veinte años antes, y después de mucho intentarlo, Johanna se había quedado embarazada «milagrosamente» gracias a la fecundación *in vitro*. Heidi la había acompañado al obstetra el día en que le habían dado la noticia. Y también había sido la primera persona a la que había llamado tras su aborto. Heidi se había acercado con el coche. Johanna se había dejado caer en el asiento del acompañante y la había puesto al corriente. Las dos mujeres se quedaron sentadas en el coche, llorando durante un buen rato. Johanna nunca olvidaría el modo en que Heidi había bajado la cabeza, y había llorado la pérdida de Johanna, con el cabello cayéndole alrededor del volante. De algún modo lo sabían las dos.

Ya no habría más milagros. Aquel embarazo había sido la única oportunidad para Johanna. Ricky y ella no tendrían hijos.

—Un momento —dijo Johanna—. ¿Qué pareja joven?

—Todas nos despedimos y nos subimos a los coches. Yo estaba saliendo a Orange Place, y de pronto me pasó por delante una camioneta a toda velocidad, tan rápido que pensé que se me llevaría el guardabarros por delante. Miré por el retrovisor, y vi a Heidi hablando con esa pareja.

—¿Podrías describírmelos?

—La verdad es que no. La chica era rubia, y el tipo llevaba una gorra de béisbol. Supuse que le estarían preguntando por alguna dirección o algo así.

Audrey no recordaba nada más. ¿Por qué iba a hacerlo? Pero todo el mundo, sobre todo los aparcamientos de las tiendas y restaurantes, tenía videocámaras. Conseguir la orden llevaría tiempo, así que Johanna decidió acudir directamente al Red Lobster por su cuenta. El jefe de seguridad le grabó el vídeo en un DVD, lo cual le pareció algo anticuado, y le pidió que se lo devolviera cuando acabara.

—Es política de la empresa —le dijo—. Tenemos que recuperarlo.

—No hay problema.

En la comisaría de Beachwood había un reproductor de DVD. Johanna entró a toda prisa en su despacho, cerró la puerta y metió el DVD en la ranura. La pantalla cobró vida. El tipo de seguridad sabía lo que hacía. A los dos segundos, Heidi apareció en la pantalla por la derecha. Johanna no pudo reprimir un grito ahogado de la impresión. Ver viva a su amiga ya fallecida, caminando sobre aquellos tacones, le confería aún más realismo a la tragedia.

Heidi estaba muerta. Se había ido para siempre.

La cinta no tenía sonido. Heidi seguía caminando. De pronto se detuvo y alzó la vista. Había un hombre con una gorra de béisbol y una mujer rubia. Desde luego parecían jóvenes. Más tarde, la segunda, la tercera y la cuarta vez que veía la cinta, Johanna intentaría distinguir sus rasgos, pero desde aquella altura y con aquel ángulo no había mucho que ver. Al final la enviaría a la policía del condado y dejaría que sus informáticos y sus genios de la tecnología sacaran lo que pudieran.

Pero aún no.

Al principio, observando con atención, parecía realmente que la joven pareja pidiera indicaciones para ir a algún sitio. Eso tendría sentido a primera vista. Pero al cabo de un tiempo, Johanna sintió que bajaba la temperatura. La conversación duraba demasiado para que estuvieran preguntando por una dirección. Y además, Johanna conocía a su amiga. Conocía sus gestos y su lenguaje corporal, y en ese momento, al observarla en silencio, Johanna tuvo claro que todo el mundo se equivocaba. Johanna se veía más envarada conforme avanzaba la conversación. En un momento dado, tuvo la certeza de haber visto que su amiga se tambaleaba ligeramente. Un minuto más tarde, la joven pareja se metía en su coche y salía de allí pitando. Heidi se quedó más de un minuto en el aparcamiento, paralizada, perdida, antes de meterse en el coche. La cámara ya no mostraba a su amiga. Pero pasaba el tiempo. Diez segundos. Veinte, treinta. De pronto se produjo un movimiento en el parabrisas. Johanna forzó la vista y se acercó. Era difícil de ver, apenas se distinguía, pero Johanna reconoció aquella imagen. El cabello de Heidi cayendo a los lados del volante.

«Oh, no...».

Heidi había apoyado la cabeza en el volante, igual que había hecho veinte años atrás, cuando Johanna le había contado lo de su aborto.

Estaba llorando. Johanna lo tenía claro.

—¿Qué demonios te han dicho? —le preguntó Johanna, en voz alta. Rebobinó la cinta y observó a la joven pareja que salía del aparcamiento. Bajó la velocidad y apretó el botón de pausa. Amplió la imagen, cogió el teléfono y marcó un número.

—Eh, Norbert —dijo—. Necesito que me compruebes una matrícula ahora mismo.

34

Thomas estaba esperando a su padre en la cocina.

—¿Hay noticias de mamá?

Adam albergaba la esperanza de que ninguno de sus hijos hubiera llegado a casa. Después de pasarse todo el viaje en coche preguntándose qué hacer, se le había ocurrido una idea inesperada. Tenía que subir a su habitación e investigar un poco más en el ordenador.

—No tardará en volver —dijo Adam. Y luego, para cambiar de tema, añadió a continuación—: ¿Dónde está tu hermano?

—En clase de percusión. Va a pie después del colegio, pero mamá suele recogerlo con el coche.

—¿A qué hora?

—Dentro de tres cuartos de hora.

Adam asintió.

—Es en ese sitio en Goffle Road, ¿verdad?

—Sí.

—Vale, bien. Mira, tengo un poco de trabajo. Quizá luego podamos salir al Café Amici a cenar algo, cuando recoja a tu hermano, ¿vale?

—Voy al gimnasio a levantar pesas con Justin.

—¿Ahora?

—Sí.

—Bueno, pero tienes que cenar.

—Me haré algo cuando vuelva. ¿Papá?

—¿Qué?

Los dos estaban de pie en la cocina, padre e hijo. Un hijo que se acercaba a la edad adulta. Ahora Thomas solo era un par de centímetros más bajo que su padre, y con todo el ejercicio que estaba haciendo de un tiempo a esa parte, Adam se preguntó si al final lo rebasaría. Thomas había desafiado a su padre a un uno contra uno bajo los aros hacía seis meses, y por primera vez Adam había tenido que esforzarse realmente para conseguir ganarle por 11 a 8. Ahora se preguntaba qué pasaría si el resultado fuera el contrario, y cómo le sentaría.

—Estoy preocupado —dijo Thomas.

—No lo estés.

Fue más una reacción paterna automática que una verdad dicha con convicción.

—¿Qué motivos puede tener mamá para desaparecer así?

—Te lo he dicho, Thomas; ya tienes edad para comprenderlo. Tu madre y yo nos queremos mucho. Pero a veces los padres necesitan un poco de distancia.

—El uno del otro —dijo Thomas, asintiendo de manera casi imperceptible—. Pero no de Ryan, ni de mí.

—Bueno, sí y no. A veces necesitamos alejarnos de todo.

—¿Papá?

—¿Qué?

—Que no me lo trago —objetó Thomas—. No quiero parecer prepotente o algo así. De verdad que sí, que lo entiendo. Vosotros también tenéis vuestra propia vida, y no gira en torno a nosotros. Así que podría entender que mamá..., no sé, necesitara alejarse, respirar aire fresco o lo que sea. Pero mamá es madre. ¿Sabes lo que quiero decir? Primero nos lo diría y, si lo hubiera decidido a última hora, contactaría con nosotros o algo. Respondería a nuestros mensajes. Nos diría que no nos preocupáramos. Mamá es muchas cosas, pero en primer lugar, lo siento, es nuestra madre.

Adam no tenía muy claro qué responder a aquello, así que dijo una tontería.

—No pasará nada.

—¿Qué significa eso?

—Me dijo que me ocupara de vosotros y que le diera unos días. Me pidió que no contactara con ella.

—¿Por qué?

—No lo sé.

—Tengo mucho miedo —confesó Thomas. Y ahora el casi adulto volvía a parecer un niño. Era obligación de un padre darle consuelo. Thomas tenía razón. Corinne era, sobre todo, madre. Y él, Adam, era padre. Y un padre protege a sus hijos.

—Todo irá bien —dijo, percibiendo el vacío en su propia voz.

Thomas meneó la cabeza, recuperando la madurez tan rápido como la había perdido.

—No, papá, esto no va bien.

Se volvió, se enjugó las lágrimas y se dirigió a la puerta.

—Tengo que ir con Justin.

Adam estuvo a punto de llamarlo; pero ¿de qué serviría? No tenía palabras de consuelo, y pasar un rato con su amigo tal vez le sirviera a su hijo para distraerse. La solución —lo único que les reconfortaría— sería encontrar a Corinne. Adam necesitaba seguir investigando, descubrir qué estaba pasando, obtener respuestas para sus hijos. Así que dejó que Thomas se fuera y subió las escaleras. Aún tenía tiempo antes de que se acabara la clase de percusión.

Una vez más se planteó si debía llamar a la policía. La verdad era que ya no temía que pensaran que le había hecho algo a su mujer —que pensaran lo que quisieran—, pero sabía por experiencia que la policía, como es lógico, actúa basándose en los hechos. Hecho número uno: Corinne y Adam se habían peleado. Hecho número dos: Corinne ya le había enviado un mensaje a Adam diciéndole que quería tomarse unos días y que no contactara con ella.

¿Encontraría la policía un hecho número tres?

Se sentó frente al ordenador. En casa del viejo Rinsky, Adam había comprobado por encima el registro de llamadas recientes del móvil de Corinne. Ahora quería echar un vistazo más detallado al patrón de sus llamadas y sus mensajes de texto. ¿Habría llamadas o mensajes del desconocido o de esa tal Ingrid Prisby? Parecía improbable —¿no se le había acercado el desconocido sin aviso previo?—, pero cabía la posibilidad de que el registro de llamadas de Corinne arrojase alguna pista de algún tipo.

No tardó en darse cuenta de que no había nada que buscar. A la vista de sus comunicaciones recientes, estaba claro que su esposa era un libro abierto. No había sorpresas. La mayoría de los números se los sabía de memoria: llamadas y mensajes a él, a los chicos, a amigos, a colegas del colegio, a los miembros de la comisión de lacrosse... Eso era todo. Había otras llamadas aquí y allá, pero eran a restaurantes para hacer reservas, a la tintorería para recoger una prenda... Ese tipo de cosas.

Ninguna pista.

Adam se sentó y se quedó pensando qué hacer. Sí, Corinne era un libro abierto. Eso es lo que parecía, teniendo en cuenta sus mensajes y llamadas recientes.

Esa era la palabra clave: «recientes».

Recordó la sorpresa que se había llevado con la tarjeta Visa: el cargo de dos años atrás a nombre de Novelty Funsy.

En aquella época, Corinne sí que era más impredecible, ¿no?

Algo la había hecho decidirse por aquella compra. Pero ¿qué? Una no decide de pronto fingir un embarazo. Había pasado algo. Habría llamado a alguien. O alguien la habría llamado. O le habría escrito un mensaje.

Algo.

Adam tardó unos minutos en recuperar los viejos registros de hacía dos años, pero lo hizo. Sabía que Corinne había hecho su primer pedido a Fake-A-Pregnancy en febrero. Así que empezó por ahí. Repasó los listados de llamadas, analizando la sucesión de números.

Al principio encontró los números habituales: llamadas y mensajes a él, a los chicos, a amigos, a colegas...

Y entonces, cuando Adam vio un número familiar, el corazón le dio un vuelco.

35

Sally Perryman estaba sentada en el extremo de la barra, sola, bebiendo una cerveza y leyendo el *New York Post*. Llevaba puesta una blusa blanca y una falda gris de tubo, y el cabello recogido en una cola de caballo. Había apoyado el abrigo sobre el taburete de al lado, reservándolo para él. Cuando Adam se acercó, apartó el abrigo sin levantar la vista del periódico. Adam se sentó en el taburete.

—Cuánto tiempo —dijo ella.

Sally todavía no había levantado la vista del periódico que leía.

—Es cierto —respondió él—. ¿Cómo va el trabajo?

—Hay mucho. Muchos clientes. —Por fin lo miró a la cara. Fue como un suave golpetazo, pero Adam aguantó—. Aunque no me has llamado por eso.

—No.

Era uno de aquellos momentos en que el ruido desaparece y el resto del mundo queda en segundo plano, cuando están él, ella y nada más.

—¿Adam?

—Qué.

—Prefiero que vayas al grano. Dime qué quieres.

—¿Te ha llamado alguna vez mi mujer?

Sally parpadeó como si aquella pregunta también le hubiera caído como un golpetazo.

—¿Cuándo?

—Alguna vez.

Ella se volvió hacia su cerveza.

—Sí —respondió—. Una vez.

Estaban en uno de esos bares ruidosos de alguna cadena nacional, de esos con cosas fritas para picar y un millón de pantallas de televisor donde emiten al menos dos eventos deportivos diferentes. El camarero se acercó e hizo una elaborada presentación de sí mismo. Adam pidió una cerveza a toda prisa para que les dejara en paz.

—¿Cuándo? —preguntó.

—Hace dos años, supongo. Durante el caso.

—Nunca me lo dijiste.

—Solo fue una vez.

—Aun así.

—¿Qué importa ahora, Adam?

—¿Qué te dijo?

—Sabía que habías estado en mi casa.

Adam estuvo a punto de preguntar cómo, pero, por supuesto, conocía la respuesta, ¿no? Corinne había puesto una app de rastreo en todos los teléfonos. Podía ver dónde estaban los chicos en cualquier momento.

Y dónde estaba él.

—¿Qué más?

—Quería saber por qué habías ido.

—¿Y qué le contaste?

—Que había sido por trabajo —respondió Sally Perryman.

—Le dijiste que no había pasado nada, ¿no?

—No había pasado nada, Adam. Estábamos obsesionados con aquel caso. Pero casi pasó algo.

—Los «casi» no cuentan.

En los labios de Sally afloró una sonrisa triste.

—Yo creo que para tu mujer quizá sí cuente.

—¿Te creyó?

Sally se encogió de hombros.

—No volví a tener noticias suyas.

Él abrió la boca, sin saber muy bien qué iba a decir; pero Sally le hizo callar mostrándole la palma de la mano.

—No.

Tenía razón. Adam bajó del taburete y salió del bar.

36

En el momento en que el desconocido entraba en el garaje, pensó —como hacía prácticamente cada vez que llegaba allí— en todas las empresas famosas que en teoría habían comenzado así. Steve Jobs y Steve Wozniak habían lanzado Apple (¿por qué no la habían llamado Steves?) vendiendo cincuenta unidades del ordenador Apple I que Wozniak acababa de crear en un garaje de Cupertino, en California. Jeff Bezos había creado Amazon como negocio de venta de libros a domicilio desde su garaje en Bellevue, en Washington. Google, Disney, Mattel, Hewlett-Packard, Harley-Davidson... Todas habían nacido, según la leyenda, en sencillos garajes minúsculos.

—¿Hay noticias de Dan Molino? —preguntó el desconocido.

Había tres de los suyos en el garaje, todos sentados frente a potentes ordenadores con grandes monitores. En el estante había cuatro routers wifi, junto a unas latas de pintura que el padre de Eduardo había dejado allí hacía más de una década. Eduardo, que sin duda era el mejor del grupo en lo tocante a conocimientos tecnológicos, había creado un sistema en el que su señal no solo salía al exterior y rebotaba por todo el mundo, dándoles el máximo anonimato posible, sino que, además, si, de algún modo, alguien conseguía rastrearla y llegar a ellos, los routers reaccionaban de manera automática y trasladaban los datos a otro servidor. Lo cierto era que el desconocido no entendía muy bien nada de aquello. Pero tampoco era cosa suya.

—Ha pagado —dijo Eduardo.

Eduardo llevaba unos pelos de punta que pedían a gritos una visita a la peluquería, y esa barba de tres días que le daba un aspecto más cutre que moderno. Era un hacker de la vieja escuela para quien los desafíos informáticos eran tan importantes como la satisfacción moral o el dinero.

A su lado estaba Gabrielle, una madre soltera de dos niños que, a sus cuarenta y cuatro años, era la mayor del grupo con diferencia. Hacía dos décadas había trabajado en un teléfono erótico. La idea era mantener al tipo en línea el máximo de tiempo posible, y cobrarle 3,99 dólares por minuto. En fechas más recientes, y siguiendo en la misma línea, Gabrielle había trabajado para una página web de encuentros «sin ataduras», haciéndose pasar por varias amas de casa calientes. Su trabajo consistía en engatusar a los clientes nuevos (léase pardillos) para que pensaran que iba a conseguir sexo de forma inminente, conseguir que superara el período gratuito de prueba y que se comprometiera a una suscripción anual con cargo a su tarjeta de crédito.

Merton, el último llegado al grupo, tenía diecinueve años. Era flaco, estaba cubierto de tatuajes, tenía la cabeza rapada y unos ojos de un azul intenso con una mirada que lindaba con la insania. Llevaba pantalones holgados con cadenas que le salían de los bolsillos y que hacían pensar en una afición a las motos o al *bondage*, no quedaba claro cuál de las dos cosas. Se limpiaba las uñas con una navaja y dedicaba el tiempo libre a colaborar como voluntario con un telepredicador que organizaba sus actos en unas instalaciones con aforo para doce mil espectadores. Ingrid había reclutado a Merton a través de la página web de una compañía llamada The Five.

Merton se volvió hacia el desconocido.

—Pareces decepcionado.

—Ahora se saldrá con la suya.

—¿Qué quieres decir? ¿Que podrá jugar en la liga universitaria dopado con esteroides? Vaya noticia. Alrededor del ochenta por ciento de esos chavales se meten cosas.

Eduardo se mostró de acuerdo.

—Pero actuamos de acuerdo a nuestros principios, Chris.

—Sí —concedió el desconocido—. Lo sé.

—Aunque en realidad son tus principios.

El desconocido, que en realidad se llamaba Chris Taylor, asintió. Chris era el fundador de aquel movimiento, aunque el garaje fuera de Eduardo. Eduardo había sido el primero en apuntarse. La empresa había empezado como una diversión, como un intento de enmendar situaciones que estaban mal. Chris no tardó en darse cuenta de que su movimiento podía convertirse en una empresa rentable y al mismo tiempo en un medio para hacer el bien. Pero para eso, para que una cosa no se impusiera a la otra, todos tenían que observar sus principios fundacionales.

—Bueno, ¿y se puede saber qué pasa? —le preguntó Gabrielle.

—¿Qué te hace pensar que pasa algo?

—Tú no te pasas por aquí a menos que haya algún problema.

Tenía razón.

Eduardo se apoyó en el respaldo de la silla.

—¿Ha pasado algo con Dan Molino o su hijo?

—Sí y no.

—Hemos recibido el dinero —dijo Merton—. Tan mal no iría.

—Ya, pero tuve que gestionarlo solo.

—¿Y eso?

—Pues que se suponía que Ingrid debía estar allí.

Se miraron unos a otros, y fue Gabrielle quien rompió el silencio.

—Tal vez pensase que una mujer llamaría la atención en unas pruebas clasificatorias de fútbol.

—Puede ser —convino Chris—. ¿Alguien ha tenido noticias suyas?

Eduardo y Gabrielle negaron con la cabeza. Merton se puso en pie y dijo:

—Un momento, ¿cuándo hablaste con ella por última vez?

—En Ohio. Cuando fuimos a hablar con Heidi Dann.

—¿Y se suponía que teníais que veros en el campo de fútbol?

—Eso fue lo que dijo. Seguimos el protocolo, así que viajamos por separado y no nos comunicamos en ningún momento.

—Un segundo, Chris, déjame comprobar una cosa —le rogó Eduardo, y tecleó de nuevo en el ordenador.

Chris. Casi le resultaba extraño oír su nombre en boca de otras personas. Durante las últimas semanas había sido una persona anónima, el desconocido, y nadie le había llamado por su nombre. Incluso con Ingrid. El protocolo lo dejaba bien claro: nada de nombres. Eran anónimos. Por supuesto, había algo de paradójico en aquella situación. Aquellos a quienes se dirigían querían mantener sus historias en el anonimato, inconscientes de que, en sus casos, no había anonimato posible.

Pero para Chris (para el desconocido) sí.

—Según la agenda —dijo Eduardo, mirando la pantalla—, se supone que Ingrid iría en coche a Filadelfia y devolvería el coche ayer. Déjame que vea... —Levantó la vista—. Mierda.

—¿Qué?

—No ha devuelto el coche de alquiler.

Un frío glacial se extendió por el garaje.

—Tenemos que llamarla —dijo Merton.

—Es arriesgado —adujo Eduardo—. Si ha tenido problemas, quizá su teléfono esté en manos de quien no debe.

—Tenemos que romper el protocolo —dijo Chris.

—Con cuidado —añadió Gabrielle.

Eduardo asintió.

—Déjame llamarla por Viber y pasar la conexión a través de dos IP en Bulgaria. Solo tardaré cinco minutos.

Tardó unos tres.

Sonó el teléfono. Una vez, dos, y luego, al tercer tono, alguien lo cogió. Esperaban escuchar la voz de Ingrid. Pero no fue así.

—¿Quién llama? —preguntó una voz de hombre.

Eduardo cortó la comunicación de inmediato. Los cuatro se quedaron inmóviles un momento, y en el garaje se hizo el silencio. Luego, el desconocido (Chris Taylor) dijo lo que todos pensaban.

—Estamos en peligro.

37

No habían hecho nada malo.

Sally Perryman trabajaba en la empresa de Adam y le habían asignado la tarea de ayudarle en el complicado caso de los dueños de un *diner*, inmigrantes griegos que llevaban trabajando felizmente cuarenta años en el mismo local de Harrison, hasta que un gran fondo de cobertura había construido un nuevo bloque de oficinas algo más allá, lo que había llevado a la administración local a la conclusión de que había que ensanchar la calle que llevaba al rascacielos para dar cabida al tráfico que generaría. Eso significaba demoler el *diner*. Adam y Sally habían plantado cara al gobierno y a los banqueros y, en última instancia, a la corrupción arraigada en las altas esferas.

A veces no ves el momento de levantarte por la mañana para ponerte a trabajar, y te da rabia que se acabe el día. Te consumes. El caso te acompaña cuando comes, cuando bebes y cuando te acuestas. Era una de esas ocasiones. Creas un vínculo muy estrecho con quienes colaboran contigo en lo que ves como una empresa gloriosa, muy trabajada.

Sally Perryman y él se habían vuelto íntimos.

Mucho.

Pero no había habido nada físico, ni siquiera un beso.

No habían cruzado ninguna línea roja: se habían acercado, se lo habían planteado y tal vez incluso la habían rozado, pero no la habían superado nunca. Adam había aprendido que llega un punto, cuando te acercas a esa línea, vacilante, y ves una vida a un lado y otra vida al otro, en que si no la cruzas, la alternativa pierde fuerza y muere por sí misma. En este caso, algo murió. Dos meses después de que se resolviera el caso, Sally Perryman aceptó otro trabajo en un bufete de Livingston.

Todo había acabado.

Pero Corinne había llamado a Sally. ¿Por qué? La respuesta parecía obvia. Adam intentó analizarlo, elaborar teorías e hipótesis que pudieran explicar lo que le había pasado a Corinne. Consiguió combinar algunas piezas. Y la imagen que empezaba a formarse no le gustaba nada.

Era más de medianoche. Los chicos ya estaban en la cama. En la casa reinaba un ambiente lúgubre, pesado. En ocasiones, Adam pensaba que le habría gustado que los chicos expresaran sus miedos, pero lo único que quería en ese momento era que los bloquearan, para poder superar un día o dos más, hasta que Corinne regresara a casa. Al fin y al cabo, era lo único que podía enmendar aquella situación.

Tenía que encontrar a Corinne.

El viejo Rinsky le había enviado la información preliminar sobre Ingrid Prisby. Hasta entonces no habían encontrado nada digno de mención, nada espectacular. Vivía en Austin, se había graduado ocho años antes en la Rice University de Houston, y había trabajado en dos empresas emergentes de internet. Rinsky había conseguido el número de teléfono de su casa. Saltaba inmediatamente el contestador automático, que daba un mensaje con voz robótica. Adam dejó un mensaje pidiéndole a Ingrid que le llamara. Rinsky también le había facilitado el número de teléfono de la madre de Ingrid y su dirección. Adam se había planteado llamarla, pero se preguntaba cómo plantearle el asunto. Era tarde. Decidió consultarlo con la almohada.

Bueno, y ahora, ¿qué?

Ingrid Prisby tenía una cuenta de Facebook. Se preguntó si encontraría allí nuevas pistas. Adam tenía cuenta en Facebook, pero apenas la abría. Corinne y él se habían dado de alta unos años atrás, a raíz de que Corinne leyese un artículo sobre cómo ayudaban las redes sociales a la gente de su edad a redescubrir viejos amigos, y se había dejado llevar por la nostalgia. A Adam apenas le atraía el pasado, pero había accedido de todos modos. Casi no había tocado su página desde el día en que puso su foto de perfil. Corinne se lanzó con algo más de entusiasmo al mundo de las redes, pero Adam dudaba de que hubiera llegado a conectarse más de dos o tres veces por semana.

Claro que... ¿cómo podía estar seguro?

Pensó en el día en que habían creado sus perfiles de Facebook, en aquel mismo lugar. Habían empezado a buscar y a pedir amistad a familiares y vecinos. Adam había repasado las fotografías que habían colgado sus colegas de la universidad: las fotos de familia en la playa, las cenas de Navidad, los deportes de los chavales, las vacaciones de esquí en Aspen, la mujer bronceada que rodeaba con los brazos al sonriente marido... Ese tipo de cosas.

—Todo el mundo parece feliz —le había dicho a Corinne.

—Oh, tú también.

—¿Qué?

—Que en Facebook todo el mundo parece feliz —le había respondido ella—. Es como una recopilación de los grandes éxitos de la vida de cualquiera. No es la realidad, Adam —había añadido, con tono vehemente.

—No he dicho que lo sean. He dicho que todo el mundo parece feliz. Y eso es justo lo que quería decir. Si uno juzgara el mundo por lo que ve en Facebook, se preguntaría por qué hay tanta gente que toma Prozac.

Dicho eso, Corinne se quedó en silencio. Adam se rio de todo aquello y cambiaron de tema; pero en ese momento, años más tarde, al recapitular acerca de aquello con un enfoque diferente, todo se veía de otra manera, más oscura y mucho más fea.

Se pasó casi una hora fisgando en el muro de Ingrid Prisby. Primero comprobó si tenía pareja —a lo mejor tenía suerte y el desconocido resultaba ser su marido o su novio—, pero Ingrid se presentaba como soltera sin compromiso. Repasó su lista de 188 amigos, con la esperanza de encontrar al desconocido entre ellos. No hubo suerte. Buscó nombres o rostros familiares, alguien de su pasado o del de Corinne. No encontró ninguno. Escrutó la página de Ingrid, analizando sus mensajes de estado. No había nada que la relacionase con el desconocido, ni con los embarazos fingidos, ni nada de eso. Trató de analizar las fotografías con ojo crítico. La impresión que daba Ingrid era positiva. Parecía contenta en las fotos de fiestas, bebiendo, dejándose llevar y todo eso, pero mucho más contenta en las fotos en las que se la veía colaborar como voluntaria. Y colaboraba mucho: comedores sociales, la Cruz Roja, apoyo a las tropas, orientación juvenil... Observó algo más. Todas sus fotos eran de grupo, nunca retratos, nunca primeros planos, nunca selfies.

Pero aquellas observaciones no le ayudaban en lo más mínimo en su búsqueda de Corinne.

Se le estaba pasando algo por alto.

Se estaba haciendo tarde, pero seguía insistiendo. En primer lugar, ¿de qué conocía Ingrid al desconocido? Tenían que estar relacionados de algún modo. Pensó en Suzanne Hope y en el chantaje al que la habían sometido por su embarazo fingido. Lo más probable era que también hubieran chantajeado a Corinne. Ninguna de las dos había pagado.

¿O sí? Sabía que Suzanne no había pagado. Se lo había dicho ella misma. Pero quizá Corinne sí lo hiciera. Se dejó caer sobre el respaldo y pensó en ello un segundo. Si Corinne hubiera robado el dinero del lacrosse —cosa que aún no creía posible—, si lo hubiera hecho, quizá lo habría hecho para pagar el silencio de aquellos tipos.

Y quizás eran de ese tipo de chantajistas que luego le cuentan de todos modos.

¿Qué probabilidad había?

No había modo de saberlo. Más valía concentrarse en lo que tenía entre manos. ¿De qué se conocían Ingrid y el desconocido? Había varias posibilidades, por supuesto, así que las ordenó, de más a menos probable.

La más probable: el trabajo. Ingrid había trabajado para varias empresas de internet. Quienquiera que estuviese detrás de todo aquello bien podía trabajar para Fake-A-Pregnancy.com o estar especializado en la red (en piratería informática o robo de datos, por ejemplo), o ambas coas.

La segunda más probable: que se hubieran conocido en la universidad. Si tenían en cuenta la edad, podrían haberse conocido en el campus y haber mantenido la amistad. Así que quizá la respuesta estuviese en la Rice University.

La tercera causa más probable: que ambos fueran de Austin, en Texas.

¿Tenía sentido? No lo sabía, pero rebuscó entre sus amistades, fijándose de manera especial en los contactos que trabajaban con internet. Había unos cuantos. Echó un vistazo a sus muros. Algunos tenían un acceso limitado o estaban cerrados, pero poca gente se abre una cuenta en Facebook para no dejarse ver. Pasaba el tiempo. Luego se fijó en los amigos de sus amigos que trabajaban con internet. E incluso entró a ver a los amigos de esos amigos. Analizó perfiles e historiales laborales, y a las 4:48 de la madrugada (vio la hora en el pequeño reloj digital de la barra superior de su pantalla) por fin dio con algo.

La primera pista la había obtenido de la página web de Fake-A-Pregnancy. Entre los datos de contacto, la empresa mostraba una dirección postal en Revere, en Massachusetts. Adam buscó la dirección en Google y encontró una coincidencia: un conglomerado de empresas llamado Downing Place, desde donde operaban diversas empresas emergentes y páginas web.

Por fin tenía algo.

Rebuscando entre las amistades de Ingrid encontró a alguien que había puesto como lugar de trabajo una empresa en Downing Place. Entró en su perfil. No había gran cosa, pero aquel tipo tenía otros dos amigos que también trabajaban en Downing. Así que abrió sus páginas, y así fue de uno a otro, hasta que llegó al perfil de una tal Gabrielle Dunbar.

Según constaba en Facebook, Gabrielle Dunbar estudiaba Administración de Empresas en el Ocean County College de Nueva Jersey, y había sido alumna del instituto de Fair Lawn. No indicaba trabajos actuales ni pretéritos (nada sobre Downing Place ni ninguna otra página web), ni había colgado nada en su página en los últimos ocho meses.

Lo que le había llamado la atención era el hecho de que tenía tres amigos que indicaban Downing Place como su lugar de trabajo. También decía que Gabrielle Dunbar vivía en Revere, en Massachusetts.

Así que empezó a abrir enlaces de su página y a escrutar sus álbumes de fotos, hasta que dio con una de hacía tres años. Estaba en un álbum llamado Subido de Móvil, y el pie de foto decía FIESTA DE VACACIONES. Era una de esas fotos de grupo improvisadas en una fiesta con gente del trabajo, cuando a alguien se le ocurre pedirle a la gente que pose sin pensárselo mucho, y que luego acaba colgada en Facebook. La fiesta se celebraba en un bar o restaurante con paneles de madera en las paredes. Debía de haber unas veinte o treinta personas en la foto, muchas de ellas con los ojos y los mofletes rojos por efecto del flash y del alcohol.

Y allí, en el extremo izquierdo, con una cerveza en la mano, girado para otro lado (quizás ajeno al hecho de que salía en una foto), estaba el desconocido.

38

Johanna Griffin tenía dos perros, dos bichones habaneros llamados Starsky y Hutch. No era la raza que habría escogido. Los bichones son muy pequeños, y Johanna se había criado con alanos en casa, por lo que un perro de talla pequeña le había parecido siempre casi como un roedor. Pero Ricky había insistido, y la verdad era que tenía que darle la razón. Johanna había tenido perro toda su vida, y aquellos eran los más encantadores de todos.

Solía sacarlos a pasear a primera hora de la mañana. Según ella, siempre dormía estupendamente. Por muchos horrores que viera en su vida profesional, nunca se los llevaba a la cama. Esa era su norma. Podía preocuparse hasta la médula en la cocina o el salón, pero en cuanto cruzaba la puerta del dormitorio accionaba el interruptor, y ahí se acababa todo: los problemas desaparecían.

Pero en los últimos tiempos había dos cosas que le quitaban el sueño. Una era Ricky. Sería porque había echado unos kilitos, o quizá tan solo por la edad, pero sus ronquidos, antaño tolerables, se habían convertido en un rugido constante. Había probado con varios remedios —la tirita nasal, más almohadas, automedicación—, pero no funcionaban. Habían llegado al punto de plantearse dormir separados, pero a

Johanna le parecía una rendición absoluta. Tendría que aguantar hasta que dieran con la solución.

Lo segundo, por supuesto, era Heidi.

Su amiga la visitaba en sueños. No eran pesadillas sangrientas y macabras. Heidi no se le aparecía convertida en un fantasma ni le susurraba: «Tienes que vengar mi muerte». No, no, nada de eso. En realidad, Johanna no tenía muy claro qué sucedía en aquellos sueños. Eran escenas normales, como la vida real, y Heidi aparecía riéndose y sonriendo. Se lo pasaban bien hasta que, en algún momento, Johanna recordaba lo sucedido: que a Heidi la habían asesinado. Entonces la atenazaba el pánico. El sueño llegaba a su fin, y Johanna alargaba los brazos, tratando de aferrarse a la desesperada a su amiga, como si pudiera retenerla, como si pudiera dar marcha atrás y devolverla a la vida.

Siempre se despertaba con las mejillas cubiertas de lágrimas.

Así que de un tiempo a esa parte había decidido sacar a pasear a Starsky y Hutch por la noche, por si la cosa cambiaba. Johanna intentaba disfrutar de la soledad, pero las calles estaban oscuras y, aun con las farolas, siempre tenía miedo de meter el pie en algún bache de la acera y caerse. Su padre se había caído a los setenta y cuatro años y nunca se había recuperado del todo. Se oían muchas historias parecidas. Así que mientras caminaba, Johanna mantenía la mirada pegada al suelo. Estaba atravesando un tramo especialmente oscuro, así que sacó el teléfono y usó el flash a modo de linterna.

El teléfono le vibró en la mano. A esas horas solo podía ser Ricky. Tal vez se hubiera despertado y se preguntase si ella volvía a casa, o quizás hubiera decidido que, dado su aumento de peso, no le iría mal un poco de ejercicio, así que se apuntaba al paseo con los perros. No le parecía mal. Acababa de salir, así que volver atrás no sería un problema.

Cogió ambas correas con la mano izquierda y se llevó el teléfono a la oreja. No comprobó quién llamaba. Tan solo apretó el botón de respuesta.

—¿Diga?

—¿Jefa?

Ese tono de voz le hizo saber enseguida que no era una llamada informal. Se detuvo. Los perros hicieron lo propio.

—¿Eres tú, Norbert?

—Sí, perdone por la hora, pero...

—¿Qué pasa?

—Le he buscado esa matrícula. He tenido que investigar un poco, pero parece tratarse de un coche alquilado a nombre de una mujer cuyo nombre real es Ingrid Prisby.

Silencio.

—¿Y?

—Y que la cosa tiene mala pinta —añadió Norbert—. Muy muy mala.

39

Adam llamó a Andy Gribbel a primera hora de la mañana.

—¿Qué? —respondió Gribbel, con voz quejumbrosa.

—Lo siento, no pensaba que te despertaría.

—Son las seis de la mañana.

—Perdona.

—Anoche tocamos. Y luego hubo una fiesta, y las *groupies* estaban muy buenas. Ya sabes cómo va esto.

—Sí. Oye, ¿sabes cómo funciona Facebook?

—¿Estás de broma? Claro que sí. La banda tiene su página para las fans. Tenemos... casi ochenta seguidores.

—Genial. Te mando un enlace de Facebook en el que aparecen cuatro personas. Mira si me puedes encontrar la dirección de alguna de ellas y si puedes sacar algo más de la foto: dónde se tomó, quién más sale en ella..., lo que sea.

—¿Prioridad?

—Máxima. Lo necesito para ayer.

—Vale, lo pillo. Por cierto, anoche hicimos una versión brutal de *The Night Chicago Died*. Al público se le saltaron las lágrimas.

—No puedes ni imaginarte cuánto significa eso para mí en este momento —dijo Adam.

—Vaya, parece que esto es importante.

—Más que eso.

—Estoy en ello.

Adam colgó y se levantó de la cama. A las siete despertó a los chicos y se dio una larga ducha de agua caliente. Le hizo sentir bien. Se vistió y miró el reloj. Los chicos ya debían de estar abajo.

—¿Ryan? ¿Thomas?

Fue Thomas quien respondió:

—Sí, sí, estamos en pie.

El teléfono de Adam vibró. Era Gribbel.

—Dime.

—Hemos tenido suerte.

—¿Y eso?

—El enlace que me has enviado. Procedía del perfil de una tal Gabrielle Dunbar.

—Sí. ¿Y qué?

—Que ya no vive en Revere. Se volvió a su casa.

—¿A Fairl Lawn?

—Exacto.

Fair Lawn estaba a solo media hora de Cedarfield.

—Te acabo de enviar la dirección por SMS.

—Gracias, Andy.

—No hay problema. ¿Vas a verla esta mañana?

—Sí.

—Si me necesitas, llama.

—Gracias.

Adam colgó. Iba por el pasillo cuando oyó un ruido procedente del dormitorio de Ryan. Adam se acercó y apoyó la oreja contra la puerta cerrada. A través de la madera oía los sollozos de su hijo. Fue como si le clavaran un cuchillo en el corazón. Llamó a la puerta con suavidad, acariciándola con los nudillos, cogió aire y giró el pomo.

Ryan estaba sentado en la cama, llorando como un niño, lo cual no resultaba tan sorprendente, dado que aún era un niño. Adam se quedó en el umbral. El dolor de su interior aumentó, alimentado por la impotencia.

—¿Ryan?

Las lágrimas te hacen parecer más pequeño, más frágil y mucho más niño. Ryan sollozaba, hinchando el pecho de manera convulsiva. Aun así, consiguió decir:

—Echo de menos a mamá.

—Ya lo sé, colega.

Por un segundo, le atravesó una descarga de rabia: una rabia dirigida a Corinne por haberse marchado así, por no mantener el contacto, por haber fingido ese maldito embarazo, por robar el dinero, por todo eso. No ya por lo que le había hecho a él. Eso no era tan importante. Pero hacerles tanto daño a los chicos... Eso le costaría más perdonárselo.

—¿Por qué no responde a mis mensajes? —preguntó Ryan, entre lágrimas—. ¿Por qué no vuelve a casa?

Estaba a punto de inventarse más excusas sobre que estaba ocupada, que necesitaba tiempo y cosas así. Pero esas excusas eran mentira. Las excusas no hacían más que empeorar las cosas. Así que optó por decir la verdad.

—No lo sé.

Curiosamente, aquella respuesta pareció apaciguar un poco a Ryan. El llanto no desapareció de golpe, pero sí empezó a menguar. Adam se acercó y se sentó en la cama con Ryan. Iba a rodear a su hijo con el brazo, pero por algún motivo no le pareció lo más adecuado. Así que se limitó a quedarse allí, para que supiera que podía contar con él. Seguramente bastara con eso.

Casi de inmediato apareció Thomas en el umbral. Ahora

estaban juntos los tres. «Mis chicos», solía llamarlos Corinne cuando bromeaba con que Adam era su niño grande. Se quedaron en la habitación, inmóviles, y Adam cayó en algo muy simple pero significativo: a Corinne le encantaba su vida. Le encantaba su familia. Le encantaba el mundo que tanto había luchado por conseguir. Le encantaba vivir en aquel pueblo donde había iniciado su andadura, en aquel barrio que tanto le gustaba, en aquella casa que compartía con sus chicos.

¿Qué había salido mal?

Los tres oyeron el portazo del coche en el exterior. Ryan se volvió de golpe hacia la ventana. Adam se puso en guardia de manera instintiva, acercándose a la ventana y situándose de modo que los chicos no vieran nada. El bloqueo no duró mucho. Los dos se le acercaron, uno a cada lado de él, y miraron abajo. Nadie gritó. Nadie dijo una palabra.

Era un coche de policía.

Uno de los agentes era Len Gilman, lo cual no tenía sentido, porque en el lateral del vehículo decía POLICÍA DEL CONDADO DE ESSEX. Len trabajaba para la policía municipal de Cedarfield.

Del lado del conductor salió un agente de la policía del condado. Llevaba uniforme.

—¿Papá? —dijo Ryan.

«Corinne está muerta».

Fue un destello, nada más. ¿Acaso no era la respuesta obvia? Tu esposa desaparece. No se pone en comunicación contigo, ni tampoco con tus hijos. Y ahora se presentan ante tu puerta dos polis, uno de ellos amigo de la familia, y el otro, del condado, con caras largas. Por otra parte, ¿acaso no era aquella la conclusión lógica desde el principio, que

Corinne estaba muerta, tirada en alguna cuneta, y que esos hombres de caras largas estaban ahí para darle la noticia, y que luego tendría que lidiar con aquello, hacer su duelo y mostrarse fuerte por el bien de sus hijos?

Se volvió y bajó las escaleras. Los chicos le siguieron, primero Thomas y detrás Ryan. Era casi como si se hubiera creado un vínculo tácito, una cohesión entre los tres supervivientes, que debían mantenerse unidos para soportar el golpe que se les venía encima. Cuando Len Gilman llamó a la puerta, Adam ya estaba girando el pomo para abrirla.

Len parpadeó, sorprendido.

—¿Adam?

Adam se quedó allí, con la puerta entreabierta. Len miró más allá y vio a los chicos.

—Pensaba que ya estarían en el entrenamiento.

—Estaban a punto de irse —dijo Adam.

—Bueno, quizá más vale que vayan, y luego nosotros...

—¿Qué pasa?

—Es mejor que hablemos en comisaría —dijo. Luego, para tranquilizar a los chicos, añadió—: No pasa nada, muchachos. Solo serán unas preguntas.

Len y Adam se miraron. Adam no se lo tragaba. Si la noticia era mala (si iba a dejarles destrozados), lo mismo daba que la oyeran entonces que después del entrenamiento.

—¿Tiene algo que ver con Corinne? —preguntó Adam.

—No, no lo creo.

—¿No lo crees?

—Por favor, Adam —dijo Len, y prácticamente sonó a súplica—. Deja que los chicos vayan a entrenar y ven con nosotros.

40

Kuntz pasó la noche en la habitación del hospital de su hijo, durmiendo como pudo en una butaca que se abría para formar algo que nadie habría llamado una cama. Por la mañana, la enfermera le vio intentando estirar la contracturada espalda:

—No es muy cómodo, ¿verdad?

—¿De dónde traen estas butacas? ¿De Guantánamo?

La enfermera le sonrió y le tomó las constantes a Robby: temperatura, pulso y tensión arterial. Lo hacían cada cuatro horas, estuviera despierto o dormido. Su pequeño estaba tan acostumbrado que apenas se movía. Un niño no debía acostumbrarse a algo así. Nunca.

Kuntz se sentó junto a su hijo y se dejó invadir por el horror de la impotencia, una sensación que ya le era familiar. La enfermera le vio la aflicción en el rostro. Todas lo veían, pero sabían que no debían mostrarse condescendientes ni intentar aliviar a los acompañantes con mentiras piadosas

—Volveré dentro de un rato —se limitó a decir, y él lo agradeció.

Kuntz repasó sus mensajes de texto. Había varios urgentes de Larry. Kuntz ya se lo esperaba. Esperó a que llegara Barb. Le dio un beso en la frente y se despidió.

—Tengo que irme un rato. Trabajo.

Barb asintió, sin pedir detalles que no necesitaba.

Kuntz cogió un taxi y se dirigió al apartamento de Park Avenue. Le abrió la puerta la atractiva esposa de Larry Powers, Laurie. Kuntz nunca había entendido a los hombres que engañan a sus mujeres. Tu esposa es la mujer a quien quieres más que a nada en el mundo, tu única compañera de verdad, una parte de ti mismo. O la quieres con todo tu corazón o no la quieres. Y si no la quieres, es hora de pasar página.

Laurie Powers siempre tenía una sonrisa a punto. Llevaba un collar de perlas y un sencillo vestido negro que tenía pinta de costar mucho dinero..., o quizá fuera Laurie la que costaba mucho dinero. Laurie Powers procedía de una familia rica, y tal vez no se perdería la clase ni con un vestidito de playa.

—Te espera —dijo—. Está en el estudio.

—Gracias.

—¿John?

Kuntz se volvió.

—¿Pasa algo?

—No creo, señora Powers.

—Laurie.

—Vale —dijo él—. ¿Y usted qué tal, Laurie?

—¿Yo?

—Usted, ¿todo bien?

—Yo estoy bien —respondió ella, recolocándose un mechón de pelo tras la oreja—. Pero Larry... Hace un tiempo que no parece el mismo. Sé que tu misión es protegerle.

—Y lo haré. No tenga dudas, Laurie.

—Gracias, John.

He aquí una de las pequeñas lecciones que da la vida: si alguien espera a uno en su estudio, es que tiene dinero. La gente normal tiene un despacho, o un salón, o quizás una sala de juegos. La gente rica tiene un estudio. Aquel era especialmente opulento, lleno de libros encuadernados en cuero, con globos terráqueos de madera y alfombras orientales. Parecía el lugar por donde pasaría Bruce Wayne antes de dirigirse a su Batcueva.

Larry Powers estaba sentado en un sillón de orejas de cuero de color borgoña. Tenía en la mano una copa de algo que parecía coñac. Había estado llorando.

—¿John?

Kuntz se acercó y le quitó la copa de la mano. Echó un vistazo a la botella y vio que faltaba una barbaridad.

—No puedes beber así.

—¿Dónde has estado?

—Me he ocupado de nuestro problema.

El problema era a la vez sencillo y terrible. Dado que su producto podía dar lugar a consideraciones relacionadas con la religión o las creencias personales, el banco que había emitido la oferta pública de venta había insistido en establecer cláusulas de moralidad, entre ellas una relativa al adulterio. El caso era que si se hacía público que Larry Powers frecuentaba una página web de *sugar babies* y que, de hecho, la había utilizado para procurarse los servicios sexuales de chicas universitarias, más le valdría decir adiós a la salida en bolsa. Adiós, diecisiete millones de dólares. Adiós a los mejores tratamientos médicos para Robby. Adiós al viaje a las Bahamas con Barb.

Adiós a todo.

—He recibido un email de Kimberly —dijo Larry, y volvió a echarse a llorar.

—¿Qué decía?

—Que han matado a su madre.

—¿Te ha dicho eso?

—Claro que me lo ha dicho. Por Dios, John, te conozco.

—Calla —respondió Kuntz, y su tono de voz fue como una bofetada—. Escúchame.

—No tenía que haber ido así, John. Podríamos haber empezado de nuevo. Habría otras oportunidades. Lo habríamos resuelto.

Kuntz se lo quedó mirando. Sí, claro. Otras oportunidades. Para él era fácil decirlo. El padre de Larry había comerciado con bonos, había hecho mucho dinero toda su vida, y había enviado a su hijo a una universidad de lujo. Laurie procedía de una familia acaudalada. Ninguno de los dos tenían ni idea.

—Podríamos haber...

—Cállate, Larry. —Lo hizo—. ¿Qué te ha contado Kimberly exactamente?

—No me lo ha contado. Ha sido por email. Ya te lo he dicho. Nunca hablamos por teléfono. Y no es mi email de verdad. Es mi cuenta de la web.

—Vale, muy bien. ¿Qué decía su email?

—Que habían matado a su madre. Ella creía que había sido algún ladrón, al intentar robar en la casa.

—Tal vez fuera eso —aventuró Kuntz.

Silencio.

Luego Larry irguió la espalda.

—Kimberly no es una amenaza. Ni siquiera sabe cómo me llamo.

Kuntz ya había analizado los pros y los contras de silenciar a la hija de Heidi, Kimberly, pero al final decidió que sería más peligroso matarla. En aquel momento, la policía no tendría absolutamente ningún motivo para relacionar el asesinato de Heidi Dann con el de Ingrid Prisby. Las separaban más de seiscientos cuarenta kilómetros. Incluso había usado dos pistolas diferentes. Pero si de pronto le ocurriera algo a la hija de Heidi, eso llamaría demasiado la atención.

Larry aseguraba que no había usado su nombre auténtico con Kimberly. La página web mantenía la identidad de los hombres en secreto. Sí, claro, Kimberly podría reconocerlo si se publicaba su foto en los periódicos, pero ya habían decidido convertir a Larry en el tímido director general y dejar que fuera el presidente quien diese la cara ante los medios cuando se anunciara oficialmente la salida a bolsa. Y si la chica daba algún problema más adelante, Kuntz ya pensaría en cómo gestionarlo llegado el momento.

Larry se puso en pie y se puso a caminar tambaleándose ligeramente.

—¿Cómo han sabido de mí estos tipos? —lloriqueó—. La página es anónima.

—Has tenido que pagar por los servicios, ¿no?

—Sí, claro, con una tarjeta de crédito.

—Pues la tarjeta tiene que estar a nombre de alguien, Larry. Así es como lo han sabido.

—¿Y alguien le ha hablado de ello a la madre de Kimberly?

—Sí.

—¿Por qué?

—¿Por qué crees tú, Larry?

—¿Chantaje?

—Premio.

—Pues paguémosles, y ya está.

Kuntz había pensado en eso, pero en primer lugar a ellos

no les habían pedido nada, y en segundo, eso dejaba demasiados cabos sueltos. Los chantajistas, sobre todo los más fanáticos, no eran fiables. Cuando llegó a Ohio aún no sabía gran cosa sobre la amenaza. Lo que sí sabía era que Heidi Dann había quedado destrozada al recibir la noticia de que su hija se había metido en algo parecido a la prostitución. Conocía los alias de los clientes, pero por suerte no había hablado del asunto con su hija. Después de insistirle un poco, Heidi le había hablado a Kuntz de la joven pareja que se le había acercado al salir del Red Lobster. Kuntz le había enseñado sus credenciales a un chaval que trabajaba en la oficina de seguridad del restaurante, había conseguido el vídeo de la joven pareja hablando con Heidi y se había apuntado la matrícula.

A partir de ahí, todo había sido fácil. La agencia de alquiler de coches le había dado el nombre de Lauren Barna y él lo había relacionado con Ingrid Prisby. Luego había seguido el rastro de su tarjeta de crédito y se había enterado de que se alojaba en un motel cerca del Delaware Water Gap.

—¿Así que ya está? —preguntó Larry—. Ya se ha acabado, ¿no?

—No, aún no.

—No quiero más derramamiento de sangre. Por favor. No me importa si no podemos sacar la compañía a bolsa. Pero no le hagas daño a nadie más.

—Tú le has hecho daño a tu mujer.

—¿Qué?

—Engañándola. Le has hecho daño, ¿no?

Larry abrió la boca, la cerró y volvió a abrirla.

—Pero... Quiero decir... Ella no está muerta. No puedes comparar.

—Claro que puedo. Le has hecho daño a una persona querida, y te preocupas por unos extraños que pueden hacerte daño.

—Estás hablando de asesinato, John.

—Yo no estoy hablando de nada, Larry. Eres tú quien lo dice. Yo he oído que la madre de Kimberly murió a manos de un ladrón que entró a robar en su casa. Eso es bueno, porque si alguien le hubiera hecho algún daño (pongamos que fuera alguien que trabaja para ti), esa persona podría hacer un trato con la policía y confesar que actuaba por encargo. ¿Me sigues?

Larry no dijo nada.

—¿Tienes algún otro asunto turbio que necesites que te arregle, Larry?

—No —respondió en voz baja—. Nada.

—Bien. Porque nada va a detener la salida a bolsa de la compañía. ¿Lo entiendes?

Asintió.

—Ahora deja de beber, Larry. Recobra la compostura.

41

Thomas y Ryan sorprendieron a Adam. No protestaron ni ofrecieron resistencia. Se apresuraron a coger sus cosas y se pusieron en marcha. Abrazaron a su padre, que aún estaba con los dos policías en la puerta, y le dieron un beso cada uno. Len Gilman sonrió, le dio una palmadita en la espalda a Ryan y dijo:

—Tu padre nos está ayudando con una cosa.

Adam hizo un esfuerzo por no poner los ojos en blanco al oír aquello. Les dijo a los chicos que no se preocupasen y que ya les diría algo en cuanto supiera qué estaba pasando.

En cuanto se fueron los chavales, Adam se dirigió al coche patrulla. Se preguntó qué pensarían los vecinos, aunque en realidad no le importaba un carajo. Le dio una palmada en el hombro a Len Gilman y dijo:

—Si se trata de esa tontería del dinero del lacrosse...

—No es eso —dijo Len, y su voz sonó como un portazo.

Durante el trayecto no hablaron. Adam iba sentado detrás. El otro policía —que era joven y no se había presentado— iba al volante, y Len Gilman, en el asiento del acompañante. Adam se imaginaba que irían a la comisaría de Cedarfield, en Godwin Road, pero cuando tomaron la carretera principal se dio cuenta de que iban a Newark. Tomaron la interestatal 280 y llegaron a la oficina del sheriff del condado, en West Market Street.

El coche se detuvo y Len Gilman bajó. Adam quiso accionar la manija, pero en la parte trasera de los coches patrullas no hay. Esperó a que Len le abriera la puerta. Salió y el coche se fue.

—¿Desde cuándo trabajas para el condado? —le preguntó Adam.

—Me han pedido un favor.

—¿Qué está pasando, Len?

—Solo unas preguntas, Adam. No te puedo contar más.

Entraron y Len le llevó por un pasillo hasta una sala de interrogatorios.

—Siéntate.

—¿Len?

—¿Qué?

—Sé lo que es estar al otro lado, así que hazme un favor. No me hagas esperar demasiado, ¿vale? No hará que tenga más ganas de cooperar.

—Tomo nota —dijo Len, y cerró la puerta al salir.

Pero evidentemente no le hizo caso. Tras una hora de espera a solas, Adam se puso en pie y golpeó la puerta. Len Gilman la abrió. Adam abrió los brazos y dijo:

—¿De verdad? ¿Es necesario?

—No estamos jugando contigo —dijo Len—. Estamos esperando a alguien.

—¿A quién?

—Danos quince minutos.

—Vale, pero déjame ir a mear.

—No hay problema. Te acompaña...

—No, Len. Estoy aquí voluntariamente. Iré al baño solito, como un niño grande.

Fue al baño, regresó, se sentó en la silla y se puso a mirar el teléfono. Repasó una vez más los mensajes de texto. Andy Gribbel se había ocupado de sus compromisos para la mañana. Adam buscó la dirección de Gabrielle Dunbar. Vivía en pleno centro de Fair Lawn.

¿Podría llevarlo hasta el desconocido?

Por fin se abrió la puerta de la sala de interrogatorios. Entró primero Len Gilman, seguido de una mujer a quien Adam le calculó poco más de cincuenta años. Su traje pantalón era de un tono que podría describirse como verde institucional, llevaba una blusa con las solapas demasiado largas y puntiagudas, y un corte de cabello que a Adam le recordó el de los jugadores de hockey de los años setenta.

—Siento haberlo hecho esperar —se disculpó la mujer.

Tenía un leve acento, quizá del Medio Oeste. Sin duda no era de Nueva Jersey. Tenía el rostro huesudo, una de esas caras que recuerdan el trabajo en los campos y los bailes en grupo.

—Me llamo Johanna Griffin —dijo, tendiéndole una enorme mano. Él se la estrechó.

—Yo soy Adam Price, pero supongo que eso ya lo sabe.

—Por favor, siéntese.

Se sentaron uno a cada lado de la mesa. Len Gilman se quedó de pie, apoyado contra la pared en una esquina, intentando adoptar una postura natural.

—Gracias por venir —dijo Johanna Griffin.

—¿Usted quién es? —preguntó Adam.

—¿Perdone?

—Supongo que tiene algún rango o...

—Soy jefa de Policía —respondió. Luego, después de pensárselo un poco, añadió—: De Beachwood.

—No conozco Beachwood.

—Está en Ohio. Cerca de Cleveland.

Adam no se lo esperaba. Se quedó sentado, a la espera de que prosiguiera.

Johanna Griffin apoyó un maletín en la mesa y lo abrió. Buscó algo dentro, sacó una fotografía y preguntó:

—¿Conoce a esta mujer?

Le pasó la fotografía por encima de la mesa. Era un rostro serio sobre un fondo liso, probablemente la foto de un carné de conducir. Adam no tardó ni un segundo en reconocer a aquella mujer rubia. La había visto solo una vez, a oscuras, y estaba a cierta distancia, al volante de un coche. Pero lo supo enseguida.

Aun así, vaciló.

—¿Señor Price?

—Podría saber quién es.

—¿Podría?

—Sí.

—¿Y quién podría ser?

No estaba muy seguro de qué decir.

—¿Por qué me pregunta esto?

—No es más que una pregunta.

—Ya, y yo no soy más que un abogado. Así que dígame por qué quiere saberlo.

Johanna sonrió.

—Así que es así como quiere jugar.

—No quiero jugar a nada. Solo quiero saber...

—Por qué se lo preguntamos. Ya llegaremos a eso. —Señaló la fotografía—. ¿La conoce, sí o no?

—No nos hemos visto nunca.

—Oh, estupendo —dijo Johanna Griffin.

—¿Qué?

—¿Ahora vamos a jugar con los matices de la semántica? ¿Sabe quién es, sí o no?

—Creo que sí.

—Genial. Fantástico. ¿Y quién es?

—¿No lo saben?

—No se trata de lo que sabemos, Adam. Y la verdad es que no tengo mucho tiempo, así que vayamos al grano. Se llama Ingrid Prisby. Usted le pagó doscientos dólares a John Bonner, vigilante del aparcamiento del American Legion Hall, para que le diera su número de matrícula. Le pidió a un inspector de policía retirado llamado Michael Rinsky que buscara ese número de matrícula. ¿Quiere decirnos por qué hizo todo eso?

Adam no respondió.

—¿Qué relación tiene con Ingrid Prisby?

—No tengo ninguna relación —respondió, midiendo las palabras—. Solo quería preguntarle una cosa.

—¿Qué es lo que quería preguntarle?

Adam sintió que la cabeza le daba vueltas.

—¿Adam?

No se le pasó por alto que la policía había dejado de llamarlo señor Price y había pasado a Adam, que era más informal. Echó una mirada a la esquina. Len Gilman tenía los brazos cruzados y el rostro impasible.

—Esperaba que pudiera ayudarme con un asunto confidencial.

—Olvídese de ese «confidencial», Adam —respondió ella. Echó mano de su maletín otra vez y sacó otra fotografía—. ¿Conoce a esta mujer?

Dejó sobre la mesa la foto de una mujer sonriente que debía de tener más o menos su misma edad. Adam hizo que no con la cabeza.

—No, no la conozco.

—¿Está seguro?

—No la reconozco.

—Se llama Heidi Dann. —A Johanna Griffin le falló un poco la voz—. ¿Le dice algo ese nombre?

—No.

Johanna le miró fijamente.

—Quiero que esté seguro de lo que dice, Adam.

—Lo estoy. No conozco a esta mujer. No había oído nunca su nombre.

—¿Dónde está su esposa?

El repentino cambio de tema le dejó descolocado.

—¿Adam?

—¿Qué tiene que ver mi mujer con todo esto?

—Parece que tiene muchas preguntas, ¿no? —replicó ella, endureciendo la voz—. Empieza a resultar muy molesto. Parece que su mujer es sospechosa de haber robado una gran cantidad de dinero.

Adam miró en dirección a Len, que seguía impasible.

—¿De eso se trata? ¿De acusaciones falsas?

—¿Dónde está?

Esta vez Adam se pensó un poco más su respuesta.

—Está de viaje.

—¿Adónde?

—No me lo dijo. ¿Qué demonios está pasando aquí?

—Quiero saber...

—La verdad es que no me importa lo que quiera saber. ¿Estoy detenido?

—No.

—Entonces puedo levantarme y marcharme en cualquier momento, ¿verdad?

Johanna Griffin lo miró fijamente a los ojos.

—Así es, sí.

—Es para aclarar las cosas, ¿sabe?

—Queda claro.

Adam irguió ligeramente la espalda, tratando de aprovechar la ventaja obtenida.

—Y ahora me preguntan por mi esposa. Así que o me dicen qué está pasando o...

Johanna Griffin sacó otra fotografía.

La deslizó sobre la mesa sin decir palabra. Adam se quedó helado. Miró la fotografía, paralizado. Nadie se movió. Nadie dijo una palabra. Adam sintió que su mundo se tambaleaba. Intentó recobrar la compostura, intentó hablar.

—¿Es...?

—¿Ingrid Prisby? —dijo Johanna, acabando la frase—. Sí, Adam. Esa es Ingrid Prisby, la mujer a quien quizá conozca.

A Adam le costaba respirar.

—Según el forense, murió por un disparo en el cerebro. Pero antes de hablar de eso, ¿ve esto? Por si se lo está preguntando, creemos que el asesino se lo hizo con un cúter. No sabemos durante cuánto tiempo debió de sufrir.

Adam no podía apartar la mirada.

Johanna Griffin sacó otra fotografía.

—A Heidi Dann le dispararon primero en la rótula. Tampoco sabemos durante cuánto tiempo la torturó el asesino; pero al final pasó lo mismo. Una bala en el cerebro.

Adam tragó saliva, no sin dificultad.

—¿Y ustedes creen...?

—No sabemos qué creer. Pero queremos saber qué sabe de todo esto.

Adam meneó la cabeza.

—Nada.

—¿De verdad? Pues déjeme que le exponga el resto de la cronología. Ingrid Prisby, de Austin, en Texas, voló al aeropuerto de Newark desde Houston. Se alojó sola, una noche, en el Courtyard Marriott, junto al aeropuerto. Allí mismo alquiló un coche y fue con él al American Legion Hall de Cedarfield. La acompañaba un hombre.

»Ese hombre habló con usted en el interior del American Legion Hall. No sabemos qué se dijeron, pero sí sabemos que unos días después usted pagó al vigilante del aparcamiento para que le diera su matrícula y presumiblemente les siguió los pasos a los dos. Mientras tanto, Ingrid se fue con ese mismo coche de alquiler a Beachwood, en Ohio, donde tuvo una conversación con esta mujer.

Con la mano temblorosa, con algo que parecía rabia mal controlada, Johanna Griffin puso el dedo sobre la fotografía de Heidi Dann.

—Poco después, esta mujer, Heidi Dann, recibió un disparo en la rótula y luego le metieron una bala en la cabeza. En su casa. No había pasado mucho tiempo: aún estamos recomponiendo la cronología, pero sería entre doce y veinticuatro horas más tarde. Ingrid Prisby fue mutilada y asesinada en una habitación de hotel en Columbia, en Nueva Jersey, cerca del Delaware Water Gap.

Dejó caer la espalda sobre la silla.

—¿Cómo encaja usted en todo esto, Adam?

—No pensarán...

Pero era evidente que sí lo pensaban.

Adam necesitaba tiempo. Necesitaba reordenar sus ideas, pensar a fondo y decidir qué hacer.

—¿Tiene algo que ver todo esto con su matrimonio? —preguntó Johanna Griffin.

—¿Qué? —respondió Adam, levantando la mirada.

—Len me dice que Corinne y usted habían tenido algún problema hace unos años.

Adam se volvió de golpe hacia la esquina.

—¿Len?

—Eso es lo que se decía, Adam.

—¿Así que ahora la policía trabaja a partir de rumores?

—No exclusivamente —respondió Johanna—. ¿Quién es Kristin Hoy?

—¿Qué? Es una amiga íntima de mi esposa.

—Y también suya, ¿no? Últimamente ustedes dos han hablado mucho.

—Porque... —Se frenó.

—¿Porque...?

Era demasiado, y demasiado de golpe. Deseaba confiar en la policía, pero le resultaba imposible. La policía tenía una teoría, y Adam sabía que cuando se creaban una teoría resultaba difícil, si no ya imposible, hacerles ver los hechos en lugar de retorcerlos para que encajaran con lo que creían. Adam recordó que el viejo Rinsky le había advertido que no hablara con la policía. Las cosas se habían complicado, desde luego, pero eso no significaba que hubiera abandonado la idea de encontrar a Corinne por su cuenta, ¿no?

No sabía qué pensar.

—¿Adam?

—Tan solo hablamos de mi mujer.

—¿Usted y Kristin Hoy?

—Sí.

—¿De qué, en particular?

—De su reciente... viaje.

—Su viaje. Vale, ya veo. Se refiere a ese viaje que hizo que dejara el trabajo sin previo aviso, para no volver, y que no respondiera siquiera a los mensajes de texto que le enviaban sus hijos, ¿no?

—Corinne me dijo que necesitaba tiempo —explicó Adam—. Supongo, dado que es evidente que han interceptado mis comunicaciones (y no olvide que soy abogado y que algunos de los mensajes que han interceptado podrían considerarse información clasificada) que también habrán leído ese SMS.

—Muy práctico.

—¿El qué?

—Ese mensaje de texto de su mujer. Toda esa historia de alejarse de todo y que no la busquen. Es práctico, porque sirve para ganar tiempo. ¿No le parece?

—¿De qué está hablando?

—Ese mensaje podría haberlo enviado cualquiera, ¿no le parece? Hasta usted mismo.

—¿Por qué iba yo a...?

—Ingrid Prisby se presentó en el American Legion Hall con un hombre —dijo Johanna—. ¿Quién es?

—No me dijo su nombre.

—¿Qué le dijo?

—No tiene nada que ver con esto.

—Claro que sí. ¿Le amenazó?

—No.

—Y Corinne y usted no tienen ningún problema conyugal, ¿verdad?

—Yo eso no lo he dicho. Pero no tiene nada...

—¿Quiere hablarnos de su encuentro de anoche con Sally Perryman?

Silencio.

—¿Es otra amiga de su esposa?

Adam se detuvo de golpe. Respiró hondo. Por una parte habría querido contárselo todo a Johanna Griffin. Lo deseaba de verdad. Pero en ese momento Johanna Griffin parecía decidida a cargarle con la responsabilidad de todas aquellas barbaridades, o cargárselas a Corinne. Quería colaborar. Quería saber más de aquellos asesinatos, pero también conocía la regla de oro: no hace falta desdecirse de lo que no se ha dicho. Esa mañana tenía un plan: ir a la casa de Gabrielle Dunbar en Fair Lawn y conseguir que le dijera el nombre del desconocido. Seguiría ese plan. Con el coche no tardaría mucho en llegar.

Lo mejor era que eso le daría ocasión de pensar.

—Tengo que irme —anunció mientras se ponía en pie.

—Está de broma, ¿no?

—No. Si quiere que la ayude, deme unas horas.

—Estamos hablando de dos mujeres muertas.

—Lo entiendo —dijo Adam, de camino a la puerta—. Pero están enfocándolo mal.

—¿Y cómo deberíamos enfocarlo?

—El hombre que viajaba con Ingrid —dijo Adam—. El del American Legion Hall.

—¿Qué le pasa?

—¿Saben quién es?

Ella se giró y miró a Len Gilman, y luego volvió a mirar a Adam.

—No.

—¿Ni idea?

—Ni idea.

Adam asintió.

—Pues es la persona clave. Encuéntrenlo.

42

Tal vez la casa de Gabrielle Dunbar hubiese tenido encanto en el pasado, pero a lo largo de los años aquella modesta casa típica de Nueva Inglaterra se había convertido en una casa anodina como tantas otras con una serie de añadidos, actualizaciones y supuestas «mejoras». Más que darle personalidad, los toques arquitectónicos más recientes, como ventanales y torretas, se la quitaban y le daban un aspecto artificioso.

Adam se acercó a la puerta principal, rodeada de ornamentos, y llamó a un timbre que produjo una elaborada melodía. No había querido que la policía lo llevara de vuelta a casa, así que había usado la app de Uber para pedir un coche que lo llevara hasta allí. Andy Gribbel iba de camino para recogerlo y llevarlo después a la oficina. Adam no esperaba que aquello le llevara mucho tiempo.

Gabrielle le abrió la puerta. Adam la reconoció de las fotos de Facebook. Su cabello era negro azabache, tan liso que debía de habérselo planchado. Tenía una sonrisa acogedora en el rostro, pero esta se borró en el momento en que vio a Adam.

—¿Puedo ayudarle? —preguntó con un temblor en la voz. No abrió la mosquitera. Adam fue al grano.

—Siento presentarme sin avisar. Me llamo Adam Price. —Intentó que aceptara su tarjeta de visita, pero la mosquitera seguía cerrada. Se la introdujo por el espacio entre la mosquitera y el marco—. Soy abogado en Paramus.

Gabrielle se quedó inmóvil. Parecía cada vez más pálida.

—Estoy trabajando en el caso de una herencia, y... —Levantó el teléfono, mostrándole la pantalla. Usó los dedos para aumentar la imagen, de modo que pudiera ver más claramente el rostro del desconocido—. ¿Conoce a este hombre?

Gabrielle Dunbar acercó la mano al marco de la puerta y cogió la tarjeta de visita. Se la quedó mirando un buen rato. Luego se fijó por fin en la imagen que aparecía en el iPhone de Adam. Tras unos segundos, meneó la cabeza y dijo:

—No.

—Por lo que parece era una fiesta en una oficina. Sin duda usted...

—Tengo que dejarlo —dijo ella.

El temblor se había convertido en algo más próximo al pánico o al miedo. Estaba cerrando la puerta.

—¿Señora Dunbar?

Ella vaciló.

Adam no sabía muy bien qué decir. La había asustado. Eso era evidente. La había asustado, y eso significaba que debía de saber algo.

—Por favor —le suplicó—. Necesito encontrar a este hombre.

—Ya se lo he dicho. No lo conozco.

—Yo creo que sí.

—Salga de mi propiedad.

—Mi esposa ha desaparecido.

—¿Qué?

—Mi esposa. Este hombre hizo algo, y ahora ella ha desaparecido.

—No sé de qué está hablando. Por favor, váyase.

—¿Quién es él? Es lo único que quiero saber. Su nombre.

—Ya se lo he dicho. No sé quién es. Por favor, tengo que irme. Yo no sé nada.

La puerta empezó a cerrarse de nuevo.

—No dejaré de buscar. Dígaselo. No pararé hasta que descubra la verdad.

—Salga de mi propiedad, o llamaré a la policía —amenazó ella, y cerró de un portazo.

Gabrielle Dunbar paseó arriba y abajo durante diez minutos, repitiendo las palabras «so hum» una y otra vez. Había aprendido ese mantra en sánscrito en clase de yoga. Al final de la clase, la profesora les hacía tenderse boca arriba en la posición del cadáver. Les decía que cerraran los ojos y repitieran «So hum» durante cinco minutos. La primera vez le había parecido una tontería. Pero luego, al cabo de dos o tres minutos, había empezado a sentir cómo las toxinas del estrés abandonaban su cuerpo.

—So... hum...

Abrió los ojos. No funcionaba. Primero tenía que hacer un par de cosas. Missy y Paul tardarían unas horas en volver del colegio. Eso estaba bien. Le dejaba tiempo para prepararse y hacer las maletas. Cogió el teléfono, buscó entre sus favoritos y seleccionó Capullo Integral.

El teléfono sonó dos veces, y luego respondió su ex.

—¿Gabs?

Aún le dolía aquel modo que tenía de llamarla. Era el

único que la llamaba así. Cuando empezaron a salir, a él le dio por llamarla «mi Gabs», y a ella le pareció algo encantador, como suele pasar cuando te enamoras, aunque luego, meses más tarde, ese mismo apelativo te provoque arcadas.

—¿Puedes quedarte con los niños? —preguntó, sin molestarse en ocultar su desesperación.

—¿Cuándo?

—Pensaba dejártelos esta noche.

—Estás de broma, ¿verdad? Llevo pidiéndote más visitas...

—Y ahora te las doy. ¿Puedes quedártelos esta noche?

—Estoy en Chicago, por trabajo, hasta mañana.

Mierda.

—¿Y Comosellame?

—Sabes perfectamente cómo se llama, Gabs. Tami está aquí, conmigo.

A Gabrielle nunca se la había llevado en viaje de negocios, acaso porque en los viajes de negocios solía verse con Tami, o con alguna de sus predecesoras.

—Tami —repitió Gabrielle—. ¿Pone un punto encima de la *i* o un corazoncito? Siempre se me olvida.

—Muy graciosa —dijo él. Pero no lo había sido, y Gabrielle lo sabía. Había sido una tontería. Tenía cosas mucho más importantes que pensar, como para sacarle punta a un matrimonio muerto hacía años—. Volveremos a primera hora de la mañana.

—Pues entonces, te los dejaré —dijo ella.

—¿Cuánto tiempo?

—Unos días. Ya te lo diré.

—¿Todo bien, Gabs?

—De maravilla. Besos a Tami.

Gabrielle colgó y miró por la ventana. Algo en su interior le había dicho que llegaría este día, desde la primera vez en que Chris Taylor se lo había planteado. Solo era cuestión de tiempo. Todo aquello resultaba enormemente atractivo, un negocio en el que todo eran ganancias, revelar verdades y hacer dinero, pero nunca se le había olvidado lo más obvio: que estaban jugando con fuego. La gente hace lo que sea por mantener ocultos sus secretos.

Hasta matar.

—So... hum...

Seguía sin funcionar. Subió al dormitorio. Aunque Gabrielle sabía que estaba sola en casa, cerró la puerta. Se estiró en la cama en posición fetal y se llevó el pulgar a la boca. Tal vez resultara embarazoso, pero cuando los «so hum» no funcionaban, recurrir a algo tan primitivo e infantil solía ser la solución. Acercó las rodillas al pecho y se permitió llorar un poco. Después, sacó el teléfono móvil. Usaba una VPN, una red privada virtual. No era un remedio infalible, pero de momento bastaría. Leyó la tarjeta de visita otra vez.

ADAM PRICE, ABOGADO

La había encontrado. Y si la había encontrado a ella, tenía sentido que también hubiera sido él quien hubiese encontrado a Ingrid.

Parafraseando aquella película de Jack Nicholson, hay personas que no encajan bien la verdad.

Gabrielle buscó en el cajón inferior de la cómoda, sacó una Glock 19 Gen4 y la puso sobre la cama. Merton se la había dado diciéndole que era la pistola ideal para una mujer. La había llevado a un campo de tiro en Randolph y le había enseñado a usarla. Estaba cargada y lista para usar. Al principio le preocupaba tener una pistola cargada en una casa con niños, pero el miedo a las posibles amenazas se había impuesto a la seguridad familiar.

Y ahora, ¿qué?

Muy sencillo. Seguir el procedimiento. Le hizo una fotografía a la tarjeta de Adam Price con el iPhone. La adjuntó a un email y escribió dos palabras antes de apretar el botón de enviar:

LO SABE.

43

Adam salió pronto del trabajo y se fue en coche al nuevo campo del instituto de Cedarfield, donde entrenaba el equipo de lacrosse de los chicos. Aparcó algo más allá, para que no le vieran, y observó a su hijo Thomas desde detrás de las gradas. Era algo que no había hecho nunca —ver un entrenamiento—, y tal vez no sabría decir qué estaba haciendo allí. Solo quería ver un rato a su hijo. Eso era todo. Adam recordó lo que le había dicho Tripp Evans en el American Legion Hall la noche en que había empezado todo aquello, que no podía creerse la suerte que tenían los que vivían como ellos, en lugares así.

«Estamos viviendo el sueño americano».

Tripp tenía razón, por supuesto, pero era curioso ver cómo describimos nuestro paraíso personal como «sueño». Los sueños son frágiles. Los sueños no duran. Un día te despiertas y... ¡puf!, el sueño ha desaparecido. Te revuelves y sientes que se va alejando de ti. Intentas aferrar los restos que aún flotan en el aire, pero no vale de nada. El sueño se disuelve y desaparece para siempre. Y allí de pie, mientras observaba a su hijo jugar a aquel deporte que tanto le gustaba, Adam no podía evitar la sensación de que, desde la visita del desconocido, estaban todos a punto de despertar del sueño.

El entrenador hizo sonar el silbato y les dijo a todos que formaran un corro. Lo hicieron y, unos minutos más tarde, se quitaron los cascos y se fueron corriendo al vestuario. Adam salió de detrás de las gradas. Thomas se paró de pronto cuando lo vio.

—¿Papá?

—Todo va bien —dijo Adam. Luego, al darse cuenta de que su hijo podría interpretar que Corinne había vuelto, añadió—: Quiero decir que no hay nada nuevo.

—¿Qué haces aquí?

—Hoy he salido antes del trabajo. Se me ha ocurrido venir a buscarte con el coche.

—Primero tengo que ducharme.

—No hay problema. Te espero.

Thomas asintió y se dirigió hacia el vestuario. Adam pensó en Ryan. Después de clase se había ido directamente a casa de Max. Adam le envió un mensaje de texto, preguntándole si ya estaría listo para que lo recogiera en cuanto Thomas saliera de la ducha. Así le ahorraría a su padre otro viaje. Ryan respondió: «np», y Adam tardó unos segundos en caer en que eso significaba «ningún problema».

Diez minutos más tarde, en el coche, Thomas le preguntó qué quería la policía.

—Ahora mismo es un poco difícil de explicar —respondió Adam—. No voy a decirte que es para protegeros, pero de momento tendréis que dejar que me ocupe yo.

—¿Tiene algo que ver con mamá?

—No lo sé.

Thomas no insistió. Pararon y recogieron a Ryan, que se subió al asiento trasero.

—¡Qué asco! ¿Qué es ese olor?

—Mi equipamiento de lacrosse —dijo Thomas.

—Apesta.

—Estoy de acuerdo —convino Adam, y bajó las ventanillas—. ¿Qué tal el cole?

—Bien —respondió Ryan. Y luego—: ¿Hay noticias de mamá?

—Aún no. —Adam vaciló un momento. No tenía muy claro si añadir algo más, pero luego decidió que saber parte de la verdad podría aliviarlos—. La buena noticia es que ahora se está ocupando la policía.

—¿Qué?

—Que ellos también van a buscar a mamá.

—La policía —repitió Ryan—. ¿Por qué?

Adam se encogió de hombros y dijo:

—Es como decía Thomas anoche. Ella no desaparecería así, sin más. Así que nos ayudarán a encontrarla.

Adam tenía claro que los chicos le harían más preguntas, pero en el momento en que entraban en su calle, Ryan dijo:

—Eh, ¿y esa quién es?

Johanna Griffin estaba sentada en los escalones de entrada a su casa. Cuando Adam entró en la vía de acceso al garaje, ella se puso en pie, alisándose los pantalones de color verde grisáceo. Sonrió y saludó con la mano, como una vecina que hubiera ido a pedir una tacita de azúcar. Dio unos pasos, como si nada, y se acercó.

—Hola, chicos —los saludó. Ellos salieron del coche. Los chicos no parecían muy convencidos—. Soy Johanna —añadió, y les estrechó la mano.

Thomas y Ryan miraron a su padre en busca de respuestas.

—Es una jefa de Policía —les aclaró.

—Bueno, oficialmente aquí no lo soy —matizó Johanna—. En Beachwood, en Ohio, soy la jefa Griffin. Pero aquí estoy fuera de mi jurisdicción, de modo que soy Johanna, sin más. Encantada de conoceros, chicos.

No dejaba de sonreír, pero Adam sabía que solo era fachada. Y tal vez los chicos también lo supieran.

—¿Le importa que entre? —le preguntó a Adam.

—No. Adelante.

Thomas abrió el maletero del coche y sacó su bolsa de lacrosse. Ryan se colgó del hombro una mochila cargada hasta los topes de libros de texto. Se dirigieron todos a la puerta, pero Johanna se quedó algo rezagada. Adam se quedó a su lado. Cuando los chicos estuvieron lo suficientemente lejos, le preguntó, sin más:

—¿Qué hace aquí?

—Hemos encontrado el coche de su esposa.

44

Adam y Johanna se sentaron en el salón. Los chicos estaban en la cocina. Thomas había puesto agua a hervir para hacer pasta. Ryan metió un paquete de verduras congeladas en el microondas. Eso los tendría entretenidos de momento.

—¿Y dónde han encontrado el coche de Corinne? —preguntó Adam.

—Primero tengo que hacerle una confesión.

—¿Y eso qué significa?

—Significa que lo que acabo de decir ahí fuera es verdad. No soy policía de Nueva Jersey. Bueno, de hecho, casi ni soy policía en mi estado. No me encargo de homicidios. De eso se ocupa la policía del condado. Y aunque me ocupara, aquí estoy muy lejos de mi jurisdicción.

—Pero la han enviado hasta aquí para interrogarme.

—No, he venido por mi cuenta. Conocí a un tipo de Bergen que llamó a otro de Essex, y me hicieron el favor de recogerlo y traerlo a comisaría.

—¿Y por qué me lo cuenta?

—Porque los chicos del condado se han enterado y se han cabreado. Así que oficialmente estoy fuera del caso.

—No la entiendo. Si no era su caso, ¿por qué ha venido hasta aquí?

—Porque una de las víctimas era amiga mía.

Adam lo entendió de repente.

—¿Esa tal Heidi?

—Sí.

—La acompaño en el sentimiento.

—Gracias.

—Bueno, ¿y dónde estaba el coche de Corinne?

—Un buen cambio de tema —observó ella.

—Ha venido a decírmelo.

—Es cierto.

—¿Entonces?

—En un hotel cerca del aeropuerto de Newark.

Adam hizo una mueca.

—¿Qué?

—Eso no tiene sentido —dijo Adam.

—¿Por qué no?

Adam le explicó lo de la app de localización del iPhone, que situaba a Corinne en Pittsburgh.

—Puede que fuera en avión a algún sitio y que allí alquilara un coche —aventuró Johanna.

—No se me ocurre adónde podría volar para después coger un coche y atravesar Pittsburgh. ¿Y dice que estaba en el aparcamiento de un hotel?

—Cerca del aeropuerto, sí. Lo encontramos justo antes de que se lo llevara la grúa. Por cierto, le pedí a la compañía de remolcaje que lo trajera aquí. Debería tenerlo en casa en una hora.

—Hay una cosa que no entiendo.

—¿Cuál?

—Si Corinne fuera a coger un vuelo, habría aparcado en el mismo aeropuerto. Es lo que hacemos siempre.

—No, si no quería que nadie supiera adónde iba. Quizá pensase que usted buscaría allí.

Adam meneó la cabeza.

—¿Que yo buscaría su coche en el aparcamiento de un aeropuerto? Eso no tiene sentido.

—¿Adam?

—¿Sí?

—Sé que no tiene ningún motivo para confiar en mí. Pero, por un momento, hablemos *off the record*.

—Es poli, no reportera. Los polis no hablan *off the record*.

—Usted escúcheme, ¿vale? Hay dos mujeres muertas. No voy a contarle lo especial que era Heidi, pero... Tiene que sincerarse conmigo. Tiene que contarme todo lo que sabe.

—Lo miró fijamente a los ojos—. Se lo prometo. Le prometo por el alma de mi amiga muerta que no usaré en contra de usted o de su mujer nada de lo que me diga. Solo quiero justicia para Heidi. Eso es todo. ¿Lo entiende?

Adam sentía que sus dudas iban a más.

—Pueden obligarla a testificar.

—Pueden intentarlo —dijo, y se acercó a él—. Por favor, ayúdeme.

Se lo pensó, pero no mucho. Ya no tenía elección. Johanna estaba en lo cierto. Había dos mujeres muertas, y Corinne quizá tuviera un verdadero problema. Ya no le quedaba ninguna pista sólida, solo una sensación inquietante con respecto a Gabrielle Dunbar.

—Primero dígame qué sabe usted.

—Ya se lo he contado casi todo.

—Dígame qué relación tiene Ingrid Prisby con su amiga.

—Muy sencillo —respondió Johanna—. Ingrid y ese tipo se presentaron en el Red Lobster. Hablaron. Al día siguiente, Heidi estaba muerta. Y un día más tarde, Ingrid estaba muerta.

—¿Sospecha del tipo que acompañaba a Ingrid?

—Desde luego, creo que nos puede ayudar saber quién es —contestó Johanna—. Supongo que también hablaron con usted, ¿verdad? En el American Legion Hall.

—Fue él quien me habló.

—¿Le dijo su nombre?

Adam negó con la cabeza.

—Dijo que era «el desconocido».

—Y después de que se fueran, trató de encontrarlo. O encontrarlos. Consiguió que ese vigilante del aparcamiento le diera la matrícula y la buscó.

—Descubrí el nombre de ella —contestó Adam—. Eso es todo.

—¿Y qué le dijo ese tipo en el American Legion Hall? El desconocido.

—Me dijo que mi esposa había fingido un embarazo.

Johanna parpadeó dos veces.

—¿Perdón?

Adam le contó la historia. En cuanto abrió la boca, todo salió como a borbotones. Cuando acabó, Johanna le hizo una pregunta que le resultó tan obvia como sorprendente:

—¿Cree que es cierto? ¿Cree que su mujer fingió el embarazo?

—Sí —respondió sin más, sin dudarlo. Ya no dudaba. Tal vez lo hubiera sabido desde el principio, desde el momento en que el desconocido se lo había contado, pero necesitaba combinar las piezas antes de poder ponerlo en palabras.

—¿Por qué? —preguntó Johanna.

—¿Por qué creo que es cierto?

—No. ¿Por qué cree que haría algo así?

—Porque yo la hacía sentir insegura.

Johanna asintió.

—¿Esa tal Sally Perryman?

—Sobre todo, supongo. Corinne y yo nos estábamos distanciando. Tendría miedo de perderme, de perder todo esto. No importa.

—En realidad, quizá sí.

—¿Y eso?

—Ilústreme —dijo Johanna—. ¿Qué estaba pasando en sus vidas cuando ella recurrió a esa página web para fingir el embarazo?

Adam no veía adónde quería llegar, pero tampoco veía motivo para no contárselo.

—Como decía, estábamos distanciándonos. Lo mismo de siempre, ¿no? Toda nuestra vida giraba en torno a los chicos y a la logística familiar: quién iba a hacer la compra, quién iba a fregar los platos, quién iba a pagar las facturas. Vamos, todas esas tonterías de la vida diaria. De verdad. Supongo que yo estaría pasando una crisis.

—¿Se sentía poco valorado?

—Me sentía... No lo sé. Sentía que ya no era un hombre. Ya sé cómo suena eso. Era un proveedor, un padre...

Johanna Griffin asintió.

—Y de pronto aparece esa tal Sally Perryman, que le presta atención.

—No de pronto, pero sí, empecé a trabajar en ese caso importante con Sally, que es guapa y vehemente, y que me mira como solía mirarme Corinne. Ya sé lo estúpido que suena.

—Suena normal —respondió Johanna—. No estúpido.

Adam se preguntó si lo decía de verdad o si le estaba tomando el pelo.

—En cualquier caso, supongo que a Corinne le preocupaba que la pudiera dejar. En ese momento yo no lo veía, supongo, o quizá no le diera importancia, no lo sé. Pero me había puesto esa app de rastreo en el iPhone.

—¿La que le dijo que estaba en Pittsburgh?

—Exacto.

—¿Y usted no lo sabía?

Adam negó con la cabeza.

—No, hasta que Thomas me lo dijo.

—Vaya. —Johanna meneó la cabeza—. ¿Así que su esposa le espiaba?

—No lo sé. Quizás. Eso es lo que creo que ocurrió. En unas cuantas ocasiones le dije que tenía que quedarme a trabajar hasta tarde. A lo mejor controló la app de rastreo y vio que estaba en casa de Sally más de lo necesario.

—¿No le decía dónde estaba?

—Era solo trabajo —dijo él, meneando la cabeza.

—Y entonces ¿por qué no se lo dijo?

—Porque, curiosamente, no quería que se preocupara. Sabía cómo reaccionaría. O quizás, en cierto modo, sentía que estaba haciendo algo malo. Podíamos habernos quedado en el despacho, pero me gustaba estar en su casa.

—Y Corinne se enteró.

—Sí.

—Pero ¿no pasó nada entre usted y Sally Perryman?

—Nada —repuso él, pero luego se lo pensó—. Aunque quizás estuvo a punto de pasar.

—¿Y eso qué se supone que significa?

—No lo sé.

—¿Tuvieron algún contacto? ¿Llegó a la segunda base? ¿Tercera base?

—¿Qué? No.

—¿No la besó?

—No.

—Y entonces ¿a qué viene toda esa culpa?

—Porque me habría gustado hacerlo.

—Sí, ya, y yo querría darle a Hugh Jackman un baño de esponja. ¿Y qué? Es inevitable tener deseos. Somos humanos. Olvídese de eso.

Adam no dijo nada.

—Así que su esposa le pidió explicaciones a Sally Perryman.

—Le llamó. No sé si le pidió explicaciones.

—¿Y Corinne no se lo dijo?

—Nunca.

—Le preguntó a Sally qué estaba pasando, pero no a usted. ¿Es así?

—Supongo.

—¿Y luego?

—Bueno, luego Corinne se quedó embarazada —dijo Adam.

—Quiere decir que fingió estar embarazada.

—Sí, eso.

—Vaya —dijo Johanna, mencando la cabeza de nuevo.

—No es lo que cree.

—No, es exactamente lo que creo.

—El embarazo me sorprendió, ¿sabe? Pero para bien. Me devolvió a tiempos pasados. Me recordó nuestras prioridades. Esa es la otra paradoja del asunto. Funcionó. Corinne hizo bien.

—No, Adam, no hizo bien.

—Me devolvió a la realidad.

—No, no lo hizo. Le manipuló. Probablemente habría vuelto a la realidad de todos modos. Y si no, quizás es que no tenía que volver. Lo siento, pero lo que hizo Corinne estuvo mal. Muy mal.

—Yo creo que quizás estuviera desesperada.

—Eso no es excusa.

—Este es su mundo. Su familia. Toda su vida. Luchó muy duro por construirla, y la veía amenazada.

Johanna soltó un suspiro.

—Adam... ¿Puedo tutearte?

—Claro.

—No hiciste lo que hizo ella, Adam. Eso lo sabes.

—También es culpa mía.

—No se trata de tener la culpa. Dudabas. Miraste hacia otra parte. Te preguntaste qué pasaría. No eres la primera persona que siente esas cosas. Podías llegar al final o no. Pero Corinne no te dio esa oportunidad. Decidió engañarte y vivir una mentira. Ni la defiendo ni la condeno. Cada matrimonio es un mundo. Pero tú no viste la luz, Adam. Alguien te puso una linterna en los ojos para deslumbrarte.

—A lo mejor era lo que necesitaba.

Johanna volvió a menear la cabeza.

—Pero no de ese modo. Estuvo mal. Eso tienes que verlo.

—Quiero a Corinne —dijo Adam, después de pensárselo un momento—. No creo que el embarazo fingido cambiara nada.

—Pero nunca lo sabrás.

—No es cierto. He pensado mucho en ello.

—¿Y tienes la seguridad de que te habrías quedado?

—Sí.

—¿Por los chicos?

—En parte.

—¿Y por qué más?

Adam echó el cuerpo adelante y se quedó mirando el suelo fijamente un momento. Estaba cubierto por una alfombra oriental azul y amarilla que habían comprado en una tienda de antigüedades de Warwick. Habían ido un día de octubre a recoger manzanas, pero habían acabado tomándose unas sidras en un bar, luego se habían comprado unos impermeables y se habían metido en una tienda de antigüedades.

—Porque por muchas situaciones complicadas en las que nos hayamos metido Corinne y yo, pese a las insatisfacciones, decepciones o resentimientos que hayan podido aflorar, no puedo imaginarme la vida sin ella. No me imagino envejeciendo sin ella. No me imagino no formar parte de su mundo.

Johanna se frotó la barbilla y asintió.

—Eso lo entiendo. De verdad. Mi marido, Ricky, ronca tan fuerte que es como dormir con un helicóptero. Pero yo siento lo mismo.

Se quedaron allí sentados un momento, asimilando todo aquello. Luego Johanna preguntó:

—¿Por qué crees que el desconocido te contó lo del embarazo falso?

—Ni idea.

—¿No te exigió dinero?

—No. Dijo que lo hacía por mí. Actuaba como si estuviera librando una cruzada. ¿Y tu amiga Heidi? ¿Ella también fingió un embarazo?

—No.

—Pues no lo entiendo. ¿Qué le dijo el desconocido?

—No lo sé —respondió Johanna—. Pero fuera lo que fuese, la llevó a la muerte.

—¿Tienes alguna idea?

—No —dijo Johanna—. Pero creo que podría conocer a alguien que quizá sepa algo.

45

LO SABE.

Chris Taylor leyó el mensaje y se preguntó una vez más cómo y en qué punto había ido mal. El asunto Price había sido un trabajo por encargo. Quizás hubiera sido ese el error, aunque en la mayoría de las ocasiones los trabajos por encargo —y solo había habido un puñado— eran los más seguros. Los pagos procedían de un tercero, una agencia de detectives de alto nivel. En cierto sentido era la mejor de las situaciones, porque no había (sí, a Chris no le asustaba usar la palabra) chantaje de por medio.

El protocolo normal era sencillo. Te enteras de un secreto terrible de una persona a través de la red. Esa persona tiene dos opciones: puede pagar para que el secreto no se sepa o puede elegir no pagar y que el secreto salga a la luz. Chris se sentía satisfecho en ambos casos. El resultado final podía ser un beneficio (si la persona pagaba el chantaje) o una catarsis (la persona limpiaba su conciencia). En cierto sentido, necesitaban que hubiera de todo. Necesitaban el dinero para que el negocio siguiera adelante. Y necesitaban sacar la verdad a la luz, porque de eso se trataba, eso era lo que hacía que su negocio fuera una iniciativa justa y buena.

Un secreto revelado es un secreto destruido.

Quizá, pensó Chris, ese era el problema de los trabajos por encargo. Eduardo era el que había insistido en cogerlos. Solo trabajarían, había dicho, con un grupo selecto de empresas de seguridad de alto nivel. Sería seguro, fácil y siempre rentable. Su modo de trabajar era de lo más sencillo. La empresa proponía un nombre. Eduardo buscaba en sus bases de datos para ver si encontraban algo; en ese caso, a Corinne Price le habían encontrado lo de Fake-A-Pregnancy.com. Cobraban una cantidad y revelaban el secreto.

Pero eso significaba, por supuesto, que Corinne Price no tenía la posibilidad de escoger. Sí, el secreto siempre se revelaba. Le había contado la verdad a Adam Price. Pero lo había hecho estrictamente por dinero. A la persona que cargaba con el secreto no se le ofrecía la opción de redimirse.

Y eso no estaba bien.

Chris usaba la palabra genérica «secreto», pero en realidad no eran solo secretos. Eran mentiras, infidelidades y cosas peores. Corinne Price le había mentido a su marido al fingir su embarazo. Kimberly Dann les había mentido a sus padres, que tan duro habían trabajado para mandarla a la universidad, sobre cómo conseguía el dinero para sus gastos. Kenny Molino había hecho trampa con los esteroides. El novio de Michaela, Marcus, había hecho algo aún peor al engañar a su compañero de piso y a la que luego sería su mujer con aquella grabación de sexo por venganza.

Los secretos, opinaba Chris, eran como cánceres. Los secretos se enconan. Los secretos se comen a la gente por dentro y solo dejan una fina carcasa. Chris había visto de cerca todo el daño que podían hacer los secretos. Cuando tenía dieciséis años, su querido padre, el hombre que le había enseñado a montar en bicicleta, que le había llevado al colegio y que entrenaba a su equipo de béisbol infantil, le había revelado un secreto terrible que ocultaba desde hacía mucho tiempo.

No era el padre biológico de Chris.

Unas semanas antes de su matrimonio, la madre de Chris había tenido un encuentro con un exnovio y se había quedado embarazada. Ella siempre había sospechado la verdad, pero esta no se hizo manifiesta hasta que hospitalizaron a Chris, tras un accidente de coche, y su padre, su querido padre, se ofreció a donar sangre.

—Toda mi vida —le dijo su padre— ha sido una gran mentira.

El padre de Chris había intentado hacer «lo correcto» en aquella ocasión. Se recordó a sí mismo que un padre no es un mero donante de semen. Un padre es el que está ahí cuando su hijo lo necesita, el que lo atiende, lo quiere y lo cría. Pero al final resultó que la mentira se había enquistado demasiado.

Chris se pasó tres años sin verlo. Ese es el efecto que tienen los secretos en la gente, en las familias, en la vida de la gente.

Cuando Chris acabó la carrera, encontró trabajo en una empresa emergente llamada Downing Place. Le gustaba trabajar allí. Tenía la sensación de haber encontrado un hogar. Pero pese a la presentación que hacía de sí misma la empresa, en realidad su trabajo consistía en potenciar secretos de la peor calaña. Chris acabó trabajando para una página web en particular que se llamaba Fake-A-Pregnancy.com. La compañía mentía; incluso se mentía a sí misma fingiendo que la gente compraba vientres de silicona como regalos «de broma» o como complementos para disfraces. Pero todos sabían la verdad. Sí, en teoría alguna mujer podría disfrazarse de embarazada para ir a una fiesta, pero... ¿ecografías falsas?, ¿falsos test de embarazo? ¿A quién querían engañar?

Eso no estaba bien.

Chris no tardó en reparar en que no tenía sentido poner a la empresa en evidencia. Le costaría demasiado trabajo y, por raro que pareciera, Fake-A-Pregnancy tenía competencia. Todas esas páginas webs la tenían. Y si ibas a por una de ellas, solo conseguirías fortalecer a las demás. Así que Chris recordó una lección que, paradójicamente, había aprendido de su «padre» cuando era niño: «Haz lo que puedas. Si quieres salvar al mundo, ve persona a persona».

Encontró a otras personas en empresas similares. Todas ellas tenían acceso a secretos similares, como él. Algunas estaban mucho más interesadas en los beneficios económicos de la iniciativa. Otras comprendían que lo que estaban haciendo era justo y correcto, y aunque Chris no quería convertirlo en una especie de cruzada religiosa, había algo en su nuevo negocio que le hacía sentir que se trataba de una misión virtuosa.

Al final había creado un grupo de cinco personas: Eduardo, Gabrielle, Merton, Ingrid y él mismo. Eduardo quería hacerlo todo por internet. Soltar la amenaza en línea. Revelar el secreto a través de un correo electrónico imposible de rastrear. Hacer que todo fuera completamente anónimo. Pero Chris no estaba de acuerdo. Lo que estaban haciendo, les gustara o no, tenía un efecto demoledor sobre la gente. Cambiaban vidas en un instante. Podían disfrazarlo cuanto quisieran, pero antes de su visita la persona tenía una vida, y después tenía otra completamente diferente. Eso había que hacerlo cara a cara. Había que tratarlos con compasión y humanidad. Sus secretos estaban protegidos por páginas webs sin rostro, máquinas, robots.

Ellos serían diferentes.

Chris leyó de nuevo la tarjeta de visita de Adam Price y el breve mensaje de Gabrielle:

LO SABE.

En cierto modo era como si le devolvieran la pelota. Ahora era él quien tenía un secreto, ¿no? Pero no, aquello era diferente. Su secreto no buscaba el engaño, sino la justicia. ¿Acaso no era eso lo que se decía a sí mismo? ¿Estaría racionalizando el secreto como tantas personas con las que se encontraba?

Chris sabía que lo que hacían era peligroso, que se estaban creando enemigos, que algunos no entenderían el favor que les hacían y que querrían tomar represalias o seguir viviendo en su burbuja.

Ahora Ingrid había muerto. Asesinada.

LO SABE.

Y la respuesta era obvia: había que detenerlo.

46

La residencia universitaria de Kimberly Dann estaba en una zona muy de moda del Greenwich Village neoyorquino. Pero Beachwood era otra cosa. Muchos de sus residentes habían emigrado desde Nueva York, huyendo del jaleo de la ciudad, para vivir en un lugar con una economía más relajada, casas más baratas e impuestos más bajos, algo imposible de encontrar en Manhattan. Johanna había viajado lo suficiente —era la sexta vez que iba a visitarla— como para saber que no había ningún lugar así en la isla. Desde luego, la ciudad dormía, descansaba y todo eso, pero en aquel lugar te notabas todos los sentidos activados. Te sentías enchufado. Percibías la energía.

La puerta se abrió justo en el momento en que Johanna llamó, como si Kimberly hubiera estado esperándola justo detrás, con la mano en el pomo.

—¡Tía Johanna!

El rostro de Kimberly se cubrió de lágrimas. Se dejó caer sobre Johanna, sin poder contener el llanto. Johanna la abrazó y dejó que llorara. Le acarició el cabello hasta la espalda, tal como había visto hacer a Heidi una docena de veces, como cuando Kimberly se había caído en el zoo y se había hecho un raspón en la rodilla, o cuando aquel capullo de

Frank Velle, que vivía en la misma manzana, le había retirado la invitación para el baile de fin de curso, porque había conseguido convencer para que le acompañara a Nicola Shindler, que le gustaba más.

Con la mano de la hija de su amiga en la mano, Johanna sintió que el corazón se le rompía otra vez. Cerró los ojos y trató de consolarla haciendo un sonido con la boca, como si Kimberly fuera un bebé. No le dijo «tranquila, todo irá bien», ni recurrió a otros tópicos. Tan solo la abrazó y la dejó llorar. Y luego se permitió llorar ella también. ¿Por qué no? ¿Por qué iba a fingir que aquello no la estaba destrozando también a ella?

Luego le preguntaría lo que quería saber. De momento, podían llorar las dos.

Al cabo de un rato, Kimberly la soltó y dio un paso atrás.

—Ya tengo la bolsa lista —dijo—. ¿Cuándo es nuestro vuelo?

—Primero sentémonos a hablar, ¿vale?

Buscaron dónde sentarse, pero como aquello era la habitación de una residencia, Johanna tomó asiento en la esquina de la cama, mientras que Kimberly se dejó caer en lo que parecía un puf. Era cierto que Johanna había ido a ver a Adam por voluntad propia, pero estaba en la zona por otro motivo. Le había prometido a Marty que acompañaría a Kimberly a casa para el funeral de Heidi.

«Kimmy está muy afectada —le había dicho Marty—. No quiero que viaje sola, ¿sabes?».

Johanna lo sabía.

—Necesito preguntarte algo —dijo Johanna.

—Vale —respondió Kimberly, aún secándose el rostro.

—La noche antes de que mataran a tu madre, hablasteis por teléfono, ¿verdad?

Kimberly se echó a llorar otra vez.

—¿Kimberly?

—La echo mucho de menos.

—Ya lo sé, cariño. Todos la echamos de menos. Pero necesito que te concentres un segundo, ¿vale?

Kimberly asintió, entre lágrimas.

—¿De qué hablasteis tu madre y tú?

—¿Qué importa eso ahora?

—Estoy investigando quién la mató.

Kimberly se echó a llorar otra vez.

—¿Kimberly?

—¿No fue un ladrón a quien mamá pilló infraganti?

Esa era una de las hipótesis de los chicos del condado. Que habían entrado en la casa unos drogadictos desesperados en busca de dinero y que, antes de que encontraran nada de valor, Heidi les había pillado y se la habían quitado de en medio.

—No, cariño. No fue eso lo que pasó.

—Entonces ¿qué?

—Eso es lo que estoy tratando de descubrir. Kimberly, escúchame. Otra mujer murió a manos de la misma persona.

Kimberly parpadeó como si alguien le hubiera dado un azote.

—¿Qué?

—Necesito que me digas de qué hablasteis tu madre y tú.

—No fue nada —respondió Kimberly, sin saber adónde mirar.

—No lo creo, Kimberly.

Kimberly se echó a llorar otra vez.

—He comprobado el registro telefónico. Tu madre y tú habíais intercambiado unos cuantos mensajes, pero este semestre solo habíais hablado por teléfono tres veces. La primera llamada duró seis minutos. La segunda, solo cuatro. Pero la noche antes de su asesinato hablasteis más de dos horas. ¿De qué hablasteis?

—Por favor, tía Johanna, eso ya no importa.

—Y un cuerno no importa —respondió Johanna, ahora con voz firme—. Cuéntamelo.

—No puedo...

Johanna se levantó de la cama y se puso de rodillas frente a Kimberly. Le cogió el rostro entre las manos y la obligó a mirarla a la cara.

—Mírame.

Tardó un rato, pero al final lo hizo.

—Lo que le pasó a tu madre no es culpa tuya. ¿Me oyes? Ella te quería y habría querido que siguieras con tu vida lo mejor posible. Yo estaré a tu lado. Siempre. Porque eso es lo que habría querido tu madre. ¿Me oyes?

La joven asintió.

—Y ahora —prosiguió Johanna—, necesito que me cuentes de qué hablasteis por teléfono.

47

Adam observó desde lo que le pareció una distancia de seguridad mientras Gabrielle Dunbar metía a toda prisa una maleta en el maletero de su coche.

Media hora antes, Adam había decidido ir a echarle otro vistazo a Gabrielle de camino al trabajo. Pero en el momento en que llegaba a su calle, se la encontró metiendo una maleta en el coche. Sus dos hijos —a quienes Adam calculó doce y diez años— arrastraban unas bolsas más pequeñas. Adam aparcó a un lado, manteniendo una distancia de seguridad, y observó.

Y ahora, ¿qué?

La noche antes, Adam había intentado contactar con las otras tres personas a quienes Gribbel había conseguido identificar y localizar en aquella fotografía de la página de Gabrielle Dunbar. Ninguno le había proporcionado ningún dato útil sobre el desconocido. No era de extrañar. Probara lo que probase, todos se mostraban desconfiados ante el «desconocido» (sí, una nueva paradoja) que les pedía, de un modo u otro, información sobre una persona, tal vez un amigo o un colega, a partir de una fotografía de grupo. Ninguno de ellos vivía lo suficientemente cerca para que Adam pudiera ir a verlos en persona, tal como había hecho con Gabrielle.

Así que había vuelto a pensar en Gabrielle Dunbar.

Aquella mujer ocultaba algo. El día anterior le resultó evidente, y de pronto se la encontraba saliendo de la casa a toda prisa con su equipaje.

¿Casualidad?

No lo creía. Se quedó en el coche y observó. Gabrielle metió la maleta en el maletero y tuvo que hacer un esfuerzo para cerrarlo. Metió a sus hijos en el coche, ambos en el asiento de atrás, y les puso el cinturón de seguridad. Abrió la puerta, se detuvo un momento y luego levantó la vista, justo en la dirección donde estaba él.

Mierda.

Adam se metió a toda prisa en el coche. ¿Lo habría visto? No creía. Y si lo había visto, ¿lo habría reconocido a aquella distancia? ¿Y si lo había visto? En realidad había ido a plantarle cara, ¿no? Volvió a salir lentamente, pero Gabrielle ya no miraba hacia allí. Se había metido en el coche y se había puesto en marcha.

Desde luego, hacer de espía se le daba fatal.

El coche de Gabrielle se alejaba. Adam pensó en el siguiente movimiento, pero no se lo pensó mucho. Había llegado hasta allí y no podía dejarlo. Metió la marcha y la siguió.

No tenía muy claro cuánta distancia debía dejar para no llamar la atención y al mismo tiempo no perderla. Todos sus conocimientos sobre persecuciones en coche procedían de su amplia experiencia como espectador de televisión. ¿A alguien se le ocurriría pensar que le están siguiendo, de no ser por las series de policías? Gabrielle giró a la derecha. Adam la siguió. Tomaron la carretera 208 y luego la interestatal 287. Adam comprobó el depósito de gasolina. Casi lleno. Vale, bien. Pero ¿durante cuánto tiempo pensaba seguirla? Y cuando alcanzara su destino, ¿qué pensaba hacer exactamente?

Paso a paso.

Sonó el móvil. Echó una mirada rápida y vio que en la pantalla aparecía el nombre JOHANNA.

Se había guardado su número en la agenda después de la visita de la noche anterior. ¿Confiaba plenamente en ella? Bastante, sí. Tenía un objetivo bastante sencillo: encontrar al asesino de su amiga. Mientras no se tratara de Corinne, Johanna podía ser un gran activo, e incluso una aliada. Y si resultaba que la asesina era Corinne, entonces tenía problemas más graves que confiar o no en una poli de Ohio.

—¿Sí?

—Estoy a punto de subir a un avión —dijo Johanna.

—¿Vuelves a casa?

—Ya estoy en casa.

—¿En Ohio?

—En el aeropuerto de Cleveland, sí. Tenía que llevar a la hija de Heidi a casa, pero me vuelvo a Newark en un rato. ¿Y tú?

—Estoy siguiendo a Gabrielle Dunbar.

—¿Siguiendo?

—Sí, como hacéis los polis, ¿no? —dijo, y procedió a explicarle su llegada a casa de Gabrielle en el momento en que ella cargaba el coche para marcharse.

—¿Y cuál es tu plan, Adam?

—No lo sé. Pero no puedo quedarme sentado sin hacer nada.

—En eso tienes razón.

—¿Por qué me llamabas?

—Anoche me enteré de algo.

—Escucho.

—Sea lo que sea lo que pasa aquí, no tiene que ver con una sola página web.

—No entiendo.

—Ese desconocido. No se limita a revelar embarazos falsos. Tiene acceso a otras páginas webs. O, al menos, a otra página web.

—¿Cómo lo sabes?

—He hablado con la hija de Heidi.

—¿Y cuál era su secreto?

—Le prometí que no se lo contaría a nadie; y no necesitas saberlo, créeme. Lo importante es que tu desconocido puede estar haciéndole chantaje a un montón de gente con motivos diversos, no solo por fingir embarazos.

—Y entonces ¿qué es lo que tenemos exactamente? —preguntó Adam—. ¿Ese desconocido e Ingrid chantajeaban a personas de todo tipo por lo que hacían en internet?

—Algo así, sí.

—¿Y por qué ha desaparecido mi mujer?

—No lo sé.

—¿Y quién mató a tu amiga? ¿Y a Ingrid?

—No lo sé y no lo sé. Quizás el chantaje saliera mal. Heidi era dura. Quizá les plantara cara. Quizás Ingrid y el desconocido discutieran.

Más allá, Gabrielle estaba tomando la salida a la carretera 23. Adam puso el intermitente y la siguió.

—¿Y cuál es la relación entre tu amiga y mi esposa?

—Aparte del desconocido, no veo ninguna.

—Un momento —dijo Adam.

—¿Qué?

—Gabrielle está parando en una casa.

—¿Dónde?

—Lockwood Avenue, en Pequannock.

—¿Eso está en Nueva Jersey?

—Sí.

Adam no estaba seguro de si debía frenar enseguida para permanecer por detrás o pasar por delante y buscar un sitio algo más adelante. Se decantó por la segunda opción, pasando por delante de la casa amarilla de dos alturas con la fachada lateral de aluminio y postigos rojos. Un hombre abrió la puerta principal, sonrió y se acercó al coche de Gabrielle. Adam no lo reconoció. Se abrieron las puertas del coche. La niña fue la primera en salir. El hombre le dio un abrazo incómodo.

—¿Qué está pasando? —preguntó Johanna.

—Falsa alarma, supongo. Da la impresión de que está dejando a los niños en casa de su ex.

—Vale. Están anunciando el embarque de mi vuelo. Te llamaré cuando aterrice. Mientras tanto, no hagas ninguna tontería.

Johanna colgó. El hijo de Gabrielle salió del coche. Otro abrazo incómodo. El que seguramente sería el ex de Gabrielle la saludó con un gesto de la mano. Quizás ella se lo devolviera, pero desde su posición no podía verlo. En la puerta apareció una mujer. Una mujer más joven. Mucho más joven. Lo mismo de siempre, pensó Adam. Gabrielle se quedó en el coche mientras el probable ex abrió el maletero. Sacó una de las maletas y volvió a cerrarlo. Luego se dirigió a la parte frontal del coche con gesto extrañado.

Gabrielle maniobró marcha atrás antes de que él llegase a su altura, salió de allí y reemprendió la marcha.

Y seguía llevando un montón de equipaje en el coche. ¿Adónde iría? Ya puestos...

Adam no vio motivo para no seguirla.

48

El coche de Gabrielle tomó la Skyline Drive en dirección a los montes Ramapo. Aquella carretera estaba a solo tres cuartos de hora de Manhattan, pero parecía otro mundo. Había leyendas sobre las tribus que aún vivían en aquella región. Algunos los llamaban los indios de los montes Ramapough, la nación Lenape o la nación Lunaape Delaware. Había quienes los consideraban nativos americanos. Otros decían que descendían de los primeros colonos holandeses. Y había quien pensaba que eran soldados alemanes o hessianos que habían combatido por los británicos durante la Guerra de Independencia, o esclavos libertos que habían encontrado un hogar en los desolados bosques del norte de Nueva Jersey. Muchos, demasiados, los habían apodado, quizás a modo de burla, los Jackson Whites. El origen de aquel nombre también era un misterio, pero tal vez tuviera algo que ver con su aspecto multirracial.

Como suele ocurrir con gente así, había montones de historias de miedo al respecto. Los adolescentes recorrían la Skyline Drive en coche, asustándose unos a otros con relatos de raptos, de personas secuestradas y arrastradas al interior del bosque o de fantasmas que clamaban venganza. Era un mito, por supuesto, pero los mitos pueden tener mucha fuerza.

¿Adónde demonios iba Gabrielle?

Se dirigían al bosque. Adam empezaba a sentir que se le taponaban los oídos: estaban ascendiendo. Gabrielle tomó la carretera 23. Adam la siguió casi una hora, hasta que cruzaron el estrecho puente de Dingman y entraron en Pennsylvania. Allí había menos tráfico. Adam seguía preguntándose cómo mantenerse tras ella sin que lo descubriera. Optó por no ser demasiado precavido, pues prefería que lo descubriera y le plantase cara antes que perderle el rastro por completo.

Echó un vistazo al teléfono. Tenía poca batería. Lo conectó al cargador que llevaba en la guantera. Apenas dos kilómetros más adelante, Gabrielle giró a la derecha. El bosque era cada vez más denso. Redujo la velocidad y giró por lo que parecía un camino de tierra privado. Una vieja inscripción sobre la piedra decía LAGO CHARMAINE – PRIVADO. Adam giró a la derecha y se detuvo tras un árbol enorme. No podía meterse en el camino con el coche, si realmente era un camino privado.

Y ahora, ¿qué?

Abrió la guantera y echó un vistazo al teléfono. La batería no había tenido mucho tiempo para cargarse, pero aún se mantenía al diez por ciento. Con eso bastaría. Se metió el móvil en el bolsillo y salió del coche. ¿Cuál sería el siguiente paso? ¿Dar un paseo hasta ese lago Charmaine y llamar al timbre, sin más?

Encontró un sendero cubierto de vegetación entre los árboles, en paralelo al camino. Serviría. El cielo, en lo alto, era de un precioso azul intenso. Las ramas invadían el paso, pero Adam las apartó. El bosque estaba en silencio, salvo por el ruido que hacía el propio Adam. Se detenía de vez en cuando para escuchar, pero no oía nada. Cuanto más se adentraba en el bosque, menos ruido oía. Ya ni siquiera le llegaba el rumor de los coches que pasaban por la carretera.

Cuando llegó a un claro, vio un ciervo ramoneando unas hojas. El ciervo levantó la vista, vio que Adam no constituía ningún peligro y siguió comiendo. Adam avanzó, y no tardó en encontrar el lago ante sí. En otras circunstancias, aquel lugar le habría encantado. El lago estaba inmóvil como un espejo, y reflejaba el verde de los árboles y el azul intenso del cielo. El panorama era precioso y relajante, y el ambiente era tan plácido que habría sido fantástico sentarse a contemplar el paisaje un rato. A Corinne le encantaban los lagos. El océano la asustaba un poco. Le parecía que las olas eran violentas e impredecibles. Pero los lagos eran un paraíso de tranquilidad. Antes de que nacieran los chicos, habían alquilado una casa junto a un lago en el norte del condado de Passaic. Recordaba los días de calma, compartiendo una hamaca enorme, él con un periódico, ella con un libro. Recordaba contemplar a Corinne leyendo, cómo fruncía los párpados mientras reseguía la página con la vista, con un gesto de pura concentración, y cómo, de vez en cuando, levantaba la vista del libro. Le sonreía, Adam le devolvía la sonrisa y luego ambos dirigían la mirada al lago.

Un lago como aquel.

Vio una casa a la derecha. Parecía abandonada, salvo por el coche que tenía delante.

El de Gabrielle.

Era una casa de troncos o de esas prefabricadas que las imitan. Era difícil saberlo desde aquella distancia. Adam bajó la ladera con cuidado, escondiéndose tras los árboles y los arbustos. Se sentía expuesto, como un chaval que jugase a atrapar la bandera, a una batalla con *paintball* o algo así. Intentó pensar en algún otro momento de su vida en que hubiera hecho algo así, en que hubiera tenido que espiar a alguien, y tuvo que retroceder a unos campamentos de verano a los que había ido a los ocho años.

Adam seguía sin tener claro qué hacer cuando se acercara a la casa, pero por un momento lamentó no estar armado. No tenía ninguna pistola en propiedad, ni nada que se le pareciera. Su tío Greg lo había llevado a practicar el tiro unas cuantas veces cuando tenía poco más de veinte años. Le había gustado, y se sabía capaz de manejar un arma. Ahora que lo pensaba, habría sido lo más inteligente. Se enfrentaba a gente peligrosa. Asesinos, incluso. Echó mano al bolsillo y tanteó el teléfono. ¿Debería llamar a alguien? No sabía a quién, ni qué diría. Johanna aún estaría volando. Podía enviar un mensaje o hacer una llamada a Andy Gribbel o al viejo Rinsky, pero ¿qué les diría?

«En primer lugar, dónde estás».

Estaba a punto de coger el teléfono y hacerlo cuando vio algo que lo dejó paralizado.

Gabrielle Dunbar estaba de pie en el claro. Lo miraba fijamente. Adam sintió la rabia acumulada en su interior. Dio un paso adelante, convencido de que ella saldría corriendo o diría algo. Pero no lo hizo.

Se quedó allí, mirándolo.

—¿Dónde está mi mujer? —le gritó.

Gabrielle seguía mirándolo.

Adam dio un paso más.

—He dicho...

Algo lo golpeó con tanta fuerza en la nuca que Adam tuvo toda la impresión de que el cerebro se le soltaba del cráneo.

Cayó de rodillas, viendo las estrellas. El instinto le hizo darse la vuelta y de algún modo consiguió mirar hacia arriba, justo a tiempo para ver un bate de béisbol que le caía sobre la cabeza como un hacha. Intentó esquivarlo, volverse o al menos levantar un brazo para protegerse.

Pero era demasiado tarde.

El bate impactó con un ruido sordo y se hizo la oscuridad.

49

Johanna Griffin era de las que seguían las normas, así que no desactivó el modo vuelo de su teléfono hasta que el avión frenó. La azafata hizo el anuncio estándar de «Bienvenidos a Newark, donde la temperatura es de...» justo en el momento en que Johanna recibía sus mensajes de texto y de correo acumulados.

Nada de Adam Price.

Las últimas veinticuatro horas habían sido agotadoras. Kimberly se había puesto histérica. Hacerle confesar su horrible historia había sido de lo más doloroso y le había llevado un buen rato. Johanna había tratado de mostrarse comprensiva, pero ¿en qué demonios estaba pensando esa chica? Pobre Heidi. ¿Cómo habría reaccionado a la noticia sobre su hija y esa horrible página web? Johanna recordó aquella grabación en vídeo de Heidi en el aparcamiento del Red Lobster. Ahora el lenguaje corporal de Heidi tenía todo el sentido. En cierto modo, esa cinta mostraba una agresión. Aquel tipo, el maldito desconocido, estaba destrozando a su amiga con sus palabras, rompiéndole el corazón con sus revelaciones.

¿Tenía idea del daño que estaba causando?

De modo que, después de eso, Heidi se había vuelto a casa. Había llamado a Kimberly y había conseguido que su hija le contara la verdad. Había intentado razonar y mantener la calma, aunque estuviera destrozada por dentro. Heidi no era de las personas que juzgan a los demás, así que quizás hubiera afrontado las malas noticias y estuviera dispuesta a luchar. No podía saberlo. Heidi había tranquilizado a su hija. Luego incluso había intentado pensar en cómo sacarla del terrible lío en que se había metido.

Y quizá la mataran por ese motivo.

Johanna seguía sin saber qué le había pasado a Heidi, pero estaba claro que tenía alguna relación con la revelación de que su hija se había metido a puta —ya no tenía sentido recurrir a eufemismos como *sugar baby*— y que lo había hecho con tres hombres diferentes. Johanna había empezado a investigar, pero aquello llevaría tiempo. Kimberly no conocía a los hombres por su nombre real, lo cual también resultaba sorprendente. Johanna había hablado con la directora de la página web de *sugar babies*, había escuchado sus justificaciones y nada más colgar había necesitado una larga ducha de agua caliente. La directora —porque sí, la página web tenía ese toque feminista— defendía los «acuerdos comerciales» de su empresa y el «derecho a la privacidad» de sus clientes y, por supuesto, no tenía la menor intención de revelar información alguna sin una orden judicial de por medio.

Y dado que la empresa estaba registrada en Massachusetts, eso llevaría tiempo.

Después de todo aquello, por si fuera poco, el departamento de homicidios de la policía del condado le había exigido un informe de su viaje no autorizado a Nueva Jersey. Para ella no era una cuestión de ego. Quería que pillaran al cabrón que había matado a su amiga, y punto. Así que se lo contó todo, incluido lo que le acababa de contar Kimberly, y ahora ellos pedirían la orden judicial y asignarían efectivos a la búsqueda de ese desconocido y a la investigación de sus relaciones con los asesinatos.

Todo eso estaba muy bien. Pero no significaba que Johanna fuera a apartarse del caso. Le sonó el móvil. No reconoció el número, pero el prefijo era el 216, lo cual significaba que llamaban de algún lugar cercano. Descolgó.

—Hola. Soy Darrow Fontera.

—¿Quién?

—El jefe de seguridad del Red Lobster. Nos vimos cuando vino a pedirnos aquella grabación de seguridad.

—Sí, es cierto. ¿Qué puedo hacer por usted?

—Le pedí que nos devolviera el DVD cuando hubiera acabado.

¿En serio? Johanna abrió la boca para decirle que se podía ir a freír espárragos, pero se controló.

—Aún no hemos acabado con la investigación.

—Entonces ¿podría hacerse una copia y devolvernos el DVD original?

—¿A qué se debe la urgencia?

—Es el protocolo —respondió, con un tono puramente burocrático—. Solo proporcionamos una copia del DVD. Si hacen falta más...

—Yo solo me llevé una copia.

—No, no. Usted fue la segunda.

—¿Perdón?

—El otro agente de policía se había llevado una copia antes.

—Un momento, ¿qué otro agente de policía?

—Escaneamos su licencia. Se había retirado del servicio en Nueva York, pero dijo... Espere, aquí lo tengo. Se llama Kuntz. John Kuntz.

50

Primero llegó el dolor.

Por unos momentos, el dolor anuló todo lo demás. Era lo único que existía, y no le permitía pensar en dónde podría encontrarse o en qué habría podido sucederle. Sentía como si le hubieran destrozado el cráneo, fragmentándoselo en pedazos cortantes que flotaban, cortándole el tejido del cerebro. Adam mantuvo los ojos cerrados, haciendo un esfuerzo por aguantarlo.

Luego llegaron las voces.

«¿Cuánto tardará en despertarse?»... «No debiste haberle pegado tan fuerte»... «No iba a jugármela»... «Tienes la pistola, ¿verdad?»... «¿Y si no recupera la conciencia?»... «Eh, ha venido hasta aquí a matarnos, ¿recuerdas?»... «Un momento, creo que se mueve».

Empezaba a recuperar la conciencia, que se abría paso entre el dolor y el aturdimiento. Estaba tendido en el suelo, con la mejilla derecha contra la fría superficie, quizá de cemento, áspera y dura. Adam trató de abrir los ojos, pero era como si le hubieran tejido una telaraña encima. Parpadeó con fuerza y un nuevo acceso de dolor le dejó sin respiración.

Cuando por fin consiguió abrir los ojos, vio un par de zapatillas Adidas. Intentó recordar qué había pasado. Estaba siguiendo a Gabrielle. Ahora lo recordaba. La había seguido hasta un lago y luego...

—¿Adam?

Conocía aquella voz. Solo la había oído una vez, pero se le había quedado grabada. Con la mejilla aún apoyada en el cemento, levantó la mirada lo que pudo.

El desconocido.

—¿Por qué lo has hecho? —le preguntó el desconocido—. ¿Por qué has matado a Ingrid?

Thomas Price estaba haciendo un examen de inglés cuando sonó el teléfono del aula. Su profesor, el señor Ronkowitz, cogió el teléfono, escuchó un momento y dijo:

—Thomas Price, te llaman del despacho del director.

Sus compañeros, como millones de compañeros de clase han hecho millones de veces en todo el mundo, emitieron un «Uuuh, tienes un problema, tío» mientras él cogía sus libros, los metía en la mochila y salía al pasillo, que estaba vacío. Ver el pasillo del instituto siempre le había producido una extraña impresión. Era como una ciudad fantasma o una casa encantada. Se dirigió a paso ligero hacia el despacho, y sus pisadas resonaron en las paredes. No tenía ni idea de qué pasaba, si era algo bueno o malo, pues casi nunca te llaman al despacho del director para nada, y cuando tu madre ha decidido escapar y tu padre está cada vez más desquiciado, te imaginas todo tipo de situaciones horribles.

Thomas aún no podía imaginarse qué les habría pasado a sus padres, pero sabía que era algo gordo. Algo bien gordo. También sabía que su padre aún no le había contado toda la verdad. Los padres siempre piensan que es mejor «protegerte», aunque con «protegerte» se refieren en realidad a «mentirte». Creen que te ayudan ocultándote la verdad, pero al final es peor. Es como Papá Noel. Cuando Thomas supo que Papá Noel no existía, no pensó: «Estoy creciendo» o «Es una tontería para críos», ni nada por el estilo. Lo primero que le vino en mente fue: «Mis padres me han mentido. Durante años, mi madre y mi padre me han mirado a los ojos y me han mentido sin inmutarse».

¿Qué efecto se supone que tiene eso sobre la confianza de un hijo?

De todos modos, a Thomas no le hacía ninguna gracia Papá Noel. ¿Qué sentido tiene? ¿Por qué les cuentas a tus hijos que un tío gordo y raro que vive en el Polo Norte los controla constantemente? Perdonad, pero eso es de lo más inquietante. Thomas recordaba una vez, de niño, cuando le habían sentado sobre el regazo de Papá Noel y olía un poco a pipí. Él había pensado: «¿Este tipo es el que me trae juguetes?». ¿Y de qué servía contarles aquello a los niños? ¿No sería mejor pensar que eran tus padres, que tan duro trabajaban, los que te traían los regalos, en lugar de un extraño rarito?

Fuera lo que fuese lo que estuviera pasando, Thomas habría deseado que su padre se lo contara. No podría ser peor de lo que se imaginaban él y su hermano. Thomas y Ryan no eran tontos. Thomas ya había visto tenso a su padre antes incluso de la desaparición de su madre. No tenía ni idea de por qué, pero las cosas andaban torcidas desde que su madre regresó de la convención de profesores. La casa familiar era como un ente vivo, como uno de esos delicados ecosistemas de los que hablaban en clase de ciencias, y ahora había algún elemento extraño que estaba desequilibrándolo todo.

Cuando Thomas abrió la puerta del despacho se encontró a aquella policía, Johanna, de pie junto al director, el señor Gorman.

—Thomas, ¿conoces a esta señora? —preguntó el señor Gorman.

Thomas asintió.

—Es una amiga de mi padre. También es agente de policía.

—Sí, me ha enseñado su identificación. Pero no te puedo dejar solo con ella.

—No pasa nada —dijo Johanna, acercándosele—. Thomas, ¿tienes idea de dónde está tu padre?

—En el trabajo, supongo.

—Hoy no se ha presentado. He intentado llamarlo al teléfono móvil. Me sale directamente el contestador.

Aquel pequeño pinchazo de pánico que sentía en el pecho empezó a agrandarse.

—Solo salta el contestador si lo apaga —dijo Thomas—. Y papá no lo apaga nunca.

Johanna Griffin se acercó un poco más. Thomas veía la preocupación en sus ojos. Se asustó, y sin embargo eso era lo que quería, ¿no? Sinceridad, en lugar de protección.

—Thomas, tu padre me habló de una aplicación de seguimiento que tu madre le había instalado en el teléfono.

—No funcionará si el teléfono está muerto.

—Pero muestra su última ubicación en el momento en que se apagó el teléfono, ¿verdad?

Thomas lo entendió entonces.

—Exacto.

—¿Necesitas un ordenador para acceder...?

El chico meneó la cabeza, al tiempo que se metía la mano en el bolsillo.

—Lo puedo mirar en mi teléfono. Deme dos minutos.

51

—¿Por qué mataste a Ingrid?

Cuando Adam intentó sentarse o incluso separar la cara del cemento (¿dónde estaba, a todo aquello? ¿En la cabaña de troncos?), su cabeza protestó con gran estrépito. Intentó agarrarse el cráneo con ambas manos, pero no pudo moverlas. Confundido, lo intentó de nuevo y oyó un traqueteo.

Tenía las muñecas atadas.

Miró hacia atrás. Tenía las muñecas atadas con una cadena de bicicleta que pasaba por detrás de una tubería que iba del suelo al techo. Intentó ubicarse. Se hallaba en un sótano. Justo delante, con la misma gorra de béisbol, estaba el desconocido, y a su derecha estaba Gabrielle. A la izquierda había un chaval joven, no mucho mayor que Thomas, con la cabeza rapada, tatuajes y un montón de perforaciones.

Tenía una pistola en la mano.

Tras ellos había otro hombre, de unos treinta y tantos años, con el cabello largo y una barba de tres días.

—¿Quién eres tú? —preguntó Adam.

El desconocido respondió:

—Eso ya te lo he dicho antes, ¿no?

Adam intentó sentarse en el suelo. El dolor casi no le dejaba moverse, pero trató de no bloquearse. No podía ponerse en pie. Era imposible. Entre el dolor de cabeza y las cadenas en las muñecas no podía moverse. Se sentó y se apoyó en la tubería.

—Tú eres el desconocido —dijo Adam.

—Sí.

—¿Qué quieres de mí?

El chaval de la pistola dio un paso adelante y apuntó a Adam con la pistola. La giró de lado, como si imitase a un gánster de película cutre, y dijo:

—Si no empiezas a hablar, voy a volarte la cabeza.

—Merton —dijo el desconocido.

—No, tío. No tenemos tiempo para esto. Tiene que empezar a hablar.

Adam miró la pistola y luego miró a Merton a los ojos. Lo haría, pensó Adam. Dispararía sin pensárselo dos veces.

—Baja esa pistola.

Fue Gabrielle la que habló. Merton no le hizo caso. Seguía mirando fijamente a Adam.

—Ingrid era amiga mía —dijo, apuntando a Adam a la cara—. ¿Por qué la mataste?

—Yo no he matado a nadie.

—¡Y una mierda!

A Merton empezó a temblarle la mano.

—Merton, no lo hagas —dijo Gabrielle.

Con la pistola aún apuntando al rostro de Adam, Merton echó un pie atrás y le soltó una patada como si quisiera marcar un gol desde medio campo. Llevaba botas con puntera de acero e impactó justo por debajo de la caja torácica de Adam, quien soltó un grito ahogado y cayó de lado.

—¡Basta! —espetó el desconocido.

—¡Tiene que contarnos lo que sabe!

—Lo hará.

—¿Y qué vamos a hacer? —preguntó Gabrielle, presa del pánico—. Se suponía que iba a ser dinero fácil.

—Lo es. Estamos bien. Cálmate.

—Esto no me gusta —dijo el tipo del cabello largo—. No me gusta nada.

—Yo no me apunté para secuestrar a gente —insistió Gabrielle.

—¿Queréis calmaros todos? —Pero hasta el desconocido estaba ya alterado—. Tenemos que descubrir lo que le pasó a Ingrid.

—Yo no sé lo que le pasó a Ingrid —intervino Adam con una mueca de dolor.

Todos se volvieron hacia él.

—Eres un mentiroso —dijo Merton.

—Tenéis que escuchar...

Merton le cortó con otra patada en las costillas, y el rostro de Adam volvió a impactar con el cemento. Quiso hacerse un ovillo para protegerse, liberar las manos para poder agarrarse la dolorida cabeza.

—¡Para ya, Merton!

—Yo no he matado a nadie —balbució Adam.

—Sí, claro. —Era Merton. Adam trató de agazaparse aún más por si le caía otra patada—. Y supongo que tampoco le preguntaste a Gabrielle por Chris, ¿verdad?

Chris. Ya sabía su nombre de pila.

—Atrás —ordenó Chris, el desconocido, que se acercó a Adam—. Tú nos buscabas a Ingrid y a mí, ¿verdad?

Adam asintió.

—Y encontraste primero a Ingrid.

—Solo su nombre.

—¿Qué?

—Encontré su nombre.

—¿Cómo?

—¿Dónde está mi mujer?

Chris frunció el ceño.

—¿Qué?

—He dicho...

—No, ya te he oído. —Se volvió hacia Gabrielle—. ¿Y por qué íbamos a saber dónde está tu mujer?

—Vosotros habéis empezado todo esto —dijo Adam, haciendo un esfuerzo por sentarse en el suelo. Sabía que estaba jodido, que su vida corría peligro, pero también que aquellos tipos eran aficionados. Exudaban miedo por los cuatro costados. La cadena de bicicleta se estaba soltando. Poco a poco liberaba las muñecas. Eso podía servirle de algo si conseguía tener lo suficientemente cerca a Merton y su pistola—. Fuisteis vosotros quienes acudisteis a mí.

—Y qué querías, ¿venganza? ¿De eso se trata?

—No —respondió Adam—. Pero ahora sé lo que hacéis.

—Ah, ¿sí?

—Os enteráis de algún detalle comprometedor sobre una persona y luego la chantajeáis.

—Te equivocas —dijo Chris.

—Chantajeasteis a Suzanne Hope por su embarazo fingido. Y como no pagó, se lo dijisteis a su marido, igual que me lo dijisteis a mí.

—¿Cómo sabes lo de Suzanne Hope?

—¡Ha estado espiándonos a todos! —gritó Merton, que era el que estaba más asustado y, por lo tanto, el más peligroso de todos ellos.

—Era amiga de mi mujer —dijo Adam.

—Ah, tenía que haber pensado en ello —comentó Chris,

con un gesto de asentimiento—. ¿Así que Suzanne Hope fue quien le habló a Corinne de esa página web?

—Sí.

—Lo que hizo Suzanne, lo que hizo tu mujer, es una cosa horrible, ¿no te parece? Internet hace fácil el engaño. Hace fácil mantener el anonimato, mentir y tener secretos terribles, destructores, con tus personas queridas. Nosotros —abrió la mano, señalando a su grupo— solo nos dedicamos a arreglar un poco las cosas.

Adam casi sintió la tentación de sonreír.

—¿Es eso lo que os decís a vosotros mismos?

—Es la verdad. Piensa en tu mujer, por ejemplo. La página web de Fake-A-Pregnancy, como todas las de su tipo, promete discreción, y ella pensó que, al ser un negocio en línea y hacer esa promesa, nadie se enteraría nunca. Pero ¿de verdad crees que existe algo realmente anónimo? Y no hablo de ninguna siniestra conspiración de la Agencia Nacional de Seguridad. Hablo de seres humanos. ¿De verdad crees que todo es tan automático, que no hay empleados capaces de acceder a la información de tu tarjeta de crédito o a tu historial de navegación? —Miró a Adam y le sonrió—. ¿De verdad crees que hay algo que sea secreto de verdad?

—¿Chris? Te llamas así, ¿verdad?

—Sí.

—Todo eso me da igual —dijo Adam—. Me preocupa mi mujer.

—Y yo te he contado la verdad sobre ella. Te he abierto los ojos. Deberías estar agradecido. En cambio, te has puesto a darnos caza. Y cuando has encontrado a Ingrid...

—Ya te lo he dicho. No la he encontrado. Te buscaba a ti. Eso es todo.

—¿Por qué? ¿Comprobaste el enlace que te di?

—Sí.

—Y comprobarías la cuenta de la Visa. Verías que lo que te dije era cierto, ¿cierto?

—Cierto.

—Así que...

—Ha desaparecido.

—¿Quién? —Chris frunció el ceño—. ¿Tu esposa?

—Sí.

—Un momento. Cuando dices que ha desaparecido, ¿fue porque le dijiste lo que yo te dije a ti?

Adam no respondió.

—Y entonces ¿qué? ¿Huyó sin más o algo así?

—Corinne no huyó sin más.

—Estamos perdiendo el tiempo —dijo Merton—. Así no vamos a ninguna parte.

Chris lo miró.

—Has escondido su coche, ¿verdad?

Merton asintió.

—Y le hemos quitado la batería a su teléfono. Cálmate. Tenemos tiempo. —Se volvió hacia Adam—. ¿No lo ves, Adam? Tu esposa te había engañado. Tenías derecho a saberlo.

—Quizá —respondió Adam—. Pero no por ti. —Sintió que la muñeca derecha empezaba a abrirse paso por entre la cadena—. Vuestra amiga Ingrid está muerta por vuestra culpa.

—Tú lo hiciste —gritó Merton.

—No. Alguien la mató. Y no solo a ella.

—¿De qué estás hablando?

—La misma persona que mató a tu amiga mató también a Heidi Dann.

Todos se quedaron de piedra.

—Oh, Dios mío —dijo Gabrielle.

Chris frunció los párpados.

—¿Qué has dicho?

—Eso no lo sabíais, ¿verdad? Ingrid no es la única persona asesinada. También han matado a Heidi Dann.

—¿Chris? —dijo Gabrielle.

—Déjame pensar.

—Primero mataron a Heidi —prosiguió Adam—. Luego, a Ingrid. Y por si fuera poco, mi mujer ha desaparecido. A eso te ha llevado ir revelando secretos.

—Cierra el pico —dijo Chris—. Tenemos que aclarar todo esto.

—Yo creo que dice la verdad —añadió el tipo de la melena larga.

—No es verdad —gritó Merton, levantando la pistola y apuntando a Adam de nuevo—. Pero, aunque lo fuera, este tío es una amenaza. No tenemos elección. Ha estado indagando por ahí y buscándonos.

Adam trató de mantener la voz lo más firme posible.

—Yo estoy buscando a mi mujer.

—No sabemos dónde está —respondió Gabrielle.

—Entonces ¿qué ha pasado?

Chris seguía allí de pie, aturdido.

—¿Heidi Dann está muerta?

—Sí. Y quizá mi mujer sea la siguiente. Tenéis que decirme qué le hicisteis.

—Nosotros no le hicimos nada —dijo Chris.

Adam ya casi tenía la muñeca libre.

—Como decías antes, empieza por el principio —dijo Adam—. Cuando chantajeasteis a mi mujer, ¿cómo reaccionó? ¿Se negó a pagar?

Chris se volvió y miró al tipo de pelo largo que tenía detrás. Luego se volvió de nuevo hacia Adam y se arrodilló a su lado. Adam seguía tratando de liberar la muñeca. Le faltaba poco. ¿Qué haría después? Merton había dado un paso atrás. Si agarraba a Chris, Merton tendría tiempo suficiente para apuntar.

—¿Adam?

—¿Qué?

—Nosotros no chantajeamos a tu mujer. Nunca llegamos a hablar con ella.

Adam no entendía nada.

—Pero se lo hicisteis a Suzanne.

—Sí.

—Y a Heidi.

—Sí. Pero tu caso era diferente.

—¿Diferente? ¿En qué?

—Lo hicimos por encargo.

Por un momento, el dolor de la cabeza desapareció, y en su lugar solo había confusión.

—¿Alguien os pagó para que me dijerais eso?

—Nos pagaron para que encontráramos mentiras o secretos de tu mujer y luego los reveláramos.

—¿Y quién os contrató?

—No conozco el nombre el cliente —dijo Chris—. Pero el encargo lo hizo una agencia de detectives llamada CBW.

Adam sintió que se le caía el alma a los pies.

—¿Qué pasa? —preguntó Chris.

—Desatadme.

—Ni hablar —dijo Merton, dando un paso adelante—. Tú no vas...

Entonces resonó un disparo y la cabeza de Merton se cubrió de sangre.

52

Kuntz le había sacado la dirección del garaje de Eduardo a Ingrid.

Y después se había limitado a esperar. Eduardo no tardó mucho en aparecer. Cogió el coche y se fue hacia las montañas, pasando por el puente de Dingman. Kuntz lo siguió. Cuando llegó Eduardo, el aspirante a *skinhead* ya estaba allí. Ese debía de ser Merton Sules. Luego apareció la mujer. Esa sería Gabrielle Dunbar.

Faltaba uno.

Kuntz se mantuvo oculto, y desde su escondrijo vio a otro hombre que avanzaba por entre el bosque. No tenía ni idea de quién era. ¿Se le habría olvidado mencionarlo a Ingrid? No era probable. Al final, Ingrid se lo había contado todo. Se lo había contado todo y luego le había suplicado que la matara.

Así pues, ¿quién era ese tipo?

Kuntz se quedó inmóvil y contempló la encerrona. Vio a Merton escondido detrás de un árbol con un bate de béisbol. Vio a Gabrielle expuesta en el claro para atraer al hombre. Casi le dieron ganas de avisarlo cuando vio que Merton se situaba detrás con el bate de béisbol levantado. Pero no lo hizo. Tenía que esperar. Tenía que asegurarse de que estaban todos.

Así pues, vio cómo Merton lanzaba su golpe y conectaba con la nuca del hombre, que se tambaleó y cayó. Aunque tal vez no hiciera falta, Merton le había golpeado otra vez. Por un momento, Kuntz pensó que la intención de Merton era matarle. Eso sería raro pero interesante. Según Ingrid, el grupo no era violento.

Debían de considerar que aquel tipo era una amenaza.

O... acaso pensaban que era el propio Kuntz.

Le dio vueltas a aquello. ¿Había alguna posibilidad de que supieran que corrían peligro? A esas alturas, lo más seguro era que supiesen del asesinato de Ingrid. Había contado con ello para inducirlos a reunirse. Y había funcionado. También había contado con el hecho de que eran aficionados, emocionados con su misión de revelar al mundo los secretos de la gente o tonterías parecidas.

Pero por supuesto, con Ingrid muerta, se sabían en peligro.

¿Sería ese el motivo de aquel ataque?

No importaba. Kuntz aún tenía ventaja. Le bastaba con ser paciente, eso era todo. Así que esperó. Los vio arrastrar al hombre al interior de la casa. Kuntz esperó. Al cabo de minutos, apareció otro coche.

Era Chris Taylor. El líder.

Por fin estaban todos. Kuntz se planteó eliminar a Chris Taylor allí mismo, pero aquello habría alarmado a los demás. Tenía que ser paciente. Tenía que ver si aparecería alguien más. Tenía que descubrir por qué habían atacado a aquel otro hombre y qué pensaban hacer con él.

Kuntz rodeó la casa sin hacer ruido, mirando por las ventanas. Nada. Eso era raro. En el interior había al menos cinco personas. ¿Habrían subido al piso de arriba o...?

Echó un vistazo a un ventanuco del sótano que había atrás.

Bingo.

El hombre seguía inconsciente, tendido en el suelo. Alguien le había atado una muñeca con una cadena de bicicleta, la había pasado por detrás de una tubería y luego le había atado la otra muñeca con el otro extremo. Los otros —Eduardo, Gabrielle, Merton y, ahora, Chris— se movían como animales enjaulados esperando pasar al matadero. En cierto modo, la imagen reflejaba bastante bien la situación.

Pasó una hora. Luego dos.

El tipo no daba señales de vida. Kuntz se preguntó si el bueno de Merton no habría matado al pobre hombre, pero al final se movió. Kuntz comprobó su SIG Sauer P239. Usaba munición de 9 mm, así que el cargador contenía ocho balas. Debería bastarle. Aun así, llevaba más balas en el bolsillo, por si acaso.

Con el arma en la mano, Kuntz se dirigió a la entrada delantera de la cabaña. Apoyó la mano en el pomo y probó a abrir. No estaba cerrado con llave. Perfecto. Entró y avanzó de puntillas hacia el sótano.

Al llegar a las escaleras se paró y escuchó.

Lo que oyó fueron en su mayor parte buenas noticias: Chris Taylor y sus colegas no tenían ni idea de quién había matado a su amiga Ingrid. La mala (aunque inevitable) era que el hombre a quien habían capturado sabía que las muertes de Ingrid y Heidi guardaban relación. Aunque eso no era tan grave. Kuntz ya se había imaginado que, con el tiempo, alguien ataría cabos. Lo que le inquietaba un poco era que hubiesen tardado tan poco.

No importaba. Tendría que eliminarlos a todos, incluido al tipo a quien habían capturado. Hizo acopio de valor mientras pensaba de nuevo en Robby postrado en aquella cama de hospital. Eso era lo que de veras importaba. ¿Iba a dejar que esa gente siguiera violando la ley y chantajeando al prójimo? ¿O acaso iba a hacer lo que haría cualquier padre para aliviar el sufrimiento de su familia?

No había mucho margen de elección, ¿no?

Kuntz seguía agazapado en lo alto de las escaleras, perdido por un momento en sus pensamientos sobre Barb y Robby, cuando Eduardo se dio media vuelta y lo vio.

Kuntz no vaciló.

Dado que era Merton quien tenía la pistola, Kuntz lo eliminó en primer lugar con un disparo a la cabeza. Luego se volvió y apuntó hacia Eduardo. Este levantó la mano, como si de algún modo pudiera detener una bala.

No pudo.

Gabrielle estaba gritando. Kuntz se volvió hacia ella y disparó por tercera vez.

No hubo más gritos.

Tres fuera, quedaban dos.

Kuntz volvió corriendo las escaleras para acabar el trabajo.

Gracias a la app de localización, Thomas supo que su padre estaba en el lago Charmaine, en Dingman, en Pennsylvania, cuando se quedó sin batería. Johanna insistió en que Thomas volviera a clase y que no se preocupara. El director estuvo de acuerdo, aunque bajo ningún concepto habría dejado que se lo llevara consigo.

Tras unas cuantas llamadas, Johanna dio con el operador de la comisaría de Shohola. Dingman quedaba en su jurisdicción. Le envió las coordenadas GPS de la app de localización e intentó explicarle los hechos. El operador no lo entendió bien, o no veía la urgencia.

—¿A qué viene tanta prisa?

—¡Usted envíe a alguien enseguida!

—Vale, el sheriff Lowell ha dicho que se pasará.

Johanna se subió a su coche a toda prisa y pisó el acelerador. Tenía la placa lista por si la paraba alguna patrulla. Les indicaría que se pusieran a su lado y le abrieran paso con las sirenas. Al cabo de media hora recibió una llamada del mismo operador. No encontraban el coche de Adam. Las coordenadas no eran lo suficientemente precisas para indicar una casa en particular. Había varias por el lago. Además, ¿qué esperaba que hicieran exactamente?

—Vayan puerta por puerta.

—Lo siento. ¿De qué autoridad procede la orden?

—De la mía. De la suya. De quien sea. Ya han matado a dos mujeres. La esposa de este hombre ha desaparecido y él está buscándola.

—Haremos lo que podamos.

53

A Adam le sorprendió la cantidad de cosas que podían suceder en un solo momento.

Cuando oyó el primer disparo, su mente y su cuerpo parecieron dispararse también en una docena de direcciones diferentes. Ya había conseguido liberar la mano derecha de la cadena. Con eso le bastaba. La cadena atada a la mano izquierda no podía retenerlo. Así que cuando oyó el disparo, se tiró al suelo rodando, olvidándose del dolor de la cabeza y las costillas, y buscó un lugar donde resguardarse.

Algo húmedo le salpicó la cara, y pese a que lo veía todo borroso supo que eran los sesos de Merton.

Al mismo tiempo, su mente barajó varias posibles explicaciones de aquellos disparos. La primera era positiva. ¿Sería un policía que hubiera acudido a su rescate?

Esa posibilidad ganó muchos enteros cuando el hombre del pelo largo cayó como un fardo. Pero se desvaneció al cabo de un segundo, cuando cayó Gabrielle.

Aquello era una matanza.

«No te detengas...».

Pero ¿adónde ir? Para empezar, estaba en un sótano. Allí no había muchos sitios donde esconderse. Se arrastró por el suelo hacia la derecha. Por el rabillo del ojo vio a Chris

Taylor encaramándose a la ventana de un salto. El pistolero bajó las escaleras y disparó. Con una velocidad sorprendente, Chris agitó las piernas, se coló por la ventana y desapareció.

Pero Adam le oyó gritar.

¿Le habría dado?

Quizá. No había manera de saberlo.

El tipo de la pistola llegó a la base de las escaleras.

Atrapado.

Adam se planteó rendirse. Quizás el pistolero estuviera de su lado, en cierto modo. A lo mejor él también había sido víctima del grupo de Chris. Pero eso no significaba que fuera a dejar testigos. Aquel hombre era el más que probable asesino de Ingrid y Heidi. Y ahora había matado a Merton y al tío de la melena. Gabrielle seguía viva, o eso le parecía. La oía gemir en el suelo.

El hombre ya había bajado las escaleras.

Adam rodó hacia la derecha y se encontró justo debajo de las escaleras por las que había bajado el pistolero, quien se dirigió hacia la ventana, tal vez para comprobar si veía a Chris Taylor, pero se detuvo cuando oyó gemir a Gabrielle. La miró y apenas se detuvo un momento.

—Por favor... —suplicó Gabrielle, levantando una mano ensangrentada.

El pistolero disparó y la mató.

Adam estuvo a punto de soltar un grito. El tipo no había vacilado ni un instante. Siguió caminando hacia la ventana por la que había escapado Chris.

Fue entonces cuando Adam vio la pistola de Merton.

Estaba al otro lado de la sala, no muy lejos de la ventana. El pistolero estaba de espaldas. Adam tenía dos opciones. La primera era intentar subir corriendo las escaleras. Pero no, eso le dejaría expuesto durante demasiado tiempo. Sería un blanco fácil. Así que se decantó por la segunda: si conseguía lanzarse hacia la pistola, llegar a ella aprovechando la distracción del hombre...

Un momento, había una tercera opción. ¿Y si se quedaba donde estaba? ¿No sería mejor quedarse escondido bajo la escalera?

Sí, eso era. Mantenerse oculto. Quizá no le hubiera visto. Quizá no supiera que estaba allí.

No.

Lo primero que había hecho era disparar a Merton. Y Merton estaba junto a Adam. Era imposible que hubiera visto a Merton y no lo hubiera visto a él. El pistolero quería asegurarse de que no escapaba nadie. Los quería muertos a todos.

Adam tenía que ir a por el arma.

Todos aquellos cálculos no le llevaron segundos. No le llevaron ni siquiera nanosegundos. Todo —plantear las tres opciones, los cálculos, los descartes y la planificación— ocurrió en un momento, como si el mundo se hubiera parado de pronto para que él pudiera pensar.

La pistola. Tenía que hacerse con la pistola.

Sabía que era su única esperanza. Así que, mientras el tipo seguía de espaldas, saltó de su escondrijo a por la pistola. Sin levantar el cuerpo del suelo, se tiró hacia delante, lanzándose sobre su objetivo. Tenía la pistola a apenas unos centímetros cuando de pronto apareció un zapato negro que la apartó de una patada.

Adam aterrizó en el cemento con un golpe sordo, observando cómo se alejaba la pistola, deslizándose bajo una cómoda, en la esquina.

El pistolero bajó la mirada y, tal como había hecho con Gabrielle, apuntó.

Era el fin.

Lo sabía. Su cerebro analizó de nuevo las diversas posibilidades —rodar hacia un lado, agarrarle la pierna a aquel tipo o tratar de atacar—, pero estaba claro que no tenía tiempo. Cerro los ojos e hizo una mueca.

Y entonces apareció un pie por la ventana y le propinó al pistolero una patada en la cabeza.

El pie de Chris Taylor.

El pistolero se tambaleó hacia un lado, pero enseguida recuperó el equilibrio. Apuntó hacia la ventana y disparó dos veces. Era imposible saber si le había dado a alguien. Se giró y volvió a centrarse en Adam.

Pero Adam estaba preparado.

Se puso en pie de un salto. Aún tenía la cadena de bicicleta atada a la muñeca, y la usó. La agitó como un látigo, e impactó pesadamente contra el rostro del hombre, que soltó un grito de dolor.

Sirenas. Sirenas de la policía.

Pero Adam no se frenó. Tiró de la cadena al tiempo que atacaba con la otra mano, convertida en un puño. El puñetazo también impactó en el rostro del pistolero, quien sangró por la nariz. Intentó zafarse de Adam, liberarse, pero no pudo.

Ni hablar.

Adam no lo soltaba. Lo envolvió en un poderoso abrazo, como un oso, aprovechando la inercia para embestirlo. Cayeron sobre el cemento, lo que le obligó a Adam a soltarlo. El pistolero aprovechó la ocasión y le propinó un codazo en la cabeza.

Volvió a ver las estrellas. Y también volvió el dolor casi paralizante.

Casi.

El pistolero intentó separarse, abrir el espacio suficiente entre los dos para liberar la mano de la pistola...

«La pistola», pensó Adam. Tenía que concentrarse en la pistola.

Las sirenas se oían cada vez más cerca.

Si el tipo no podía usar la pistola, había posibilidades de sobrevivir. No podía pensar en el dolor. No podía pensar en los disparos, ni en todo lo demás. Solo tenía una misión: agarrar a aquel tipo por la muñeca e impedirle que usara la pistola.

El hombre intentó zafarse de él soltándole una patada, pero seguían enredados. Otra patada: se le estaba escapando. Ya estaba casi libre. Estaba bocabajo, y se le escurría entre los brazos.

La muñeca. Tenía que agarrarlo de la muñeca.

De pronto Adam lo soltó por completo. El hombre, creyéndose libre, intentó escabullirse. Pero Adam estaba preparado. Saltó sobre la mano que empuñaba la pistola y le agarró la muñeca con ambas manos, presionando el brazo contra el cemento, pero cediendo el control del resto del cuerpo.

El tipo aprovechó la ocasión.

Le propinó un potente puñetazo en los riñones. El golpe le dejó sin respiración. Un dolor lacerante le atravesó el cuerpo. Pero Adam no se movió. El hombre volvió a golpear, esta vez más fuerte. Adam aguantó, pero notaba que su cuerpo empezaba a ceder.

Si le daba otro golpe, no podría mantener la presión.

No tenía elección. Tenía que hacer algo.

Acercó la boca hacia la mano de la pistola. La abrió bien y le mordió el interior de la muñeca como un perro rabioso. El pistolero aulló. Adam continuó clavándole los dientes con fuerza hasta que le desgarró la piel.

La pistola cayó, separándose de la mano.

Adam se lanzó a por ella como un náufrago ante un salvavidas, aferrándola en el momento en que recibía un nuevo puñetazo.

Pero el puñetazo había llegado demasiado tarde. Ahora la pistola era suya.

El pistolero le saltó sobre la espalda. Adam se volvió hacia él, trazando un gran arco con la pistola. La culata de la SIG Sauer impactó contra la nariz del tipo, ya fracturada.

Adam se puso en pie, le apuntó y preguntó:

—¿Qué le has hecho a mi mujer?

54

La policía entró al cabo de treinta segundos.

Eran agentes locales. Johanna llegó poco después. Había sido ella quien los había llamado, utilizando los datos de localización que le había proporcionado Thomas. Adam se sintió orgulloso de su hijo. Le llamaría más tarde y se lo explicaría todo.

Pero en ese momento no podía.

Tenía que atender a la policía. Llevó un buen rato. Pero no pasaba nada. Podía hacer planes mientras hablaba con ellos. Mantuvo un tono neutro. Respondió a todas sus preguntas con su mejor voz de abogado. Siguió el consejo que le habría dado él mismo a cualquier cliente: responde solo a lo que te pregunten.

Ni más, ni menos.

Johanna le dijo que el pistolero se llamaba John Kuntz. Era un expolicía que había tenido que retirarse por la fuerza. Aún tenía que atar todos los cabos, pero Kuntz trabajaba como personal de seguridad para otra empresa emergente de internet que estaba a punto de salir a bolsa. Según parecía, su móvil era económico, y tenía que ver con la enfermedad de su hijo.

Adam asentía mientras la escuchaba. Aceptó que lo vieran los del servicio de emergencias médicas, pero se negó a ir al hospital. Aquello no le hizo mucha gracia al médico que le atendió, pero no podía hacer nada al respecto. Johanna le puso la mano sobre el hombro.

—Tiene que verte un médico.

—Estoy bien. De verdad.

—La policía querrá hacerte más preguntas por la mañana.

—Lo sé.

—También habrá un montón de periodistas —añadió Johanna—. Hay tres cadáveres.

—Sí, eso también lo sé. —Adam miró el reloj—. Tengo que irme. He llamado a los chicos, pero estarán histéricos hasta que llegue a casa.

—Te llevo, a menos que prefieras que lo haga la policía.

—No, no te preocupes —dijo Adam—. Tengo el coche ahí mismo.

—No te dejarán cogerlo. Es una prueba. —Adam no había pensado en ello—. Ven, te llevo.

Pasó un rato sin que dijeran nada. Adam estaba ocupado con su móvil, escribiendo un correo electrónico. Luego se recostó en el asiento. El médico le había dado algo para el dolor, y le estaba dejando aturdido. Cerró los ojos.

—Tú descansa —le sugirió Johanna.

Lo habría hecho, pero sabía que le costaría mucho dormir.

—¿Cuándo dices que te vuelves a casa? —le preguntó.

—No lo sé —respondió Johanna—. Puede que me quede unos días más.

—¿Por qué? —dijo él, abriendo los ojos de golpe y mirándola de lado—. Has pillado al tipo que mató a tu amiga, ¿no?

—Sí.

—¿Y eso no basta?

—Quizá sí, pero... —Johanna ladeó la cabeza— aún no hemos acabado, ¿no te parece, Adam?

—Oh, yo creo que sí.

—Aún quedan algunos flecos.

—Tal como has dicho, ahora es un caso importante. Pillarán al desconocido.

—Yo no hablo de él.

Ya. Adam ya se lo imaginaba.

—Te preocupa Corinne.

—¿Y a ti no?

—Ya no tanto —dijo él.

—¿Quieres decirme por qué? —preguntó Johanna.

Adam escogió las palabras con cuidado.

—Tal como has dicho, ahora habrá un montón de prensa. Todo el mundo la estará buscando, así que tal vez vuelva a casa sin más. Cuanto más pienso en ello, más creo que la respuesta era bastante obvia desde el principio.

—Cuenta —dijo Johanna, arqueando una ceja.

—Yo insistía todo el rato en demostrar que no era culpa mía, ¿sabes? Que detrás de su fuga tenía que haber algo más que lo evidente. Que tenía que ser una siniestra conspiración del grupo de Chris Taylor o algo así.

—¿Y ya no lo crees?

—No, no lo creo.

—¿Y qué crees que es?

—Chris Taylor puso en evidencia el secreto más íntimo y doloroso de mi mujer. Todos sabemos cómo reacciona la gente cuando sucede algo así.

—Te cambia la vida —dijo Johanna.

—Exacto. Pero, sobre todo, una revelación tan grande... te desnuda. Te deja expuesto y te hace ver la vida de otro modo. —Adam volvió a cerrar los ojos—. Después necesitas tiempo. Para recuperarte. Para pensar en qué hacer después.

—¿Así que crees que Corinne...?

—La navaja de Ockham —dijo Adam—. Por lo general, la respuesta más sencilla es la correcta. Corinne me escribió diciendo que necesitaba un tiempo. Solo han pasado unos días. Volverá cuando esté lista.

—Pareces bastante seguro.

Adam no respondió.

Johanna accionó el intermitente y siguió conduciendo.

—¿Quieres que paremos un momento para que te arregles antes de llegar a casa? Aún tienes manchas de sangre.

—No pasa nada.

—Asustarás a los chavales.

—No —dijo Adam—. Son más duros de lo que crees.

Unos minutos más tarde, Johanna le dejó frente a su casa. Adam la saludó con la mano y esperó a que se fuera. No entró. Total, los chicos tampoco estarían en casa. Cuando estaba solo en el lago, había llamado a Kristin Hoy. Le preguntó si podía recoger a los chicos del colegio y quedárselos en casa aquella noche.

—Por supuesto —le había respondido Kristin—. ¿Estás bien, Adam?

—Estoy muy bien. Te agradezco mucho el favor.

El coche de Corinne, el que habían encontrado en el aparcamiento del hotel, estaba en la entrada del garaje. Adam entró en él. El asiento del conductor olía maravillosamente a Corinne. Se le estaba pasando el efecto de la medicación, y cada vez le dolía más. No le importaba. Podía soportarlo. Pero debía estar despierto. Tenía su iPhone en la mano. La policía le había dejado llevárselo del escenario del crimen. Les había dicho que Chris Taylor le había tirado el teléfono bajo la vieja cómoda. Le habían dejado que lo recogiera, pero por supuesto no estaba allí.

Lo que había allí era la pistola de Merton.

Otro agente había llamado diciendo que había encontrado el teléfono de Adam en la planta de arriba. Le habían quitado la batería. Adam se la puso de nuevo y le dio las gracias. Pero ahora ya tenía la pistola de Merton escondida en la cintura. La policía no le había registrado por segunda vez. ¿Por qué iban a hacerlo?

La pistola se le había clavado en el costado durante todo el viaje en coche, pero no se había atrevido a moverla de su sitio.

La necesitaba.

Envió el correo que había redactado durante el viaje. Era para Andy Gribbel. El asunto decía:

NO LO LEAS HASTA MAÑANA POR LA MAÑANA.

Si algo salía mal (cosa bastante probable), Gribbel leería el correo por la mañana y se lo reenviaría a Johanna Griffin y al viejo Rinsky. Se había planteado decírselo en aquel mismo momento, pero ambos habrían tratado de pararle los pies. Habrían avisado a la policía y eso habría puesto en alerta a los sospechosos, que se habrían cerrado en banda. Habrían contratado a abogados como él y no se habría sabido nunca la verdad.

Tenía que gestionarlo a su manera.

Cogió el coche y se fue hasta la iglesia luterana de Bethany.

Aparcó junto a la salida del gimnasio y esperó. Estaba convencido de saber lo que estaba pasando. Aun así, tenía una sensación extraña. Algo seguía sin encajar. No encajaba desde el principio.

Sacó el teléfono, buscó el mensaje de Corinne y lo leyó una vez más:

QUIZÁ NECESITEMOS UN TIEMPO SEPARADOS. TÚ CUIDA DE LOS NIÑOS. NO INTENTES CONTACTAR CONMIGO. TODO IRÁ BIEN.

Estaba a punto de leerlo de nuevo cuando vio salir a Bob *Gastón* Baime dando saltitos. Les dio las buenas noches a los demás con un enorme despliegue de posturitas y chocando los cinco de unos y otros. Llevaba unos pantalones cortos demasiado cortos y una toalla alrededor del cuello. Adam esperó pacientemente hasta que tuvo a Bob cerca del coche. Entonces salió y le saludó.

—Eh, Bob.

Bob se volvió hacia él.

—Eh, Adam. Vaya, me has asustado. ¿Qué...?

Adam le dio al hombretón un puñetazo en la boca con todas sus fuerzas y lo hizo caer en el asiento del conductor. Bob abrió los ojos todo lo que pudo. Adam se le acercó y le plantó la pistola en la cara.

—No te muevas.

Bob tenía la mano en la boca, cortando el flujo de sangre. Adam abrió la puerta de atrás y se sentó en el asiento trasero. Presionó la pistola contra la nuca de Bob.

—¿Qué demonios estás haciendo, Adam?

—Dime dónde está mi mujer.

—¿Qué?

Adam presionó el cañón de la pistola contra la nuca de Bob.

—Dame un solo motivo y...

—No sé dónde está tu mujer.

—CBW, Bob.

Silencio.

—Contrataste sus servicios, ¿no?

—No sé qué...

Adam le golpeó en el hueso del hombro con la culata.

—¡Ayyy!

—Háblame de la CBW.

—Joder, tío, me has hecho daño.

—La CBW es la agencia de detectives de tu primo Daz. Les contrataste para que buscaran los trapos sucios de Corinne.

Bob cerró los ojos y soltó un gemido.

—¿No? —Adam le golpeó de nuevo con la pistola—. Dime la verdad o te juro que te dejo tieso.

Bob bajó la cabeza.

—Lo siento, Adam.

—Dime qué pasó.

—No quería que las cosas rodaran así. Yo solo... Necesitaba algo, ¿sabes?

Adam presionó el cañón contra la nuca.

—¿Qué necesitabas?

—Algo de Corinne.

—¿Por qué?

El grandullón se quedó callado.

—¿Por qué necesitabas algo de mi mujer?

—Adelante, Adam.

—¿Qué?

Bob se volvió y le miró a los ojos.

—Aprieta el gatillo. Quiero que lo hagas. No tengo nada más. No encuentro trabajo. Van a ejecutar la hipoteca de mi casa. Melanie va a dejarme. Venga. Por favor. Contraté un buen seguro. Los chicos estarán bien.

Y entonces aquella duda volvió a asaltarlo.

«Los chicos...».

Adam se quedó helado y pensó en el mensaje de Corinne.

«Los chicos...».

—Hazlo, Adam. Aprieta el gatillo.

Adam meneó la cabeza.

—¿Por qué querías hacerle daño a mi mujer?

—Porque ella intentaba hacérmelo a mí.

—¿De qué estás hablando?

—El dinero robado, Adam.

—¿Qué le pasa?

—Corinne. Iba a cargármelo a mí. Y si lo hacía, ¿qué posibilidades tenía yo de defenderme? Venga, hombre. Corinne es la maestra encantadora. Todo el mundo la adora. Y yo soy el tipo que está sin trabajo y a punto de perder la casa. ¿Quién iba a creerme a mí?

—¿De modo que pensaste en ir a por ella antes de que ella fuera a por ti?

—Tenía que defenderme. Así que hablé con Daz. Le pedí que la investigara, eso es todo. No encontró nada. Por supuesto. Corinne es la Señorita Perfecta. Así que Daz me dijo que pondría su nombre en un listado de búsquedas de —trazó unas comillas en el aire— «fuentes poco ortodoxas». Al final encontró algo en un grupo de tíos raros. Pero tenían sus propias normas. Insistían en que los trapos sucios tenían que sacarlos a la luz ellos mismos.

—¿Robaste el dinero, Bob?

—No. Pero ¿quién iba a creerme? Y luego Tripp me contó lo que estaba haciendo Corinne: quería colgarme a mí el muerto.

Y entonces aquella duda que le daba vueltas en la cabeza por fin se aclaró.

«Los chicos...».

Adam sintió de pronto la garganta seca.

—¿Tripp?

—Sí.

—¿Tripp te dijo que Corinne te iba a cargar el muerto?

—Exacto. Dijo que necesitábamos algo, eso es todo.

Tripp Evans, que tenía cinco hijos. Tres niños y dos niñas.

«Los niños...».

«Los chicos...».

Pensó en el mensaje una vez más:

QUIZÁ NECESITEMOS UN TIEMPO SEPARADOS. TÚ CUIDA DE LOS NIÑOS.

Corinne nunca llamaba a Thomas y Ryan «los niños». Siempre decía «los chicos».

55

El dolor agónico que sentía se había vuelto monstruoso, grotesco.

Cada paso suponía una punzada insufrible en la cabeza. El médico del servicio de emergencias le había dado unas pastillas para ir aguantando. Se sintió tentado de tomárselas, aunque le dejaran medio dormido.

Pero tenía que aguantar.

Igual que un par de días antes, fue en coche hasta el Met-Life Stadium y se detuvo frente a aquellas oficinas baratas. Volvió a sentir aquel hedor de los pantanos de Jersey. El suelo de linóleo parcheado emitía un ruidito a cada paso. Llamó a la misma puerta de la planta baja.

Y una vez más, Tripp abrió la puerta.

—¿Adam?

Y, de nuevo, Adam preguntó:

—¿Por qué te llamó mi esposa esa mañana?

—¿Qué? Por Dios, tienes un aspecto horrible. ¿Qué te ha pasado?

—¿Por qué te llamó Corinne?

—Ya te lo dije. —Tripp dio un paso atrás—. Entra y siéntate. ¿Esas manchas son de sangre?

Adam entró en la oficina. Era la primera vez. Tripp nunca le había hecho pasar. Y no era de extrañar. Aquella oficina era un antro. Un solo espacio. La moqueta gastada. El papel de las paredes se caía a trozos. El ordenador era antiguo.

Vivir en un pueblo de las afueras como Cedarfield costaba mucha pasta. ¿Cómo no se había dado cuenta antes?

—Lo sé, Tripp.

—¿Qué es lo que sabes? —dijo, escrutando el rostro de Adam—. Tiene que verte un médico.

—Fuiste tú quien robó el dinero del lacrosse, no Corinne.

—Por Dios, estás cubierto de sangre.

—Todo era justo lo contrario de lo que me dijiste. Fuiste tú quien le pidió tiempo a Corinne, no ella a ti. Y aprovechaste ese tiempo para tenderle una trampa. No sé cómo lo hiciste exactamente. Supongo que modificaste los libros de contabilidad. Debiste de esconder el dinero robado o algo así. Pusiste a todos los de la comisión en su contra. Incluso le dijiste a Bob que ella intentaría cargarle el muerto.

—Escúchame, Adam. Siéntate un momento. Hablemos de ello, ¿vale?

—No dejo de pensar en la reacción de Corinne cuando le pedí explicaciones sobre el embarazo fingido. No se molestó en negarlo. Lo que quería saber realmente era cómo lo había sabido. Se imaginó que tú estarías detrás. Que le estabas enviando un aviso. Por eso te llamó. Para decirte que no aguantaba más. ¿Qué le respondiste, Tripp?

Tripp no se molestó en responder.

—¿Le pediste otra oportunidad? ¿Quedaste con ella para darle explicaciones?

—Desde luego tienes imaginación, Adam.

Adam meneó la cabeza, tratando de aguantar el dolor.

—Todas esas lecciones que me dabas sobre cómo podía

empezar a malversar fondos un miembro de la comisión. Que se empieza con poco. El dinero de la gasolina, decías. Un café en una cena. —Adam se acercó un paso más—. ¿Así fue en tu caso?

—No tengo ni idea de qué estás hablando, Adam.

Adam tragó saliva y sintió aflorar las lágrimas.

—Está muerta, ¿verdad?

Silencio.

—Tú mataste a mi mujer.

—No creerás eso de verdad.

Pero Adam empezó a sentir un temblor que se le extendía por todo el cuerpo al desvelarse la verdad.

—Vivimos el sueño, ¿verdad? ¿No es eso lo que dices siempre, Tripp? Que tenemos mucha suerte, que deberíamos dar gracias. Te casaste con Becky, tu novia del instituto. Tienes unos hijos estupendos. Harías cualquier cosa por protegerlos, ¿verdad? ¿Qué le pasaría a tu precioso sueño si se descubriera que no eres más que un vulgar ladrón?

Tripp Evans se puso muy rígido y señaló la puerta.

—Sal de mi oficina.

—Al final era o tú o Corinne. Así lo veías. La destrucción de tu familia o la de la mía. Para un tipo como tú, era fácil decidir.

—Fuera —repitió Tripp, ahora con un tono más frío.

—Ese mensaje que enviaste fingiendo ser ella. Debí haberlo visto enseguida.

—¿De qué estás hablando?

—Tú la mataste. Y luego, para ganar tiempo, enviaste ese mensaje. Se suponía que debía leerlo y entender que necesitaba espacio..., y si no me lo creía, si sospechaba que le había pasado algo, la policía no me haría caso. Verían el mensaje.

Se enterarían de que acabábamos de tener una discusión de órdago. Ni siquiera se molestarían en rellenar un informe. Todo eso lo sabías.

—Lo has entendido mal —replicó Tripp, meneando la cabeza.

—Ojalá.

—No puedes demostrarlo. No puedes demostrar nada de eso.

—¿Demostrarlo? Quizá no. Pero lo sé. —Adam levantó el teléfono—. «Cuida de los niños».

—¿Qué?

—Eso es lo que dice el mensaje: «Cuida de los niños».

—¿Y qué?

—Pues que Corinne nunca llamaba «los niños» a Thomas y Ryan —dijo, sonriendo pero destrozado por dentro—. Siempre los llamaba «los chicos». Eso eran para ella. No eran sus niños. Eran sus chicos. Corinne no pudo haber escrito ese mensaje. Lo hiciste tú. La mataste y después enviaste ese mensaje para que nadie empezara a buscarla enseguida.

—¿Esa es tu prueba? —dijo Tripp, casi riéndose—. ¿De verdad piensas que alguien se va a creer esa tontería?

—Probablemente no.

Adam sacó la pistola del bolsillo y apuntó. Tripp abrió de pronto los ojos todo lo que pudo.

—Caramba. Cálmate, Adam, y escúchame un momento.

—No necesito oír más mentiras, Tripp.

—Pero... Becky está a punto de llegar.

—Oh, pues muy bien —dijo Adam, acercando la pistola al rostro de Tripp—. ¿Qué diría tu manual de filosofía de pacotilla al respecto? ¿Ojo por ojo, quizá?

Por primera vez, Tripp Evans se quitó la máscara y Adam vio su fondo oscuro.

—Tú no querrías hacerle daño.

Adam se lo quedó mirando, sin decir nada. Tripp le devolvió la mirada. Por un instante, ninguno de los dos se movió. De pronto, Tripp reaccionó. Era evidente. Se puso a asentir. Echó la mano hacia atrás y cogió las llaves del coche.

—Vamos —dijo.

—¿Qué?

—No quiero que estés aquí cuando llegue Becky. Vámonos.

—¿Y adónde vamos?

—Querías la verdad, ¿no?

—Si es un truco de algún tipo...

—No lo es. Verás la verdad con tus propios ojos, Adam. Luego puedes hacer lo que quieras. Ese es el trato. Pero ahora tenemos que irnos. No quiero que Becky sufra, ¿lo entiendes?

Se dirigieron a la puerta. Adam iba un paso por detrás. Por unos instantes apuntó a Tripp, pero luego se dio cuenta de cómo quedaría si alguien pasaba por allí, así que se metió la pistola en el bolsillo de la chaqueta, pero sin dejar de apuntar a Tripp, como un delincuente de una película cutre que fingiera llevar un arma presionando con el dedo desde el interior del bolsillo.

En el momento en que salían, un Dodge Durango que conocían muy bien aparcaba justo enfrente. Ambos se quedaron de piedra al ver a Becky. Tripp susurró:

—Si le tocas un pelo...

—Tú líbrate de ella —dijo Adam.

Becky Evans tenía en el rostro la misma sonrisa jovial de siempre. Les saludó con gran entusiasmo y se paró a su lado.

—Hola, Adam —dijo, con una alegría indignante.

—Hola, Becky.

—¿Qué haces aquí?

Adam miró a Tripp.

—Ha habido un problemilla con el partido de los chicos de sexto —respondió este.

—Pensaba que era mañana por la tarde.

—Bueno, de eso se trata. Pueden echarnos del campeonato por un problema en el registro de unas fichas. Adam y yo vamos a ver si podemos solucionarlo.

—Oh, qué pena. Íbamos a ir a cenar.

—Y cenaremos, cariño. No debería tardar más de un par de horas. Cuando vuelva a casa vamos al Baumgart's, ¿vale? Los dos solos.

Becky asintió, pero por primera vez dejó de sonreír.

—Sí, claro. —Se volvió hacia Adam—. Cuídate, Adam.

—Tú también.

—Dale recuerdos a Corinne. Tenemos que salir un día los cuatro.

—Eso estaría muy bien —respondió Adam, haciendo un esfuerzo.

Tras saludar agitando la mano con alegría, Becky se alejó en el coche. Tripp la observó con los ojos húmedos. Cuando estuvo lo suficientemente lejos, se puso en marcha otra vez. Adam le siguió. Tripp sacó la llave y abrió el coche. Se subió en el sitio del conductor. Adam se sentó a su lado. Sacó la pistola del bolsillo y volvió a apuntarlo. Ahora Tripp parecía más tranquilo. Apretó el acelerador y tomó la carretera 3.

—¿Adónde vamos? —preguntó Adam.

—A la reserva Mahlon Dickerson.

—¿Cerca del lago Hopatcong?

—Sí.

—La familia de Corinne tenía una casa allí —dijo Adam—. Cuando era pequeña.

—Lo sé. Becky solía ir con ella cuando estaban en tercero. Por eso escogí ese lugar.

Adam sintió que la adrenalina empezaba a menguar. El dolor sordo en la cabeza volvía con fuerzas renovadas. Se sentía cada vez más agotado. Tripp tomó la interestatal 80. Adam parpadeó y apretó la pistola con más fuerza. Conocía el camino y calculó que tardarían una media hora en llegar a la reserva. El sol había empezado a ponerse, pero probablemente les quedase al menos una hora de luz.

Sonó el teléfono. Miró la pantalla y vio que era Johanna Griffin. No respondió. Siguieron avanzando en silencio. Cuando llegaron a la salida de la carretera 15, Tripp dijo:

—¿Adam?

—¿Sí?

—No vuelvas a hacer eso.

—¿A hacer qué?

—No vuelvas a amenazar a mi familia.

—Vaya paradoja —respondió Adam— viniendo de ti.

Tripp se volvió, le miró a los ojos y lo dijo de nuevo:

—No vuelvas a amenazar a mi familia.

Su tono de voz le provocó un escalofrío.

Tripp Evans volvió a fijar la vista en la carretera. Tenía ambas manos en el volante. Tomó Weldon Road y luego embocó un camino de tierra que entraba en el bosque. Aparcó junto a los árboles y apagó el motor. Adam tenía la pistola lista.

—Venga —dijo Tripp, abriendo la puerta del coche—. Acabemos con esto.

Salió del coche. Adam hizo lo propio, asegurándose de apuntar a Tripp en todo momento. Si iba a intentar algo, tal vez fuera allí, en medio del bosque, donde gozaría de las mejores oportunidades. Pero Tripp no vaciló. Se puso a caminar, bosque adentro. No había camino, pero se podía avanzar. Tripp caminó a paso firme, decidido. Adam intentó seguirlo, pero dado su estado requería cierto esfuerzo. Se preguntó si sería esa la treta que tenía preparada Tripp: alejarse cada vez más y luego tratar de escapar, para después quizá saltarle encima cuando oscureciera.

—Ve más despacio —le ordenó Adam.

—Quieres la verdad, ¿no? —dijo Tripp, casi burlón—. Pues sígueme.

—Tu despacho.

—¿Qué le pasa? Oh, que es una mierda, ¿es eso lo que estás pensando?

—Pensaba que habías firmado un buen contrato con una empresa de Madison Avenue —dijo Adam.

—Duré unos veinte minutos. Luego me echaron. ¿Sabes?, yo pensaba que trabajaría toda la vida en la tienda de deportes de mi padre. Que era un trabajo seguro. Pero cuando falló, lo perdí todo. Sí, intenté abrir mi propio negocio, pero bueno, ya has visto el resultado.

—Acabaste en la ruina.

—Sí.

—Y en la caja del lacrosse había suficiente dinero.

—Más que suficiente. ¿Sabes quién es Sydney Gallonde? Un tipo rico con quien fui al instituto de Cedarfield. Jugaba de pena. Se pasaba los partidos en el banquillo. Nos dio cien mil porque yo trabajaba con él. Yo. Y hubo otras donaciones. Cuando llegué yo, apenas había dinero para comprar un poste de meta. Ahora tenemos campos de hierba, uniformes... —Tripp se calló de pronto—. Supongo que piensas que estoy buscando excusas otra vez.

—Lo estás haciendo.

—Quizás, Adam. Pero no serás tan simple como para pensar que el mundo es blanco o negro.

—En absoluto.

—Siempre es nosotros contra los demás. Así es la vida. Es el motivo por el que libramos guerras. Cada día tomamos decisiones para proteger a nuestros seres queridos, aunque ello suponga ir en contra de los demás. Le compras a tu hijo un par de zapatillas de lacrosse nuevas. Quizás habrías podido usar ese dinero para salvar a un niño africano de morir de hambre. Pero no: dejas que ese niño muera de hambre. Siempre nosotros contra los demás. Lo hacemos todos.

—¿Tripp?

—¿Qué?

—De verdad que no es un buen momento para que me vengas con toda esa filosofía barata.

—Ya, tienes razón.

Tripp se paró en medio del bosque, se arrodilló y se puso a tantear el terreno. Apartó la maleza y las hojas. Adam preparó la pistola y dio dos pasos atrás.

—No voy a atacarte, Adam. No hay necesidad.

—¿Qué estás haciendo?

—Estoy buscando algo... Ah, aquí está.

Se puso en pie.

Con una pala en la mano.

Adam sintió que las piernas le fallaban.

—Oh, no...

Tripp se quedó inmóvil, impasible.

—Tenías razón. Al final, era o tu familia o la mía. Solo una podía sobrevivir. Así que déjame que te haga una pregunta, Adam. ¿Tú qué habrías hecho?

—No... —se limitó a responder Adam, meneando la cabeza.

—Acertaste en casi todo. Cogí el dinero, pero tenía toda la intención de devolverlo. No volveré a justificarme. Corinne lo descubrió. Le rogué que no dijera nada, que me arruinaría la vida. Intentaba ganar tiempo. Pero lo cierto era que no podía devolver ese dinero. De momento, al menos. Así que es cierto, sé cómo se llevan los libros de contabilidad. Lo hice durante años en la tienda de mi padre. Empecé a introducir cambios de modo que los datos apuntaran en su dirección. Corinne no lo sabía, por supuesto. En realidad, me hizo caso y no dijo nada. Ni siquiera te lo dijo a ti, ¿verdad?

—No —respondió Adam—. No lo hizo.

—Así que fui a ver a Bob y a Cal, y luego, con fingido pesar, a Len. Les conté a todos que Corinne había robado fondos del lacrosse. Curiosamente, Bob fue el único que no se lo tragó del todo. Así que le dije que, cuando yo se lo había dicho a Corinne, ella se había defendido diciendo que había sido él.

—Y entonces Bob recurrió a su primo.

—Yo no contaba con eso.

—¿Dónde está Corinne?

—Estás justo encima del lugar donde la enterré —dijo, sin más.

Adam miró hacia abajo y le entró el vértigo. Era evidente que la tierra estaba casi recién removida. Cayó hacia un lado, se apoyó en un árbol y empezó a respirar a duras penas.

—¿Estás bien, Adam?

Tragó saliva y levantó la pistola.

«Aguanta, aguanta, aguanta...».

—Cava —ordenó.

—¿De qué va a servir? Ya te he dicho que está ahí.

Aún mareado, Adam se le acercó a pasos inciertos y le puso la pistola en la cara.

—Ponte a cavar de una vez.

Tripp se encogió de hombros y pasó a su lado. Adam siguió apuntándolo, haciendo esfuerzos por no parpadear siquiera. Tripp clavó la pala en la tierra, levantó una palada y la tiró a un lado.

—Cuéntame el resto —dijo Adam.

—El resto ya lo sabes, ¿no? Después de que le echaras en cara lo del embarazo, Corinne estaba furiosa. No podía más. Iba a contar lo que yo había hecho. Así que le dije que de acuerdo, que confesaría. Le propuse que quedáramos para almorzar para hablar del tema y acordar lo que íbamos a decir para que nuestras versiones coincidieran. Al principio no lo vio claro; pero, cuando quiero, puedo resultar muy convincente.

Volvió a hundir la pala en la tierra. Y otra vez.

—¿Dónde quedasteis? —preguntó Adam.

Tripp tiró la tierra a un lado.

—En tu casa. Entré por el garaje. Corinne salió a recibirme. No quería que pasara al resto de la casa, ¿sabes? Como si fuera terreno privado de su familia.

—Y entonces ¿qué hiciste?

—¿Qué crees que hice? —Tripp miró al suelo y sonrió. Luego dio un paso atrás para que Adam lo viera—. Le disparé.

Adam miró hacia el suelo. El corazón se le rompió en pedazos. Allí, tendida entre la tierra, estaba Corinne.

—Oh, no... —Las piernas le fallaron. Adam se dejó caer junto a Corinne y se puso a limpiarle la tierra del rostro—. Oh, no... —Tenía los ojos cerrados, y seguía estando preciosa—. No... Corinne... Oh, Dios, por favor...

No pudo más. Apoyó la mejilla contra la mejilla fría e inerte de su mujer y lloró. Pero con un resquicio de la mente pensó en Tripp, que aún tenía la pala en la mano y podía atacarlo, y levantó la mirada de pronto, con la pistola lista.

Pero Tripp no se había movido.

Estaba allí, inmóvil, con una sonrisa socarrona en el rostro.

—¿Podemos irnos, Adam?

—¿Qué?

—¿Ya estás listo para volver a casa?

—¿De qué demonios estás hablando?

—He cumplido lo que te prometí en el despacho. Ya sabes la verdad. Ahora tenemos que enterrarla otra vez.

A Adam la cabeza le daba vueltas de nuevo.

—¿Has perdido la cabeza?

—No, amigo mío, pero quizá tú sí.

—¿De qué demonios estás hablando?

—Siento haber tenido que matarla. De verdad. Pero no veía otra salida. En serio. Como te decía, matamos por proteger a los nuestros, ¿no? Tu mujer estaba amenazando a mi familia. ¿Tú qué habrías hecho?

—Yo no habría robado el dinero.

—Hecho está, Adam —dijo con una voz que era como una puerta de acero cerrándose de golpe—. Ahora tenemos que seguir adelante.

—Estás como una cabra.

—Y tú no has pensado bien en todo esto —repuso Tripp,

de nuevo con esa sonrisa en los labios—. Los libros del lacrosse son un lío. Nadie podrá aclarar las cuentas. ¿Y ahora qué sabe la policía? Que descubriste que Corinne te había engañado fingiendo un embarazo. Que los dos tuvisteis una pelea monumental. Al día siguiente, muere de un disparo en tu garaje. Yo limpié un poco la sangre, pero... ¿eso qué cambia? La policía encontrará rastros. Usé el detergente de debajo de tu lavadero. Tiré los trapos sucios de sangre en tu cubo de la basura. ¿Empiezas a verlo claro, Adam?

Adam volvió a mirar el bello rostro de Corinne.

—Metí su cuerpo en el maletero de su propio coche. La pala que tengo en la mano... ¿no te suena? Debería. La cogí de tu garaje.

Adam no dejaba de mirar a su preciosa esposa.

—Y, por si eso no fuera suficiente, las cámaras de seguridad del pasillo de mi oficina mostrarán que me has obligado a subir a mi coche con una pistola. Si ahora apareciese algún rastro de fibras o ADN míos en el cuerpo, bueno, tú me has obligado a desenterrarla. Tú la mataste, la enterraste aquí, aparcaste su coche cerca de un aeropuerto, pero te mantuviste a distancia del aeropuerto porque todo el mundo sabe que tienen montones de cámaras de seguridad. Luego ganaste tiempo enviándote un mensaje sobre su huida. Y para crear aún más confusión, probablemente, no sé, quizá tiraste su teléfono en el remolque de un camión, por ejemplo en una tienda Best Buy. Si alguien buscaba la señal, pensaría que estaba yendo en coche a algún lugar, al menos durante el tiempo que durase la batería. Eso crearía aún más confusión.

Adam no dejaba de menear la cabeza.

—Nunca se tragarán algo así.

—Claro que sí. Y si no, seamos sinceros: tú eres el marido. Es mucho más lógico que afirmar que la maté yo, ¿no crees?

Adam se volvió hacia su mujer. Tenía los labios morados. Corinne no parecía descansar en paz. Parecía perdida, asustada y sola. Le acarició el rostro con la mano. En cierto modo, Tripp Evans tenía razón. Se había acabado, pasara lo que pasase. Corinne estaba muerta. Le habían arrebatado para siempre a su compañera de vida. Sus hijos, Ryan y Thomas, no volverían a ser los mismos. Sus chicos —no, los de ella— no volverían a disfrutar del cariño y el amor de su madre.

—Lo que está hecho está hecho, Adam. Llega el momento de la tregua. No hagas que algo malo empeore aún más.

Y entonces Adam vio otra cosa que le rompió el corazón aún más.

Sus orejas...

Los lóbulos, sin pendientes. Recordó de pronto aquella joyería de la calle Cuarenta y siete, el restaurante chino, el camarero que se los llevaba en un plato, la sonrisa en su rostro, el modo en que Corinne se los quitaba y los dejaba en la mesilla de noche antes de acostarse.

Tripp no se había limitado a matarla. Le había robado los pendientes de diamante una vez muerta.

—Y una cosa más —añadió Tripp. Adam lo miró—. Si alguna vez te acercas a mi familia o la amenazas... Bueno, ya te he demostrado lo que soy capaz de hacer.

—Sí, sí que lo has hecho.

Adam levantó la pistola, apuntó al centro del pecho de Tripp y apretó el gatillo tres veces.

56

SEIS MESES MÁS TARDE

El partido de lacrosse tenía lugar en el SuperDome, un campo de deportes en una cúpula inflable al que el apodo le quedaba un poco grande. Thomas jugaba en un torneo de invierno. Ryan también había acudido. La mitad del tiempo observaba a su hermano, pero la otra mitad jugaba con un par de amigos en un rincón. Ryan también observaba a su padre. De un tiempo a esa parte lo hacía mucho; observaba a su padre, como si Adam fuera a desvanecerse en el aire de un momento a otro. Adam lo entendía, por supuesto. Trataba de tranquilizarlo y decirle que eso no iba a pasar, pero ¿cómo iba a hacerlo?

No quería mentir a los chicos. Pero quería que se sintieran felices y seguros.

Los padres siempre buscan el equilibrio entre una cosa y la otra. Eso no había cambiado con la muerte de Corinne, pero lo que quizá sí había aprendido era que la felicidad basada en mentiras es, cuando menos, efímera.

Adam se volvió al ver que Johanna Griffin aparecía por la puerta de cristal. Pasó por detrás de una de las porterías y se puso a su lado, de cara a la cancha.

—Thomas es el once, ¿verdad?

—Sí.

—¿Qué tal está jugando?

—Genial. El entrenador de Bowdoin quiere ficharlo.

—Vaya. Es una buena universidad. ¿Quiere ir?

Adam se encogió de hombros.

—Está a seis horas en coche. Antes de que pasara todo esto, seguro que sí. Pero ahora...

—Quiere estar cerca de casa.

—Exacto. Claro que también podríamos mudarnos nosotros. No nos queda nada en este pueblo.

—¿Y por qué seguís aquí?

—No lo sé. Los chicos ya han perdido bastantes cosas. Se han criado aquí. También tienen su colegio, sus amigos... —En el terreno de juego, Thomas recuperó una pelota y echó a correr—. Su madre también está aquí. En esa casa. En este pueblo.

Johanna asintió. Adam se giró hacia ella.

—Me alegro mucho de verte.

—Yo también.

—¿Cuándo has llegado?

—Hace unas horas —dijo Johanna—. Mañana sale la sentencia de Kuntz.

—Ya sabes que le caerá la perpetua.

—Sí —admitió ella—. Pero quiero verlo. Y también quería asegurarme de que quedas absuelto oficialmente.

—Ya lo estoy. Me lo comunicaron la semana pasada.

—Lo sé. Aun así, quería verlo por mí misma.

Adam asintió.

Johanna miró hacia al otro lado, donde estaban sentados Bob Baime y otros padres.

—¿Siempre estás solo en la grada?

—Ahora sí —respondió Adam—. Pero no me lo tomo como algo personal. ¿Recuerdas aquello que te dije sobre vivir el sueño?

—Sí.

—Yo soy la prueba viviente de que el sueño es efímero. Todos lo saben, por supuesto, pero nadie quiere tener al lado a alguien que se lo recuerde constantemente.

Vieron el partido un rato más.

—No tienen nada nuevo de Chris Taylor —informó ella—. Sigue huido. Pero a fin de cuentas tampoco es exactamente el Enemigo Público Número Uno. Lo único que hizo fue chantajear a unas cuantas personas que no quieren presentar cargos porque eso supondría revelar sus secretos. Dudo de que le caiga algo más que una pena con libertad bajo fianza, aun suponiendo que lo pillen. ¿Te parecería bien?

Adam se encogió de hombros.

—No paro de darle vueltas.

—¿Y eso?

—Si hubiera dejado que Corinne mantuviera su secreto, quizás esto no habría ocurrido nunca. Así que me hago preguntas. ¿Fue el desconocido quien mató a mi mujer? ¿O fue la decisión de ella de fingir el embarazo? ¿O fui yo, al no darme cuenta de la inseguridad que le estaba creando? Ese tipo de cosas acaban volviéndote loco. Puedes pasarte la vida repasando cada detalle. Pero al final la culpa es solo de una persona. Y esa persona está muerta. La maté yo.

Thomas pasó la pelota y corrió al área tras la portería, conocida en la jerga del lacrosse como la equis. Según el informe médico, habría bastado con la primera bala. Había atravesado el corazón de Tripp Evans, y lo había matado en el acto. Adam aún sentía el contacto de la pistola en la mano. Aún sentía la presión del retroceso al apretar el gatillo. Aún veía el cuerpo de Tripp Evans cayendo y el eco de los disparos en el silencio del bosque.

Tras los disparos, había sido incapaz de reaccionar durante unos segundos. Se había quedado allí sentado, atontado. No había pensado en las posibles repercusiones. Solo quería quedarse allí, con su mujer. Volvió a bajar la cabeza hasta donde estaba Corinne. Le besó la mejilla, cerró los ojos y lloró con ganas.

Luego, un momento más tarde, oyó la voz de Johanna.

—Adam, tenemos que darnos prisa.

Le había seguido. Le quitó la pistola de la mano con delicadeza y la puso en la mano de Tripp Evans. Pasó el dedo por encima del suyo y disparó tres veces, para que quedaran residuos de pólvora en la mano de Tripp. Cogió la otra mano de Tripp y la usó para arañar a Adam, de modo que tuviera ADN suyo bajo las uñas. Adam se limitó a seguir sus órdenes, aturdido. Se inventaron una historia de defensa propia. No era perfecta. Había lagunas y muchas dudas, pero al final las pruebas físicas, junto al testimonio de la propia Johanna, que había oído la confesión de Tripp Evans, hicieron imposible la inculpación.

Adam era libre.

Aun así, uno tiene que vivir con lo que ha hecho. Había matado a un hombre. No es algo que se olvide. Aquel recuerdo le perseguía por las noches, le quitaba el sueño. Entendía que no había tenido elección. Mientras Tripp Evans estuviera vivo, sería una amenaza para la familia de Adam. Y en lo más profundo de su ser sentía cierta satisfacción primitiva por lo que había hecho, por haber vengado a su mujer, protegiendo a sus hijos.

—¿Puedo preguntarte algo? —dijo él.

—Claro.

—¿Tú duermes bien?

Johanna Griffin sonrió.

—No, no muy bien.

—Lo siento.

Ella se encogió de hombros.

—Quizá no duerma bien, pero dormiría mucho peor si te pasaras el resto de tu vida en prisión. Tomé una decisión cuando te vi en el bosque. Creo que tomé la decisión que me permite dormir mejor.

—Gracias.

—No te preocupes.

Había algo más que le preocupaba a Adam, pero nunca hablaba de ello. ¿De verdad pensaba Tripp Evans que funcionaría su plan? ¿De verdad pensaba que Adam le permitiría salirse con la suya, después de haber matado a su mujer? ¿De verdad pensaba que le convenía amenazar a su familia así mientras Adam estaba arrodillado junto a su esposa muerta, con una pistola en la mano?

Tras su muerte, la familia de Tripp había recibido una gran suma del seguro de vida. Los Evans se habían quedado en el pueblo. Habían recibido apoyo. Todos los habitantes de Cedarfield, incluso los que creían que Tripp era un asesino, les habían mostrado su apoyo a Becky y a los niños.

¿Sabía Tripp que sucedería eso?

¿Quería en realidad que Adam le matara?

El partido estaba empatado y quedaba un minuto.

—Es curioso —dijo Johanna Griffin.

—¿El qué?

—Todo tenía que ver con los secretos. Era el motivo que esgrimían Chris Taylor y su grupo. Querían liberar al mundo de secretos. Y ahora tú y yo nos vemos obligados a guardar el mayor secreto de todos.

Ambos se pusieron en pie. El partido estaba acabando. Cuando faltaban treinta segundos, Thomas marcó y deshizo el empate. El público estalló en una ovación. Adam no saltó de alegría. Pero sonrió. Se volvió hacia Ryan. Este también sonreía. Y estaba seguro de que, debajo del casco, Thomas también.

—Quizás haya venido para eso —dijo Johanna.

—¿Para qué?

—Para veros sonreír a todos.

Adam asintió.

—Quizás.

—¿Eres religioso, Adam?

—No especialmente.

—No importa. No hace falta que creas que ella está viendo sonreír a sus chicos —dijo. Le dio un beso en la mejilla y se echó a caminar, dispuesta a marcharse—. Solo tienes que creer que le habría gustado.

AGRADECIMIENTOS

El autor desea dar las gracias a las siguientes personas, no en un orden determinado, porque no recuerda exactamente quién le ayudó con qué: Anthony Dellapelle, Tom Gorman, Kristi Szudlo, Joe y Nancy Scanlon, Ben Sevier, Brian Tart, Christine Ball, Jamie Knapp, Diane Discepolo, Lisa Erbach Vance y Rita Wilson. Como siempre, cualquier error en el texto es culpa de ellos. ¡Al fin y al cabo, son los expertos! ¿Por qué iba a llevarme yo todas las culpas?

También quisiera mencionar a John Bonner, Freddie Friednash, Leonard Gilman, Andy Gribbel, Johanna Griffin, Rick Gusherowski, Heather y Charles Howell III, Kristin Hoy, John Kuntz, Norbert Pendergast, Sally Perryman y Paul Williams. Estas personas (o sus seres queridos) han hecho generosas contribuciones a organizaciones benéficas elegidas por mí a cambio de ver sus nombres en la novela. Quien quiera aparecer en futuras novelas puede visitar la página web *www.HarlanCoben.com* o bien escribirme a *giving@harlancoben.com* para recibir más información.

HARLAN COBEN

MYRON BOLITAR

1. Motivo de ruptura

El agente deportivo Myron Bolitar está a las puertas de conseguir algo grande. El prometedor jugador de fútbol americano Christian Steele está a punto de convertirse en su cliente más valioso. Sin embargo, todo parece truncarse con la llamada de una antigua novia de Christian que todo el mundo cree muerta. Para averiguar la verdad, Bolitar tendrá que adentrarse en un laberinto de mentiras, secretos y tragedias.

2. Golpe de efecto

Parecía que la carrera de la tenista Valerie Simpson iba a ser relanzada de nuevo. Dejaría atrás su pasado fuera de las pistas. Pero alguien se lo ha impedido. A sangre fría. Como agente deportivo, Myron Bolitar quiere llegar al fondo del asunto y descubrir qué conexión hubo entre dos deportistas de élite en un pasado que cada vez se intuye más turbio.

3. Tiempo muerto

Diez años atrás, una lesión fatal acabó prematuramente con la carrera deportiva de Myron Bolitar. Ahora, una llamada del propietario de un equipo de baloncesto profesional le brinda la oportunidad de volver a la cancha. Pero esta vez no se trata de jugar profesionalmente, sino de infiltrarse de incógnito en el entorno del equipo para averiguar el paradero de un jugador misteriosamente desaparecido.

4. Muerte en el hoyo 18

En pleno apogeo del prestigioso Open estadounidense de golf, acaban de secuestrar a un adolescente. Se trata del hijo de una de las estrellas femeninas, Linda Coldren, y de su marido Jack, otro golfista profesional que este año tiene posibilidades de ganar el torneo. El agente deportivo Myron Bolitar acepta el encargo de intentar encontrar al muchacho.

5. Un paso en falso

Brenda Slaughter es una estrella del baloncesto profesional. Como agente deportivo, Myron Bolitar tiene interés profesional por ella. Y también otro tipo de interés más personal. De repente, la vida de Brenda puede correr peligro, y Myron decide protegerla. El origen de la pesadilla que está viviendo la jugadora puede encontrarse en su pasado, así que Myron tendrá que desentrañar el misterio si quiere salvarla.

6. El último detalle

Myron Bolitar recibe una noticia inesperada: su socia Esperanza Díaz ha sido acusada del asesinato de uno de sus clientes, un jugador de béisbol profesional. Como es lógico, la intención inicial de Myron es ayudar a su socia en todo lo que pueda, pero el abogado de Esperanza le recomienda a esta no mantener ningún contacto con él.

7. El miedo más profundo

La visita de una exnovia sorprende a Myron Bolitar. Y trae noticias perturbadoras. Su hijo se está muriendo y necesita urgentemente un trasplante. El único donante ha desaparecido. Pero eso no es todo. Hay algo más íntimo: el adolescente ¡es también hijo de Myron! Desde el momento en que conoce la noticia, para Myron el caso se convierte en el más personal de su vida.

8. La promesa

Hace seis años que Myron Bolitar lleva una vida tranquila. Por desgracia, eso va a cambiar por culpa de una promesa. Decidido a proteger a los alocados hijos de sus amigos, Myron cumple la promesa de ayudar a una chica que le pide que le lleve en coche. Él la deja en la dirección indicada y ella... desaparece misteriosamente sin dejar rastro.

9. Desaparecida

Hace una década que Myron Bolitar no sabe nada de Terese Collins, con la que mantuvo una relación. Por eso, su llamada desde París le coge totalmente por sorpresa. Tras la larga desaparición de Terese se esconde una trágica historia y un turbio pasado. Ahora es sospechosa del asesinato de su exmarido.

10. Alta tensión, IV Premio RBA de Novela Policiaca

Suzze T es una famosa tenista retirada que se ha casado con una estrella de rock y además ahora está embarazada. Tras descubrir un mensaje anónimo en el que se pone en duda la paternidad de su hijo, el marido de Suzze T desaparece. Desesperada, la extenista recurre a Myron Bolitar.

11. Un largo silencio

Hace diez años, dos niños fueron secuestrados y jamás volvieron a ser vistos... hasta ahora. Win llama a su amigo Myron Bolitar porque cree que ha aparecido uno de ellos. Pero encontrarlo no resuelve el caso, sino que plantea más dudas. ¿Qué ha pasado todo este tiempo? Y ¿dónde está el otro chico?

OTROS TÍTULOS DE HARLAN COBEN EN RBA

Sin un adiós

David Baskin es una estrella del baloncesto que juega en los Boston Celtics. Laura Ayars es una supermodelo con una carrera fulgurante. Ambos iban a convertirse en un matrimonio perfecto. Pero la tragedia se cruzó en sus caminos durante su luna de miel en Australia. Una mañana, David salió a nadar y ya no volvió. Laura se quedó sola y con muchas preguntas sin respuesta.

No se lo digas a nadie

El doctor David Beck y su mujer, Elizabeth, vivían desde muy jóvenes una idílica historia de amor. La tragedia acabó con todo. Elizabeth fue brutalmente asesinada, y el criminal, condenado a prisión. Sin embargo, David está lejos de encontrar la paz. Ocho años después de morir Elizabeth, la sangre vuelve a emerger, y David recibe un extraño mensaje que parece devolver a su esposa a la vida.

Por siempre jamás

De pequeño, Will Klein tenía un héroe: su hermano mayor, Ken. Una noche, en el sótano de los Klein aparece el cadáver de una chica, asesinada y violada. Ante los indicios que señalan a Ken como culpable, el hermano de Will desaparece. Una década después, Will descubre unas cuantas cosas más sobre su hermano.

Última oportunidad

Marc Seidman despierta en el hospital. Hace doce días tenía una vida familiar ideal. Hoy ya no existe. Alguien le ha disparado, su esposa ha sido asesinada y su hija de seis meses ha desaparecido. Antes de que la desesperación más absoluta se adueñe de Marc, recibe algo que le da esperanza: una nota de rescate.

Solo una mirada

Cuando Grace Lawson va a recoger un juego de fotos, observa con sorpresa que hay una que no es suya. Se trata de una fotografía antigua en la que aparecen cinco personas. Cuatro de ellas son desconocidas, pero hay un hombre que es exactamente igual que Jack, su marido. Al ver la foto, Jack niega ser él, pero por la noche desaparece de casa llevándose esa foto.

El inocente

El destino cambió de repente la vida de Matt Hunter. Al presenciar una pelea, Matt quiso intervenir y acabó matando a un inocente de forma involuntaria. Nueve años después, ya como exconvicto, Matt intenta dejar atrás el pasado. Sin embargo, una simple llamada puede volver a cambiar el rumbo de su vida.

El bosque

Veinte años atrás, durante un campamento de verano, un grupo de jóvenes se adentró en el bosque y fueron víctimas de un asesino en serie. En ese grupo iba la hermana de Paul Copeland, y su cuerpo nunca apareció. Ahora, Copeland es el fiscal del condado de Essex y tendrá que decidir cómo afrontar el pasado.

Ni una palabra

Tia y Mike Baye no sospechaban que acabarían espiando a sus hijos. Pero Adam, su hijo de dieciséis años, se ha mostrado muy distante desde el suicidio de su mejor amigo. Su actitud les preocupa. Cada vez más. Porque detrás de secretos y silencios se esconden algunas verdades inesperadas y una realidad trágica.

Atrapados

Haley McWaid es una buena chica de la que su familia se siente orgullosa. Por eso, es extraño que una noche no vuelva a dormir a su casa. La sorpresa da paso al pánico cuando la chica sigue sin aparecer. La familia de Haley se teme lo peor.

Refugio

Las cosas para el joven Mickey Bolitar parecen no ir demasiado bien. Tras la muerte de su padre, se ha visto obligado a internar a su madre y a irse a vivir con su tío Myron. Por suerte para él, ha conocido a una chica llamada Ashley. Sin embargo, la muchacha desaparece.

Quédate a mi lado

Megan, Ray y Broome notan el peso del pasado. Megan ahora es feliz con su familia, pero hace años caminó por el lado salvaje de la vida. Ray fue un talentoso fotógrafo al que el destino llevó a trabajar para la prensa amarilla. Y Broome es un detective obsesionado con un caso de desaparición archivado.

Seis años

Hace seis años, Jake vio cómo el amor de su vida, Natalie, se casaba con otro hombre llamado Todd. Jake nunca ha podido olvidarla. Por ello, al enterarse de la muerte de Todd, Jake no puede evitar asistir a su funeral. Allí le espera una incomprensible sorpresa que cambiará completamente la imagen que él tenía de Natalie.

Te echo de menos

En un sitio web de citas, Kat Donovan, una policía de Nueva York, ve la foto de su exnovio Jeff, que le rompió el corazón hace dieciocho años. Al intentar ponerse en contacto con él, su optimismo se va transformando en sospechas y en un creciente terror.

No hables con extraños

A Adam Price se le acerca un hombre desconocido en un bar y le anuncia algo que no esperaba sobre su mujer. Aunque al principio no quiere creérselo, sabe que no podrá ignorarlo y que intentará averiguar que hay detrás de todo ello. ¿Quién podría tener algún interés en revelar secretos de los demás?